SALVANDO A KATERINA

VICTORIANOS LIBRO 1

SIMONE BEAUDELAIRE

Traducido por
CELESTE MAYORGA

Derechos de autor (C) 2021 Simone Beaudelaire

Diseño de Presentación y Derechos de autor (C) 2021 por Next Chapter

Publicado en 2021 por Next Chapter

Arte de la portada por Cover Mint

Textura de la contratapa por David M. Schrader, utilizada bajo licencia de Shutterstock.com

Edición en rústica

Este libro es un trabajo de ficción. Los nombres, personajes, lugares e incidentes son producto de la imaginación del autor o se usan de manera ficticia. Cualquier parecido con eventos reales, locales o personas, vivas o muertas, es pura coincidencia.

Todos los derechos reservados. No se puede reproducir ni transmitir ninguna parte de este libro de ninguna forma ni por ningún medio, electrónico o mecánico, incluidas fotocopias, grabaciones o cualquier sistema de almacenamiento y recuperación de información, sin el permiso del autor.

AGRADECIMIENTOS

*Me gustaría agradecer a mi dedicado equipo de lectores beta,
sin su ayuda esta historia no sería lo que es. Gracias Guy,
Sandra, Leslie, Reed, Jill, Shirley y Sue.*

Este libro está dedicado a todos los sobrevivientes de abuso infantil.

CAPÍTULO 1

—¿Quieres que haga qué? —Christopher Bennett miró boquiabierto a su madre.

Julia le devolvió la mirada con serenidad.

—No es mucho pedir, hijo. Es una chica encantadora y quiero presentártela.

Christopher puso los ojos en blanco con disgusto. Mientras contaba lentamente en su mente, tratando de no gritarle, su mirada se detuvo en lo que le rodeaba.

Había varias chimeneas en lo alto del edificio de ladrillos de varios pisos, de las que salían oleadas de humo que escocían los ojos, era el molino de algodón que poseía la familia Bennett. Incluso desde la calle, el siseo de las calderas de vapor y el ruido metálico de la maquinaria resonaban con fuerza. Las calles alrededor de la fábrica y los barrios marginales de cada lado se sentaban con tristeza bajo una manta de basura y hollín.

El aire frío y húmedo se adhería a la madre y al hijo, humedeciendo sus pieles con un húmedo rocío. Se levantaba una brisa que enviaba el frío directamente a través del abrigo de Christopher, que se había echado apresuradamente sobre los hombros y había dejado desabrochado.

Se estremeció. Cuando el viento pasó por el edificio,

había recogido un vil aroma a desechos humanos y cuerpos sin lavar. Un niño pequeño y delgado estaba sentado en el escalón al otro lado de la calle, vestido solo con un camisón delgado a pesar del frío de enero, jugando con un pedazo de basura no identificable.

La escena no hizo nada para calmar el temperamento de Christopher, y su voz, cuando habló, sonó más dura de lo que pretendía.

—Madre, soy demasiado joven para que juegues a la casamentera conmigo.

—Qué pena —dijo Julia Bennett, apartándose un mechón de cabello ardiente de la frente y metiéndolo de nuevo bajo su sombrero—. Tienes veinticuatro años, la edad que tenía tu padre cuando nos conocimos. Por favor, hijo. No te estoy pidiendo que te cases con ella, solo que me dejes presentarte.

—¿Por qué? —insistió Christopher.

Esta vez Julia tuvo que tomarse un momento para considerar sus palabras. «Odio estar aquí. Si bien apruebo la forma en que mi esposo e hijo dirigen esta fábrica, desprecio el calor, el ruido y la suciedad del lugar, por no mencionar su miserable entorno. Edificios como este son un campo de cultivo para el cólera». Ella se estremeció de disgusto. «¿Por qué diablos estoy aquí?»

Sabía la respuesta, aunque todavía no quería explicarlo todo. «¿Cómo puedo explicarle a mi hijo que una visita diaria con amigas naturalmente me llevó al clavecín, que luego reveló lo que han ocultado las mangas largas de encaje?» Ella sacudió su cabeza. No era la primera vez que encontraba marcas tan desgarradoras en la pobre niña, y Julia anhelaba llevársela y mantenerla a salvo.

«Por desgracia, Katerina es mi amiga, no mi hija, y no tengo derecho a interferir, pero hay otra forma de arrebatarla del cuidado de ese monstruo». Era un plan impulsivo, plagado de posibles desastres, pero allí estaba ella de todos modos.

Christopher la miró expectante.

«¿Qué debería decirle? Algo de la verdad… pero no toda la verdad. Aún no».

—¿Por qué presentarte ante ella? Porque no es muy popular y no hay razón para ello. Quiero que todos vean que no tiene nada de malo. Bailar con un joven apuesto ayudará con eso.

—¿Por qué te importa? —preguntó él.

Ella le dio una mirada de desaprobación que condenó el sarcasmo de él, pero, no obstante, respondió.

—Ella es mi amiga.

—¿Qué edad tiene esta mujer? —Sus ojos se entrecerraron con sospecha.

Julia levantó las manos en un gesto que recordó su educación menos que gentil.

—No me mires así —exclamó ella.

El niño del otro lado de la calle los miró fijamente.

Julia bajó la voz.

—Katerina no es una viuda. Creo que tiene diecinueve años y es bastante bonita. Por favor, hijo, ¿no puedes hacer esto por mí? ¿Solo conocerla?

~

«Supongo que no puedo negarme. Una vez que madre clava los talones, no se puede mover. Ya que decidió que necesito conocer a su amiga, no me dejará escuchar el final hasta que lo haga. Es mejor acabar con esto rápidamente».

—Oh, está bien entonces —acordó con amargura—. Supongo que puedes realizar las presentaciones esta noche. La conoceré, pero si es una especie de paria…

—Oh, no —dijo su madre rápidamente, haciendo

otro de sus famosos gestos desenfrenados—, solo un poco tímida, un poco marginada. Nada más.

—¿Katerina qué?

—Valentino —respondió Julia. Sus ojos se clavaron en él, pero él no recordaba ninguno de esos nombres.

—¿Italiana? —preguntó Christopher, fingiendo interés.

—Sus padres vinieron de Italia —explicó—. Katerina, que yo sepa, ha vivido en Inglaterra toda su vida. Parece bastante italiana, pero sus modales y habla son muy ingleses.

—Ya veo —respondió Christopher. Interiormente todavía retrocedía ante la idea de esta obvia manipulación —. Bien. Esta noche, en el baile, te permitiré presentarnos, pero eso es todo. Cualquier otra acción que tome será decidida por mí.

—Entiendo, hijo.

Christopher regresó al interior y cerró de un portazo la pesada puerta de roble.

Una vez que él se retiró, Julia se hundió de alivio mientras se subía al carruaje que la esperaba. «Si conoce a Katerina, será un comienzo. Hay que hacer algo para ayudar a la pobre chica a la que estoy dispuesta a dar todos mis recursos, incluso mi primogénito, para lograrlo. Solo rezo para que sea suficiente».

CAPÍTULO 2

—*B*ennett, me alegro de que pudieras asistir —comentó James Cary, extendiendo una copa de brandy. Sus ojos color avellana brillaban con su destello travieso habitual y su cabello rizado color arena, se levantaba por su hábito habitual de pasar los dedos por él.

—Por supuesto, por supuesto, Cary. ¿Qué esperabas? Mi madre quería hablar conmigo. —Christopher puso los ojos en blanco y aceptó agradecido la copa. Se hundió en un sofá de respaldo alto de madera tallada con tapizado de terciopelo azul; el mejor asiento en la casa adosada de ladrillos que se le proporcionó a Cary como vicario de una pequeña capilla de barrio de clase trabajadora.

Una raída alfombra oriental azul y negra en el suelo y una mesa de caoba, donde había dispuesto su preciada colección de botellas y decantadores de vidrio emplomado, decoraban su salón. Los ricos tonos burdeos y marrones de los licores del interior de las botellas resplandecían apagados a la luz que se desvanecía.

—¿Acerca de? —dijo una voz desde uno de los sillones junto a la chimenea. Colin Butler, vizconde Gelroy, tragó de su vaso, quizás un poco más profundamente de lo que era prudente.

—Una mujer. ¿Qué más? —respondió Christopher, tomando un sorbo más modesto.

—¿Finalmente se enteró de tu cantante de ópera? —preguntó Colin, sonriendo.

James sonrió.

—No, esa no. —Christopher hizo una mueca—. Sabes —dijo arrastrando las palabras—, ustedes dos han tenido una gran cantidad de conversación de una sola noche que tenía más que ver con el vino que con la pasión. Fue hace ocho meses, y de todos modos, ella realmente no valía la pena.

—Entonces, ¿quién? —preguntó Colin.

—Madre quiere presentarme a su joven amiga. Temo que está haciendo de casamentera. —Christopher puso los ojos en blanco.

—Oh, Dios. ¿Quién? —preguntó James, llevándose la copa a los labios.

—Señorita, o debería decir *Signorina*, Katerina Valentino.

Colin miró con la boca abierta las palabras de Christopher y James se atragantó con su brandy.

—¿Qué? —demandó él—. ¿Es fea?

—No —dijo Colin con cautela—, ella es... muy tímida.

—Aburrida, de verdad —agregó Cary—. Intenté bailar con ella una vez. Sentía mal que estuviera sola. No creo que le haya visto los ojos ni una sola vez durante todo el vals, y si dijo una palabra, no la oí.

Eso no sonaba prometedor. Christopher se arrojó hacia atrás contra la tapicería y miró por la ventana, asimilando los detalles de su entorno, como era su costumbre.

A la brillante luz carmesí del atardecer, los ladrillos rojos de la casa adosada al otro lado de la estrecha calle adoquinada parecían brillar, la luz difusa por las partículas de hollín que siempre flotaban en el aire. «En una ciudad cuya población ha aumentado y se prevé que llegue a casi seis millones en la próxima década, con casi todos los hogares calentados por el carbón, el hollín y la neblina son inevitables». El hollín añadido de las fábricas de vapor solo lo empeoraba.

Una corriente de aire extrañamente perfumada se filtró por la ventana, recordándole a Christopher que la vicaría también se encontraba incómodamente cerca del Támesis.

—Bueno, le dije a mi madre que la conocería, así que lo haré. Si ella es nada, al menos puedo decir que lo intenté. —Christopher suspiró, tomando otro sorbo de su bebida.

Cary resopló.

—Entonces, señores, ¿qué tenemos que mirar hoy? ¿Algo… intrigante? —preguntó, cambiando de tema—. ¿Ese trabajo "recién descubierto" de Byron?

—Lo leí. Fue un total fraude. —Cary lo descartó con un gesto de su copa de brandy—. Sospecho de un abogado en formación. Parece documentación legal. No no. Tengo algo que nunca habíamos visto antes.

—¿Qué es? —preguntó Christopher, inclinándose hacia adelante.

—El poeta se llama… Browning.

—¿Elizabeth Barrett Browning? —Colin se quejó—. Su poesía no merece nuestro tiempo. Una gran cantidad de sonetos femeninos para usar en mujeres jóvenes susceptibles. No estoy tratando de cortejar a uno de ustedes.

—No, idiota —reprendió Cary a su amigo con una carcajada—, su esposo Robert. Nunca antes había leído ninguna de sus obras, pero el título es prometedor.

—¿Y eso es? —presionó Colin.

—"El Amante de Porfiria" —anunció James, levantando un folio de su mesita auxiliar y sacando una hoja de papel impreso.

Christopher arqueó las cejas.

—Suena intrigante. Quizás sea el próximo Shelley. ¿Quién leerá?

—Yo lo haré —se ofreció Colin, tomando el folio de las manos de James—. "La lluvia se adentró pronto en la noche / El viento taciturno despertó al instante", —comenzó, y luego continuó leyendo.

A medida que avanzaba en el poema, Cary arqueó las cejas con placer cuando la joven se desnudaba parcialmente y abrazaba a su amante. Y luego, el poema dio un giro inesperado.

—"Encontré / Algo que hacer, y todo su cabello / En un torrente rubio yo até / Tres veces alrededor de su garganta / Y la estrangulé".

Las cejas de Cary se juntaron.

Christopher tuvo que apretar la mandíbula para evitar que se abriera. «Este no es un poema de amor lascivo».

Colin comenzó con lo que acababa de leer, pero continuó valientemente hasta el final, cuando el asesino abrazó el cadáver de la mujer que una vez lo había amado.

—"Y Dios no ha dicho palabra alguna" —finalizó.

—Dios mío —dijo finalmente Cary, con las cejas oscuras rodando como un barco en el mar de su malestar—. ¿Qué diablos fue eso?

—No lo sé —respondió Colin—. Nunca había escuchado algo así. Qué... desagradable.

Ambos miraron a Christopher. El tema lo horrorizó, y sin embargo... un nuevo pensamiento germinó, echó raíces y creció.

—Creo que estaba tratando de demostrar algo en lugar de un hermoso poema —dijo Christopher con cautela—. Reforma social, ¿saben? Hablar en contra de la violencia hacia las mujeres. Ciertamente, cosas como esta suceden.

—¿Lo estás defendiendo? —La incredulidad de Colin flotaba pesadamente en su voz—. Es terrible.

Apenas rima. Regresaré a Tennyson. Al menos es elegante. Además, cualquier chica lo suficientemente estúpida como para confiar en un loco así debe conocer el riesgo.

—No lo creo —dijo Christopher sin pensar, su mente preocupada por tratar de comprender lo que sentía, y mucho más lo que pensaba, acerca de todas las nuevas ideas que había generado el poema.

—Has estado hablando demasiado con tu madre —dijo Cary, rompiendo la tensión con una risa.

El ladrido burlón hizo que la mente de Christopher volviera al presente.

—Es solo un poema, Bennett —agregó Cary—. No lo analices tanto. En cuanto a mí, he tenido suficiente por una noche. ¿Vamos a cenar al club?

—Sí —respondió Christopher, sacudiéndose el tono sombrío del poema—. ¿Colin?

—Lo siento, no hay dinero. —El joven noble rechazó la oferta encogiéndose de hombros, pero el hambre brillaba febrilmente en sus ojos.

—Yo pagaré por ti —ofreció Christopher.

—Muy bien. —Colin tragó saliva.

Dejando a un lado sus copas y recogiendo sus abrigos, salieron.

CAPÍTULO 3

«Qué tremenda aglomeración. Será difícil encontrar espacio para respirar, y mucho menos bailar, en este entorno». Christopher observó la masa sudorosa de humanidad enrarecida y suspiró. El calor ya lo apretaba como un puño, a pesar del viento helado que soplaba afuera. «Odio esto. Ah, un tipo de entretenimiento más pequeño e íntimo: pocos amigos, una buena comida, una conversación interesante. Al menos podría escuchar la música».

Las luces de gas parpadeantes en la habitación proporcionaban mejor iluminación que las velas, pero las llamas de carburo comprimido solo aumentaban el calor. Una gota de sudor le corrió por la mejilla.

Pies golpeaban el suelo de madera pulida del salón de baile mientras se abría camino por los bordes, cerca del papel tapiz pintado a mano. Christopher había visto un terrible papel tapiz encargado por aquellos cuya riqueza excedían sus gustos. En esta casa, un patrón atractivo de las manchas oculares en plumas de pavo real en relieve sobre un rico fondo plateado adornaba las paredes, desde el revestimiento de madera pulida hasta el techo. Christopher trazó un óvalo con la punta de su dedo.

Tardó media hora en encontrar a su madre entre la

masa de cuerpos sudorosos y arremolinados. Si hubiera estado pensando con más claridad, la habría encontrado antes. La sabiduría le habría dictado que mirara cerca de las puertas abiertas del balcón, donde ráfagas de aire invernal aligeraban la atmósfera sofocante. Julia Bennett estaba de espaldas a la puerta, dejando que el viento le revolviera la falda.

Una mujer de cabello castaño a su lado resultó ser una de sus amigas más cercanas, la madre de Colin, la Sra. Turner. Después de su matrimonio con el vizconde Gelroy cuando era extraordinariamente joven, se había vuelto a casar, no con otro noble, sino con un soldado, tirando su título como basura.

Christopher se acercó. Esta noche, su madre lucía un hermoso vestido en un tono azul suave que complementaba su cabello intenso y ardiente. Ella acababa de celebrar su cuadragésimo cumpleaños y tenía algunos mechones plateados en las sienes, algunas patas de gallo alrededor de los ojos, pero eso no la hacía menos hermosa.

De pie con las matronas, había una mujer más alta y más joven. «Esta debe ser la que se supone que debo conocer. Ciertamente parece italiana, con su cabello castaño oscuro». Su piel, de un tono más oscuro que la de Julia, tenía un toque de calidez en su tono, que hablaba de costas extranjeras y un sol más fuerte. «Tiene una cara bastante bonita», notó. Su nariz era un poco atrevida, pero no desagradablemente, y sus dientes relucían blancos y rectos.

Él llegó a su lado y ella lo miró a los ojos por un momento congelado. En ese latido de conexión, Christopher descubrió algo extraordinario. «Ella es más que bonita. Es encantadora». Algo indefinible cobró vida entre ellos, clavándolo en su lugar.

La joven tomó aliento y su mirada se alejó nerviosamente. Su retirada rompió el hechizo y Christopher se volteó, enmascarando su reacción de sorpresa, fingiendo normalidad.

—Buenas noches, madre —dijo él, besando su mejilla—. Señora Turner. —Extendió su mano a la de ella.

—Buenas noches, Christopher. —La madre de su amigo, que siempre había sido más como una tía no oficial, lo saludó cordialmente—. ¿Cómo estás?

—Estoy bien, gracias —respondió—. Su hijo envía sus disculpas.

—Estoy segura de que sí. —La decepción tensó su rostro.

—Buenas noches, hijo —dijo Julia, desviando la atención del desastre imposible de Colin—. ¿Puedo presentarte a una amiga mía?

—Ciertamente, madre. —La mirada de Christopher pasó de la señora Turner a la encantadora mujer que su madre quería que conociera.

—Esta es la señorita Katerina Valentino. Katerina, mi hijo Christopher Bennett.

Tomó la delicada mano de dedos largos y se la llevó a los labios, y luego levantó los ojos hacia ella. Ella lo miró a los ojos durante otro largo momento de descuido y luego una ola de nerviosismo la invadió visiblemente y bajó la mirada al suelo.

«Como dijo Colin, muy tímida».

—Encantado de conocerla, señorita Valentino. ¿Qué le parece la fiesta?

Ella respondió tan suavemente que no pudo oírla.

—Katerina —dijo su madre con suavidad—, aquí hay mucho ruido. No es necesario que grites, pero levanta un poco la voz.

Ella respiró hondo.

—Está… lleno de personas. Los anfitriones deben ser bastante populares. —Su voz tenía un tono delicado y bien modulado, y el sonido envió un agradable escalofrío a la espalda de Christopher.

«Podría escuchar a esta mujer hablar durante horas»,

pensó él, disfrutando de la sensación. «Espera, ¿qué? Concéntrate, hombre».

—Sí, lo son —dijo él, volviendo a la conversación mundana.

—Me alegré… de que me invitaran —comentó ella distraídamente, aunque la fuerza de voluntad que necesitaba para pronunciar la frase simple la hacía parecer más importante de lo que era. Ella tiró de su mano.

Christopher parpadeó, y de repente se dio cuenta de que se había olvidado de soltarla. Sus dedos se soltaron de su agarre.

—También me alegro de que la hayan invitado —dijo, tratando de ser encantador.

Un toque de color manchó las mejillas de ella.

«Entonces, ella es susceptible a un cumplido. Bien».

Ella lo miró de nuevo, mirándolo a los ojos brevemente.

—El violín está… desafinado.

Christopher escuchó.

—Tiene razón. Supongo que no es necesario contratar músicos del más alto nivel en este alboroto. Entonces, ¿le gusta la música, señorita Valentino?

—Sí, mucho. —Ella levantó la cabeza ante eso y él vio un toque de pasión en sus ojos.

—¿Toca algún instrumento? —preguntó, agradecido de haber encontrado un medio para prolongar la conversación.

—El piano —respondió ella.

—¿Bien? —presionó él.

—Sí. —Sus ojos se encontraron con los de él.

Levantó las cejas. Si bien la mayoría de las jóvenes aprendían a tocar el instrumento, admitir que tocaran bien, en lugar de lo suficientemente bien o algún otro comentario de autocrítica, podría considerarse inmodesto. Sin embargo, dado lo tímida que era, podría estar evaluando modestamente su talento. «Qué interesante sería escuchar ese toque de pasión expresado en la música. Espero que no sea demasiado tímida para tocar conmigo alguna vez».

«Espera, ¿qué? ¿Por qué estoy pensando en otra reunión? Esto es un favor para mi madre, nada más». Su discusión interna distrajo su atención, permitiendo que su boca siguiera halagando a la chica sin su pleno consentimiento.

—Me encantaría escucharlo. Me encanta la música. Por desgracia, no tengo talento.

—Exagera —intervino Julia—. Canta bastante bien.

Christopher se encogió de hombros.

—Quizás. —«Solo en tu mente, madre. Canto como una rana toro enamorada»—. Bueno, señorita Valentino, ¿le gustaría bailar? —Aunque la invitación se le escapó antes de que pudiera considerar su sabiduría, no se arrepintió. La oportunidad de tocar a la señorita Valentino no se podía perder.

La joven lo miró de nuevo brevemente y luego asintió una vez, volviendo la mirada al suelo mientras sus mejillas ardían.

—Muy bien. —Extendió la mano en su campo de visión.

Vacilante, colocó la palma de su mano en la de él y dejó que la llevara a la pista.

—Querida —le dijo él mientras comenzaba el vals—, tengo un problema singular para entablar conversación con tu cabello. Si eres música, estoy seguro de que tienes suficiente ritmo para apartar los ojos de tus pies y mirarme. ¿Puedes hacer eso?

Ella levantó la cara. Tan cerca de ella, podía ver la deliciosa curva de su labio inferior. Tenía una boca hecha para besar. Su esbelto cuerpo encajaba perfectamente en sus brazos; lo suficientemente alta como para que su posición se alineara naturalmente sin necesidad de que él se agachara.

—Gracias por invitarme a bailar —dijo ella en voz baja—. Sé que tu madre te incitó a hacerlo.

Christopher inhaló preparándose para hablar y el suave aroma de las lilas lo provocó. En el corazón del invierno helado, esta mujer olía a primavera. Él le respondió con sinceridad.

—Para nada. Ella me invitó a conocerte. Te pedí que bailaras conmigo porque yo quería.

—¿Por qué en el mundo lo harías? —Ese toque de color oscureció sus mejillas de nuevo.

—Eres bastante… bonita, te gusta la música y eres interesante. ¿Por qué no iba a hacerlo?

—No importa. —Su rubor se oscureció aún más.

«Parece que su susceptibilidad a los cumplidos es limitada».

—Claro. Entonces, hablemos de algo.

Ella le dio una mirada pensativa pero permaneció en silencio.

Él buscó un tema.

—Ya que te gusta tanto la música, ¿tienes algún compositor favorito?

—Beethoven —respondió ella rápidamente—. También me gusta mucho Chopin.

Reconoció su comentario con un breve asentimiento.

—No me sorprende. ¿Tocas otros instrumentos además del piano?

—Clavecín. Me temo que soy inútil con el órgano. Esos pedales me derrotan. —Un atisbo de sonrisa apareció en las comisuras de su boca.

Christopher pensó en cómo debía ser tocar el órgano.

—No hay duda. Si soy honesto, debo admitir que a pesar de años de lecciones, nunca he manejado el piano. ¿También cantas?

—Canto bastante bien.

«Ahora, ahí está la respuesta esperada».

—¿Alto? —presionó él, no dispuesto a abandonar un tema tan prometedor.

—Soprano.

Su avance los había llevado a la puerta abierta del balcón y una ráfaga de bienvenida frescura se apoderó de la pareja.

—Mmm. Me gustaría escuchar eso también.

—¿Por qué? —preguntó ella, inclinando la cabeza y mirándolo con confusión.

—Eres italiana y soprano. A mí me suena a ópera —bromeó.

—Nada de eso, te lo aseguro. —Ella sonrió.

Al ver su tímida sonrisa, Christopher se sintió aún más fascinado. «Ella es más que encantadora. Es… gloriosa». Entre un latido y el siguiente, la vaga idea de buscar una oportunidad para encontrarse con ella nuevamente se cristalizó en una firme intención. «Estoy lejos de haber terminado de conocer a la señorita Valentino». Suspiró internamente. «Madre tenía razón».

La conversación murió y continuaron bailando en silencio, pero no el tipo de silencio incómodo que habla del deseo de alejarse el uno del otro. En cambio, se involucraron en un intercambio de atracción sin palabras.

Christopher estudió los detalles de su pareja de baile… la curva de su oreja, la suave línea de su mandíbula, la esbelta columna de su garganta, la suavidad de su hombro donde desaparecía en su reluciente vestido blanco, la caída del corpiño donde creaba el más mínimo indicio de escote. Podía ver que su pecho era pequeño, pero en su esbelta figura, solo se veía proporcional. De hecho, era algo más que delgada, casi demacrada. Su cuerpo se sentía frágil en sus brazos. Una oleada de protección brotó y él la aplastó. «No servirá para enamorarse tan rápido».

Ella movió sus dedos en su agarre. La mano en la suya capturó su atención; delicada, pero fuerte, con dedos largos y delgados; la mano de una teclista. «¿Cómo sería tener esas hermosas manos acariciando mi cuerpo?»

Christopher se sacudió. «¿Qué sucede contigo? Este

no es momento para especulaciones indecentes». Forzando su mente a un territorio más seguro, saboreó su baile con su inesperada compañera.

La música se detuvo con un largo trino en el violín desafinado. Katerina hizo una mueca.

—Gracias, querida, por bailar conmigo —dijo él mientras la tomaba del brazo y la conducía de regreso a su madre—. ¿Puedo reclamar otro baile, más tarde esta noche?

Ella lo miró sorprendida.

—Oh, ¿estarás ocupada? —preguntó él.

—Cielos, no —respondió ella, como si la respuesta fuera obvia—. ¿No crees que has cumplido con tu deber para con tu madre?

—Sí. —Asintió fácilmente—. Ella me pidió que te conociera. Lo hice. Querer volver a bailar contigo no tiene nada que ver con ella.

—¿Estás… bromeando? —Katerina parpadeó.

—Claro que no —le aseguró—. ¿Lo considerará, señorita Valentino?

—Lo haré —respondió ella.

—¿Considerarlo? —presionó.

—Bailar contigo. —Sus mejillas ardieron, pero lo miró fijamente a los ojos.

—Por casualidad, ¿tienes el baile de la cena libre? —Él le sonrió.

—Sí, si eso es lo que quieres. —Sus ojos se agrandaron.

—Lo es —dijo él, permitiendo que una pizca de intensidad se filtrara en su voz—. ¿Bailamos?

—Sí. —Su sonrisa se volvió tímida y apartó la mirada.

Él aceptó el retiro con tranquila confianza. «Ella no confía en mí todavía, pero le mostraré que puede».

—Muy bien, aquí está mi madre, y volveré para reclamarte más tarde. —Besó su mano de nuevo y salió de la habitación.

La multitud se reducía en el pasillo, bajando la temperatura significativamente. Christopher suspiró aliviado. Su ropa de noche se sentía incómodamente caliente, y su repentina excitación intensificó aún más la sudorosa cercanía.

—Maravilla —murmuró. Lo último que deseaba era ser golpeado por una loca atracción. Por otro lado, no explorar este sentimiento sería mucho más tonto. «La señorita Valentino es encantadora y quiero conocerla. *La* conoceré. Realmente no se puede evitar».

CAPÍTULO 4

—*D*ios santo, Bennett —se burló Cary mientras abría la puerta y dejaba entrar a Christopher en el salón familiar—. ¿Tarde otra vez? Para tu próximo cumpleaños, te compraré un reloj de bolsillo. —Esta vez le ofreció una copa de vino caliente y especiado, perfecto para una noche fría.

—Lo siento, Cary. He estado ocupado últimamente —respondió Christopher, acunando la bebida caliente en sus manos heladas mientras tomaba su asiento habitual en el sofá. Había perdido sus guantes en alguna parte y estaba helado—. Mi padre y yo estamos haciendo varias mejoras en las máquinas de la fábrica de algodón. No nos atrevemos a arriesgarnos a que uno de nuestros trabajadores sufra otra lesión. Gracias a Dios, el señor Smythe se recuperó rápidamente.

Cary asintió.

—¿Dónde está Colin esta noche? —preguntó Christopher. Si bien Cary le agradaba bastante en grupo, no era un amigo tan cercano como Colin, a quien Christopher conocía desde la infancia.

—Tiene reunión con un acreedor potencial —respondió Cary con gravedad—. Las casas de los inquilinos de su finca se están arruinando. Espera obtener un préstamo para mejorar los edificios, de modo que la gente se quede y trabaje la tierra.

—Debo decir que la aristocracia está en problemas —comentó Christopher.

—Lo están —estuvo de acuerdo Cary—. Pobre Colin. Es demasiado terco para admitir la derrota.

—¿Qué opción tiene? —Preguntó Christopher.

—Ninguna —asintió Cary—, pero la tierra en su propiedad está tan sobrecargada de trabajo que él nunca crecerá lo suficiente como para obtener ganancias. Tal como están las cosas, apenas puede pagar sus impuestos, y mucho menos las deudas en las que incurrieron sus antepasados.

Ambos amigos negaron con la cabeza ante los problemas de su amigo.

—Entonces, ¿qué encontraste para leer esta noche? —preguntó Christopher, cambiando de tema.

Cary sonrió y se tragó el vino.

—Bueno, recuerdo que disfrutaste del primer poema de Browning, así que te encontré otro.

—Estupendo —dijo Christopher con sarcasmo—. ¿Cómo se llama este?

—"Mi última duquesa" —respondió Cary, agitando su folio.

—Dios mío, ¿la nobleza de nuevo? Está bien, escuchémoslo —insistió Christopher.

Entonces, Cary lo leyó y luego miró a su amigo, desconcertado.

—¿Qué pasó? No entiendo.

—Mató a su esposa. —Christopher negó con la cabeza.

—¿Cómo diablos sabes eso? —preguntó Cary.

Christopher se acercó al lugar de su amigo en el sillón e indicó la línea con un dedo.

—Aquí mismo. Mira. "Di órdenes / Luego cesó toda sonrisa".

Cary miró el papel con los labios fruncidos hacia

abajo y las cejas casi encontrándose. Luego levantó la cabeza, su expresión pétrea.

—¿La mató por *sonreír* demasiado? Eso es poco realista. Nadie haría tal cosa.

Una vez más, Christopher sintió una sensación de incomodidad.

—¿De verdad crees que todas las mujeres abusadas se lo han ganado con mal comportamiento?

—Bueno, no, pero ¿por sonreír? —dijo Cary con incredulidad—. ¿Y a quién le está diciendo esto el anciano?

—Con el representante de la mujer con la que se quiere casar. ¿Ves la referencia a una dote? —Christopher señaló de nuevo.

—Dios santo. —Cary negó con la cabeza—. No me gusta en absoluto este tipo Browning.

—¿Por qué? —preguntó Christopher—. ¿Porque quiere que pensemos y no simplemente disfrutemos de palabras bonitas? Hay mujeres en todas partes que son tratadas terriblemente. ¿Recuerdas a la hermana de ese tipo que conocimos en Oxford? —«Dios santo, hombre, eres un vicario. *Tú* deberías estar diciéndome a *mí* estas cosas».

—¿Cuál? —preguntó Cary.

—Williams. Su esposo la golpeó, ¿recuerdas? Fue tan malo que tuvo un aborto espontáneo. Luego Williams lo persiguió y lo golpeó.

La comprensión amaneció en la expresión de Cary.

—Tienes razón. Se llevó a su hermana y huyó al continente.

—Ese es. ¿Te imaginas a alguien lastimando a Nellie, Cary?

Ante la mención de la amada hermana adolescente de Cary, apretó la mandíbula.

—Bien. Tú ganas. Las mujeres no deberían ser tratadas de esta manera.

—Claro. —Christopher inclinó la barbilla en un breve asentimiento.

Cary se sacudió del pesado tema.

—Entonces, ¿te gustaría ir a cenar esta noche?

Christopher negó con la cabeza.

—No puedo. Prometí que asistiría a un musical esta noche.

—¿Qué? —Ahora, en lugar de confundido, Cary parecía incrédulo—. ¿No del que hablamos la semana pasada?

—Sí.

—Pero no querías ir —protestó.

—Ahora sí quiero —respondió Christopher con suavidad.

—¿Por qué? —exigió su amigo.

—Hay alguien a quien quiero ver —dijo Christopher, permaneciendo deliberadamente vago.

—No la que tu madre arregló… —Cary puso los ojos en blanco—. Oh, Dios, Bennett. ¿Vas a ir a ver a Katerina Valentino *a propósito*?

—Sí —respondió Christopher simplemente, pero una pizca de irritación se disparó.

—¿Por qué? —preguntó Cary, y su tono tenía el aire de preguntar por qué alguien le entregaría un látigo y le quitaría la camisa.

—Ella es intrigante —dijo Christopher, deseando que sus molares no rechinaran.

—Ella no tiene nada que decir —protestó Cary.

La boca de Christopher se apretó. Sus ojos se entrecerraron.

—Es cierto que no está dispuesta a parlotear, pero cuando habla, es inteligente y elocuente.

Finalmente, al darse cuenta de la reacción de Christopher, Cary suavizó su tono.

—¿La hiciste hablar?

—Sí.

—¿Acerca de? —preguntó.

—Música —espetó Christopher, sin ceder ni un centímetro. «Nunca te tomaste un segundo para intentarlo, ¿verdad? Esperaste a que ella hablara y cuando no lo hizo, la ignoraste».

—Oh.

—Sí. De ahí el musical. —Enarcó una ceja, desafiando a Cary a comentar más.

Cary concedió con una mueca irónica en sus labios.

—Bueno, buena suerte entonces. te veré la próxima semana.

Christopher aceptó la capitulación con un disparo de despedida.

—Sí. Trata de encontrar algo más alegre la próxima vez, ¿no crees?

—Lo intentaré. —Los hombres se estrecharon la mano, pero el gesto carecía de cualquier atisbo de amistad.

Christopher salió de la casa y llamó a un carruaje para que lo llevara al otro lado de la ciudad. Un corpulento caballo bayo empujaba el reluciente vehículo lacado en negro sobre dos ruedas de gran tamaño, controladas por un conductor sentado en lo alto de la parte trasera, detrás del banco del pasajero. Christopher se subió al transporte de lados abiertos y metió las manos debajo de las piernas, pensando con nostalgia en los guantes que le faltaban.

Fuera del taxi, la hilera de casas en mal estado dio paso a una serie de tiendas: un estanco, un tendero, una sombrerera. Sonrió al ver los sombreros de colores brillantes y con plumas salvajes en la ventana. Las tiendas fluían hacia otra hilera de casas, esta área era mucho más elegante que el vecindario de Cary. Se detuvieron frente al que estaba en el extremo más alejado de la calle; el hogar de una pareja adinerada de clase media, donde un trío entretenía a los invitados con clavecín, voz y flauta.

Llegó un poco tarde y la música ya había comenzado

cuando entregó su abrigo a un lacayo y entró en la sala. Caminando suavemente para no interrumpir el espectáculo, se acercó a los invitados sentados. Varios ignoraban a los artistas y conversaban en voz baja entre ellos.

Solo le tomó un momento localizar a Katerina. Se sentó en una esquina sola con asientos vacíos a cada lado, su atención se centraba únicamente en la música. Se deslizó a su lado y puso su mano en el espacio vacío entre la parte superior de su largo guante y el brazo de su bonito vestido floreado. Su piel se sentía sedosa y cálida.

Ella se sobresaltó por el suave toque de su piel expuesta y se volvió. Luego, reconociéndolo, sonrió ampliamente.

Él le devolvió la sonrisa.

—Buenas noches —dijo él en voz baja.

—Buenas noches —susurró ella como respuesta.

—¿Está ocupado este asiento?

—Sí. —Sus ojos brillaron.

Él levantó las cejas.

—Ocupado por ti.

La broma lo hizo sonreír aún más.

—Ah. ¿Cómo está la música?

—Bien hasta ahora, aunque… —ella vaciló.

—¿Aunque qué? —preguntó. «Quita la mano de la chica, Bennett». La soltó de mala gana mientras ella ponderaba su respuesta.

—En realidad no es nada —prevaricó ella, sus ojos se alejaron patinando.

—Dime —presionó, queriendo saber lo que pensaba. Ante su insistencia, ella le devolvió la mirada. La calidez de sus ojos marrones lo capturó.

—No creo que la contralto esté haciendo lo mejor —murmuró finalmente Katerina—. Quizas porque muy poca gente está escuchando. El clavecinista es excelente.

—¿Y la flauta?

—Quizas sea mejor si no lo digo.

Christopher escuchó por un momento.

—Concuerdo. No decir nada. Es un espectáculo completamente indigno de mención. Ni bueno ni malo.

Ella asintió con la cabeza, de acuerdo con su evaluación, y la luz en sus ojos mostró que su observación significaba mucho para ella.

—Exacto. De alguna manera, un espectáculo realmente malo es mejor que uno poco entusiasta.

—"Pero por cuanto eres tibio, y no frío ni caliente, te vomitaré de mi boca" —citó él.

—Apocalipsis 3:16 —dijo ella en voz baja—, qué apto.

Él le pasó la mano por el guante para agarrar la mano de ella con suavidad. Escucharon el espectáculo desigual durante varios minutos antes de que Katerina se estremeciera.

—¿Ha escuchado lo suficiente, señorita Valentino? —preguntó.

—Sí. —Katerina arrugó la nariz.

—¿Salimos? —sugirió él—. No me gusta interrumpir a los artistas.

Ese comentario le valió una hermosa sonrisa.

Salieron de la sala de música y atravesaron un pasillo bordeado por una alfombra de volutas de color crema y oro, bordeada de negro. Christopher tomó el brazo de Katerina y lo colocó alrededor del suyo, poniendo su mano sobre la de ella, donde descansaba sobre su bíceps.

—Bueno, señor Bennett —dijo Katerina en voz baja una vez que estuvieron fuera del alcance del oído—, estoy bastante sorprendida de verlo esta noche.

—¿Por qué lo estarías? Te dije que vendría. — Él la miró con el ceño fruncido.

—Sí, lo hiciste —respondió ella, su expresión nerviosa pero por lo demás ilegible.

«¿Por qué tan tímida, dulce niña?» Le dio unas palmaditas en la mano con suavidad.

—¿Pensaste que rompería mi palabra?

—No te lo reprocharía si lo hicieras.

«Ella es más que tímida. Ella simplemente acepta que nadie podría querer pasar tiempo con ella. Bueno, se equivoca».

—Eso habría sido de mala educación —explicó él, tratando de dar una respuesta neutral. Sentimientos confusos y cariñosos brotaron de él, y continuó, su voz se volvió intensa—. Además, quería verte.

—¿Querías? ¿Por qué? —Esta vez habló con incredulidad sin adornos.

—¿Por qué no?

Katerina abrió la boca, su mano revoloteando alrededor de su rostro. Luego, guardó silencio y dejó caer la cabeza como si la alfombra la fascinara.

Él dejó de caminar y se volvió hacia ella. Quitando su mano de la de ella, metió un nudillo debajo de su barbilla y lo levantó suavemente. Una conexión repentina estalló entre ellos. «Sinceramente, quiero conocerte», pensó, tratando de enviar un mensaje sin palabras directamente a su corazón. «Tocarte. Besarte».

Los ojos de ella se agrandaron.

Él le tocó su gran labio inferior con su pulgar.

Ella hizo una mueca.

—¿Qué pasa?

—Oh, no es nada. Mordí mi labio antes. Todavía duele un poco. —Ella sonrió con pesar.

Él miró más de cerca la pequeña huella roja con su contorno morado magullado.

—Lo siento.

—Está bien —respondió Katerina, todavía sonriendo.

—Señorita Valentino… —comenzó Christopher.

—No tienes que hacerlo —interrumpió.

—¿Qué? —preguntó él.

—Llamarme así. Creo… creo que me gustaría ser tu amiga. —Sus dientes cayeron en la costra de su labio mientras aspiraba aire hacia sus pulmones.

Christopher solo pudo parpadear en un shock silencioso.

—Entonces, ¿debería llamarte Katerina entonces? —preguntó al fin.

—Sí, por favor. —Sus mejillas se sonrojaron, pero su mirada permaneció firme.

«Ella quiere esta pequeña intimidad. Bien. Yo también».

—Mi nombre es Christopher, ya sabes —señaló.

—Sí, me dijo tu madre. ¿Podría llamarte así? —Su expresión tímida decía mucho de inseguridad.

—Definitivamente.

Ella le sonrió. En realidad, irradió, su rostro se iluminó como una estrella en la noche. Su mano todavía descansaba sobre su rostro y ella apoyó la mejilla contra él.

El toque cálido y suave de ella provocó palabras con total comodidad que deberían haber evocado los nervios.

—¿Qué dirías, Katerina, si un día te pidiera que me acompañaras en un viaje?

Su sonrisa se evaporó y bajó la cabeza, rompiendo la conexión magnética. La luz que amaneció entre ellos se apagó con el efecto de apagar una vela.

—No puedo. Mi padre nunca lo permitiría. Lo siento.

Christopher le pasó el pulgar por la mejilla.

—¿Es tan estricto entonces? ¿Por qué te deja venir a estos eventos? ¿Está él aquí?

Ella tragó saliva.

—Oh, no. Rara vez sale de casa. Estoy aquí porque hay muchas mujeres alrededor. En realidad —su voz se redujo a un susurro—, él cree que estoy con tu madre en este momento.

—Ah. ¿Sabe que ella tiene un hijo? —preguntó Christopher, tratando de recuperar la ligereza, ya que la conexión embriagadora se había roto.

—Nunca lo he mencionado —respondió ella.

«Me pregunto por qué no. Qué extraño».

—Katerina, ¿no crees que podría ser una buena idea que saques el tema de un… amigo masculino con tu padre en algún momento? ¿No quiere que algún día encuentres marido?

—Creo que él no quiere eso —respondió ella. Algo que no pudo nombrar apareció en su rostro—. Quiere que me quede con él, que dirija la casa, ¿sabes? Mi futuro le interesa poco. Lo siento, Christopher.

«Qué egoísta de su parte… y qué tristeza por ella».

—No te disculpes. No es tu culpa que sea irrazonable. No puede mantenerte prisionera para siempre. Incluso los padres más estrictos dejan ir a sus hijos eventualmente. No serás diferente. Considéralo, Katerina. Por lo general, es mejor ser honesto con la gente.

—Él es mi padre. Sé cómo manejarlo mejor —espetó.

«Dios. Eso golpeó un nervio». Él retrocedió instantáneamente.

—Por supuesto. Tienes toda la razón. Así que… —Le soltó el rostro y envolvió su brazo alrededor del suyo, llevándola por el pasillo de nuevo—. ¿Cuándo volveré a verte? ¿Hay algún otro evento público en el que podamos encontrarnos "accidentalmente"?

—Quizás. —Hizo una pausa para pensar sin perder el paso—. Hay un baile la semana que viene. Recibí una invitación, pero no he decidido si asistir.

—No he oído hablar de ninguno —respondió—. ¿Qué es?

—Bueno, es principalmente para diplomáticos, ¿sabes? —explicó Katerina, haciendo un gesto con una mano—. Muchos extranjeros. No me gusta mucho porque la música es pobre y el torbellino de idiomas me da vueltas la cabeza.

—¿Cuántos idiomas hablas? —soltó, sin estar seguro de dónde había surgido la estúpida pregunta.

Ella parpadeó ante el repentino cambio de tema.

—¿Yo? Tres. ¿Puedes adivinar?

—¿Español, italiano y… francés?

—Excelentes suposiciones. Estás en lo correcto. —Ella lo recompensó con una bonita sonrisa.

Parecía dispuesta a complacer su curiosidad, por lo que él continuó cuestionando.

—¿Hablas italiano con fluidez?

—Es todo lo que hablo en casa. Aprendí español de mi niñera. Aunque mis dos padres tenían una fluidez aceptable en el español, preferían su lengua materna.

Así que esa era la fuente del ocasional sabor exótico que escuchaba en su pronunciación.

—Interesante.

—¿Y tú?

—Hablo francés pasablemente bien, y un poco de alemán, en su mayoría palabras vulgares —admitió él con una mirada juguetona en su dirección.

La admisión la hizo sonreír de nuevo.

—En alemán, incluso las palabras que no son vulgares suenan como si lo fueran. Es un idioma particularmente difícil de cantar.

—Me imagino —respondió él—. También soy bastante bueno con el latín —añadió sin modestia.

—Entonces, ¿estás educado? —preguntó ella, y él casi podía oírla reflexionar sobre ello.

—Por supuesto —respondió—. Uno de los grandes beneficios de ser de clase media alta es que puedo incursionar en una vida de ocio, pero no me corrompe porque también tengo mucho trabajo que hacer.

—Muy bien. Creo que demasiado tiempo libre no es bueno para un hombre. —Era casi inaudito que una mujer expresara tal opinión, y Katerina parecía contener la respiración esperando su respuesta.

—Probablemente no —respondió con una sonrisa alentadora—. ¿Y tú? ¿Cómo es tu educación?

—Me temo que bastante autocentrada —respondió ella—. Nunca fui a la escuela y dejé de tener una institutriz desde muy joven, así que me enseñé cosas que quisiera saber, como música, literatura, religión, etc.

—¿Religión? —Christopher saltó a una nueva línea de investigación—. ¿Eres católica?

—En realidad, no —explicó Katerina—. A mis padres les resultó demasiado difícil seguir siendo católicos después de mudarse a Inglaterra, por lo que se unieron a la Iglesia de Inglaterra antes de que yo naciera.

—Interesante.

—Lo has dicho varias veces —señaló ella.

—Bueno, Katerina, es porque lo eres —le dijo con suavidad—. Disfruto hablar contigo.

—¿Por qué? —La marcada pregunta reveló un mundo de dudas sobre sí misma, al igual que su expresión dudosa y torcida.

—Porque eres tan real —explicó—. No sonríes y te ríes tontamente y tratas de adivinar lo que quiero escuchar. Solo me dices lo que piensas. Disfruto escucharlo.

—Dios. —Sus ojos se agrandaron—. Y aquí me han dicho que los hombres prefieren a una mujer sin opinión. Parece que casi lo contrario es cierto.

—Bueno, apenas puedo hablar por todos —admitió Christopher—, pero prefiero que mis amigos sean quienes son, para poder conocerlos. Particularmente una amiga con tal... potencial. —Permitió que la intensidad que sentía se derramara en sus palabras.

Ella lo miró con dureza.

—Quizá, Katerina, puedas convencer a mi madre de que camine contigo mañana. ¿Y quizás pueda convencerla de que me invite? —continuó él.

—Sí, eso estaría muy bien. —Ella lo miró a los ojos con una expresión desprotegida.

—En cuanto al baile, ¿crees que un tipo no diplomático como yo no podría asistir? —continuó.

—Es muy probable —respondió ella con un asentimiento, aunque algo de su expresión sugirió el giro de engranajes en su mente mientras trataba de entender a dónde estaba conduciendo la incongruencia de él.

—¿Y tu padre esta seguro de que no estará allí? —presionó.

—Él nunca ha aceptado esa invitación en todos los años que puedo recordar —respondió ella.

—Entonces, si te olvidaste de a dónde ibas y accidentalmente te encontraste en una pequeña cena con algunos amigos míos, ¿hombres y mujeres? —sugirió Christopher.

—Eso podría pasar —dijo con una sonrisa traviesa—. ¿Dónde?

—Sera en la casa de los Wilder, una pareja que dirige una pequeña imprenta aquí en Londres. Gordon Wilder acababa de terminar la escuela el año que comencé, pero nos conocimos varias veces y llegamos a ser amigos. Hemos formado un pequeño club de poesía semanal, él y su esposa, yo, mis amigos James Cary y Colin Butler, y algunos más.

Su expresión se volvió sospechosa al pensar en tantos hombres reunidos en una casa.

Christopher se apresuró a explicar.

—Es un grupo totalmente respetable. Ninguna joven que asistiera tendría que temer por su reputación, y tenemos a varias que vienen con regularidad. Todos se turnan para descubrir nuevos trabajos para compartir. Nos hemos encontrado con un escritor que podría... bueno, gustarte, es la palabra incorrecta. Es algo terrible, pero podría provocar una conversación interesante.

—Me encantaría eso. Me gusta la poesía. —Sus nervios se calmaron.

—No es para los débiles de corazón —advirtió él, preguntándose cómo reaccionaría ella ante Browning.

—Estoy lista para cualquier cosa.

Christopher sonrió ante sus palabras. En boca de otra mujer, podrían haber sido vistas como un coqueteo, incluso una invitación, pero la obvia inocencia de Katerina demostró que lo decía literalmente, que le gustaba la poesía y estaba dispuesta a escucharla.

—Últimas palabras famosas, Katerina. Ahora bien, querida, aquí estamos en el balcón. —Efectivamente, las puertas arqueadas con marco de madera aparecieron ante ellos—. ¿Qué pensarías si… saliéramos hacia él?

~

—Apenas lo sé. Nunca me han… llevado al balcón antes. —Se quedó sin aliento y su corazón se aceleró.

—¿Objetarías? —preguntó él, y su expresión pareció repentinamente vulnerable.

—No lo creo. —Ella se sintió vacilante, pero no pudo disimular la nota de curiosidad en su voz. «Espero no sonar demasiado ansiosa. No le conviene a Christopher pensar que soy una cualquiera».

Él la arrastró por la puerta. Lejos del calor parcial de la sala con corrientes de aire, el viento helado la acariciaba a través de la fina tela de su vestido y le despeinaba el cabello. Congelándose instantáneamente, Katerina reprimió un escalofrío lo mejor que pudo.

Un fragmento de luna, como el corte de una uña, se asomaba entre las ramas desnudas de los árboles que se elevaban desde el jardín de abajo. Miró a Christopher, preguntándose qué vendría después.

—¿Sabes por qué los hombres llevan a las mujeres al balcón, Katerina? —le preguntó, y la intensidad de su voz se había convertido en calor.

«¿Puede realmente decir en serio lo que parece estar diciendo?» Su corazón comenzó a latir más rápido.

—Sí.

—¿Y te apetece probarlo?

Ella tragó saliva pero no habló.

—Dime cómo quieres que se haga esto, amor —le instó él.

—¿Qué quieres decir? —susurró ella.

—Te estoy ofreciendo un beso. ¿Sueñas con que te besen, Katerina?

«Oh, Dios, lo dice en serio, y es un hombre tan guapo y tan amable. Qué magnífica oportunidad».

—Sí. —«Oh, cuánto quiero esto, y me gusta mucho Christopher. Él es perfecto».

—¿Cómo?

Ella no sabía cómo responder a la pregunta. Ni siquiera sabía cómo pedir una aclaración. Ella lo miró a los ojos, rogándole en silencio que se explicara.

—¿Quieres mis manos sobre ti? —preguntó él.

—Sí. —Se quedó sin aliento.

—¿Dónde?

—Alrededor de mi cintura. —Ella articuló las palabras en lugar de pronunciarlas. La abrazó, sus brazos maravillosamente cálidos.

—¿Dónde te gustaría que estuvieran tus manos? —continuó él.

—Tu... —su voz se detuvo. Respiró hondo, aspirando el aroma de la colonia y el hombre excitado, y lo intentó de nuevo—. Tu cuello.

—Hazlo entonces.

Ella lo miró durante un largo momento. Luego, vacilante, lo rodeó con los brazos.

—Allí. ¿Eso está bien? —preguntó él.

—Sí.

~

Debajo de su respuesta apenas audible, Christopher podía sentir el corazón de Katerina latiendo contra su pecho.

—Mírame. —Ojos marrones se encontraron con grises, y otro de esos inolvidables choques magnéticos se disparó a través de él—. Cierra los ojos, pequeña, y siente tu primer beso.

Sus párpados cayeron. Él bajó la cabeza y posó sus labios suavemente sobre los de ella. Era un beso sacado directamente de un sueño. Su boca inocente se sentía como el cielo. Sus labios cedieron suavemente, pero él no aplicó presión, simplemente se quedó contra su boca por un largo momento. Cuando él levantó la cabeza, ella abrió los ojos.

—¿Fue agradable? —preguntó él.

—Sí, mucho —respiró ella, su voz llena de placer.

—¿Quieres otro?

—Sí.

Su boca rozó la de ella de nuevo. Él soltó sus labios, manteniendo sus brazos alrededor de ella y compartiendo el calor de su cuerpo.

—Por favor, déjame hablar con tu padre —instó él—. Es lo mejor. Creo que nos veremos juntos a menudo. ¿No sería mejor que lo consultaran desde el principio? No tenemos nada que ocultar. Eres elegible. Soy elegible. Quiero ser tu pretendiente, ver si lo que sea que haya entre nosotros se mantiene poderoso con el tiempo. ¿No quieres, Katerina?

La pasión se hizo añicos en sus ojos, revelando el terror que fluía de ella como un torrente.

—Lo quiero. Créeme, yo también lo siento. Yo solo… No debes intentar hablar con él. Sería terrible. Prométemelo. —De repente sonó asustada, casi histérica—. Promételo, Christopher. No lo busques. No le pidas ser mi pretendiente. No te imaginas… no. ¡No debes! —Ella se soltó de su agarre y huyó a la casa. Un momento después, antes de que él pudiera siquiera recuperar el sentido, ella apareció afuera. Convocando un carruaje, desapareció en la noche.

Sobresaltado, Christopher salió del balcón helado y entró en el acogedor refugio de la casa. Desde la sala de música, todavía podía oír los sonidos de la aburrida contralto, el animado clavecín, la flauta apasionada. Toda la conversación había durado menos de media hora.

Aún preguntándose qué demonios acababa de pasar, bajó lentamente las escaleras y convocó un carruaje para él, este tirado por un brillante caballo negro que brincaba incómodo en el aire helado.

Sin embargo, en lugar de ir a su apartamento de soltero en el hotel, se dirigió a la casa de sus padres. Mientras el vehículo avanzaba ruidosamente por la resbaladiza calle, revivió la conversación y los besos que había compartido con Katerina.

«Quizás entró en pánico porque permitió la libertad en nuestro segundo encuentro. Es muy rápido para hablar de pretendientes,y ciertamente no pediré su mano. Aún no. Apenas nos conocemos y planeo tomarme mi tiempo para cortejarla. En cuanto a ese beso, fue un movimiento impulsivo y demasiado pronto, pero ella fue tan dulce, tan ansiosa. Ahora sé una cosa con certeza. Katerina, a pesar de su timidez, tiene la pasión escondida dentro de ella, y esa es una cualidad excelente para… algún día».

Llegó a la casa donde había pasado su infancia. A pesar de toda su riqueza, los Bennett vivían modestamente, en un barrio de clase media, en una casa espaciosa y cómoda, que estaba en buen estado, pero de ninguna manera se parecía a las llamativas mansiones de Mayfair.

Caminó hasta la puerta principal y tocó.

Respondió un sirviente anciano. Era demasiado mayor para trabajar, pero la afectuosa madre de Christopher no había estado dispuesta a despedirlo.

—Buenas noches, señor —dijo con voz temblorosa.

—Buenas noches, Tibbins —respondió Christopher—. ¿Estás bien?

—Tan bien como se puede esperar —respondió—. El frío, ¿sabe? A mis rodillas no les gusta.

—Lamento oírlo —dijo Christopher con indulgencia —. ¿Está mi madre?

—Sí. Creo que está en la sala —dijo el sirviente. Dio un paso en esa dirección y luego gimió cuando la articulación torturada emitió un ruidoso chasquido.

—No hay necesidad de mostrarme el camino —insistió Christopher—. Ten una buena noche. Descansa las rodillas.

—Sí, señor.

Christopher se apresuró a ir al salón, donde, efectivamente, su madre se había acurrucado en un sofá de terciopelo escarlata cerca del fuego, leyendo una novela. Ella miró hacia arriba al oír su acercamiento.

—Hola, mi amor —lo saludó—. ¿Fuera en una noche tan fría?

—Sí, madre. —Fue directo al grano—. ¿Qué le pasa a Katerina?

Ella arqueó las cejas cuando él dijo su primer nombre.

—Entonces, ya estás en ese nivel, ¿verdad?

—Sí —respondió, agachándose para encontrarse con los ojos de Julia—. Ella me pidió que fuera su amigo.

Su mandíbula cayó.

—¿Lo hizo? Estoy asombrada. Le debes gustar mucho. Apenas puede animarse a hablar con la mayoría de los hombres.

—Ella parece sentirse bastante cómoda conmigo —explicó.

—¿Y tú? —presionó ella, la intensidad irradiaba de sus vívidos ojos verdes.

—Disfruto de su compañía —dijo Christopher. Luego volvió tenazmente al grano—. ¿Qué le pasa a ella?

—Nada. ¿Qué es lo que quieres decir? —Lo dijo demasiado rápido, con voz incierta.

—Entonces, hay algo. —Él suspiró—. Quiero cortejarla. Le pregunté si podía hablar con su padre. Ella lo rechazó.

Aunque los ojos de Julia se agrandaron ante su admisión, respondió con una voz tranquila y neutral.

—¿Lo hizo? No me sorprende.

—¿Qué no estoy entendiendo aquí? Ella aceptó mi beso. —Las palabras se le escaparon antes de que pudiera detenerlas, y el calor floreció a lo largo de sus pómulos.

—¡Christopher! —Julia se sentó con la espalda recta en el diván y miró a su hijo.

—¿Qué? —preguntó, cruzando los brazos sobre el pecho y apoyándose en el marco de la puerta, un estudio con falsa indiferencia—. La besé. No la seduje. Yo no haría eso.

—Por supuesto que no —acordó Julia. Dejó la novela a un lado y se paró, paseando frente al fuego, su agitación irradiaba más allá del calor de las llamas danzantes—. Escucha, ella tiene razón. No debes hablar con su padre. Si lo haces, le causarás todo tipo de problemas.

—Entonces, ¿él realmente no quiere que ella tenga pretendientes?

—Realmente no —coincidió Julia.

—¿Pero qué hay de su futuro? —preguntó Christopher.

—No le concierne. —Sacudió un poco la cabeza.

—¿Qué clase de padre es él de todos modos?

Julia tragó saliva.

—Uno terrible.

«No es propio de mamá decir palabras desagradables sobre alguien», pensó Christopher, sorprendido por su vehemencia.

—¿Cómo?

Ella apartó la mirada.

—No estoy segura de que sea prudente decírtelo.

Aún no. Quería que la conocieras primero, que estuvieras fascinado por ella.

Christopher suspiró ante su estancamiento.

—Lo hice, y creo que lo más probable es que lo este, pero ¿cómo diablos puedo seguir adelante con esto si debe mantenerse en secreto por su padre? Él tiene autoridad sobre ella.

—Sí. Maldita pena.

Christopher se quedó boquiabierto. Nunca en toda su vida había escuchado a su madre usar un lenguaje fuerte.

—Tienes que decírmelo —insistió.

—Su padre... —Julia respiró hondo y volvió a tragar. Su ira parecía lo suficientemente sólida como para ahogarla—. Él la golpea.

Silencio. Largo silencio mientras Christopher intentaba, sin éxito, forzar la integración de sus palabras y la imagen de su amiga. «Ella es dulce, gentil y tranquila. ¿Por qué alguien la golpearía? Madre debe estar equivocada».

«No. Sé honesto, hombre. Madre no es tonta. Hay alguna razón por la que ella lo cree». Finalmente, se las arregló para soltar:

—¿Mucho?

Julia se mordió el labio y asintió con la cabeza, sus ojos brillaban bajo la tenue luz del fuego.

—Terriblemente. No te lo imaginas. Los moretones que he visto... te romperían el corazón y se está intensificando.

«Él... no. Eso no puede ser. Pero lo explicaría todo. Su terror. Su extraño secretismo». Una imagen de Katerina flotó en su mente. Grandes ojos marrones. Nariz atrevida. Boca llena y besable marcada con...

—Tenía un corte en el labio.

Julia cerró los ojos. Cuando los abrió, las lágrimas brillaron y se frotó la cara.

—¿Lo ves? Nunca he visto que le pegue en la cara.

—Ella dijo que se mordió —argumentó él, tratando de no aceptar la evidencia que había visto con sus propios ojos. El pensamiento lo había abandonado hacía mucho tiempo, y solo estaba en desacuerdo para tratar de evitar que sus sentimientos lo abrumaran.

—Si lo hizo, fue porque tenía dolor.

—Oh Dios. —Christopher apenas podía soportar considerar brutalizada a la dulce chica por la que estaba empezando a querer y, sin embargo, con cada momento, la evidencia de sus sentidos se fusionaba con las palabras de su madre para pintar un cuadro que nunca había considerado. «He aquí, entonces, la verdadera razón por la que madre presionó para esta invitación». Levantándose del suelo, puso una mano sobre el hombro de Julia, deteniendo su movimiento inquieto.

—¿Qué quieres que haga, madre? ¿Por qué se suponía que estaría fascinado por ella?

—Quiero que la rescates —dijo Julia, su tono le decía que eso debería ser obvio.

—¿Cómo?

Los ojos de su madre se clavaron en los suyos.

—Piensa, Christopher. Solo los derechos de un hombre sobre una mujer reemplazan a los del padre.

Una vez más, su mente intentó rechazar sus palabras.

—Madre, apenas la he conocido. ¿No puedes querer decir… quieres que me case con ella?

—Sí. —La palabra era simple pero firme, y la exigencia paterna en su expresión no dejaba lugar a discusión.

Una visión de todo lo que implicaría un matrimonio apareció ante él. Sin embargo, gran parte parecía atractivo…

—No me opongo a la idea, pero todavía no.

—Cada día que ella permanece bajo su cuidado, el peligro aumenta —señaló Julia.

Christopher se frotó la frente con la punta de los dedos. Su mente zumbaba inútilmente entre fragmentos de pensamiento y se negaba a asentarse en una sola idea coherente.

—¿Cómo se supone que voy a hacer esto si no puedo pedirle permiso a su padre?

—Sabes como. —Ella le hizo una mueca irónica.

—¿Fugarnos? —El zumbido en su cabeza se convirtió en un rugido, un latido en sus oídos.

—Sí.

«¿Qué madre insta a tal cosa?»

—Esta es una conversación muy extraña —dijo Christopher, y luego quiso darse una bofetada por el comentario tonto. «Estás balbuceando. Contrólate, hombre».

—Lo sé —coincidió Julia—. Piensa en ello, Christopher. Cuando las mujeres son abusadas, el abusador es responsable, pero también lo son todos los que saben y no hacen nada. Soy su amiga, pero no tengo ningún derecho legal a separarla de su padre. Esto fue todo lo que pude hacer por ella.

—El matrimonio es un gran paso, madre —le recordó, frotándose la mitad de la frente con un nudillo. Su pulso martillante había logrado hacer que su cabeza palpitara—. Quería uno como tú y mi padre. ¿Cómo puedo con alguien que acabo de conocer?

—Apenas conocía a tu padre cuando nos casamos —respondió Julia—. Lo que tenemos se ha desarrollado a lo largo de los años. Si haces el compromiso y el esfuerzo, con el tiempo, el resto llegará.

Christopher negó con la cabeza.

—Es demasiado pronto. Yo… entiendo el problema, pero también tengo mi propio futuro en el que pensar. No voy a precipitarme en una fuga con ella, no importa lo encantadora que sea.

—Espero que puedas vivir con el resultado de la espera —dijo ella sombríamente.

Christopher se despidió de su madre y regresó a su

apartamento en un hotel al otro lado de la ciudad, donde pasó una noche inquieta, perdido en dolorosas contemplaciones, que finalmente dio paso a terribles sueños de una niña inocente de ojos oscuros que gritaba pidiendo ayuda. Nadie acudió en su ayuda, y finalmente, las súplicas se cortaron y se hizo un silencio perturbador.

Katerina se acercó a la puerta de la casa desconocida, su corazón latía con fuerza. «No debería estar aquí. Si papá se entera alguna vez...» se estremeció y luego hizo una mueca. «Será difícil actuar con normalidad esta noche». El dolor era intenso y, tonta vanidad, se había apretado los cordones más de lo habitual, queriendo verse bonita para Christopher.

«Este coqueteo es una idea terrible. Debería irme, pero ¿a dónde iré? ¿Casa?» La idea hizo que se le cayera el estómago, pero antes de que pudiera pensar en un plan alternativo, un caballero de unos treinta años abrió la puerta y la condujo a una entrada iluminada con velas que brillaban suavemente. Atrapada, no dispuesta a huir directamente bajo la mirada de este extraño, se permitió cruzar el umbral. A la izquierda, una puerta estaba abierta, llamándola.

—Buenas noches, señorita Valentino —dijo el anfitrión—. Bennett dijo que te esperara. Mi nombre es Gordon Wilder. Bienvenido a mi casa. Si es tan amable de entrar en el salón.

Ella asintió y se acercó al salón donde los invitados charlaban mientras bebían jerez. Se sentaron en sillones y sofás alrededor de una chimenea que crepitaba alegremente con un atractivo hogar de ladrillos.

—¿Le gustaría una copa de vino? —preguntó Wilder, indicando una bandeja colocada en una pequeña mesa cerca de la puerta.

Entre el dolor y el apretado cordón, ya se sentía lo suficientemente mareada, así que negó con la cabeza.

Christopher apareció aparentemente de la nada y la tomó del brazo.

—Buenas noches, señorita Valentino.

Por un instante, olvidó su miseria cuando su hermoso rostro capturó su conciencia, ahuyentando el dolor y el miedo y provocando un brote de calor y placer en las cercanías de su corazón.

—Buenas noches.

—¿Todavía estoy en tus malas gracias? —preguntó él tímidamente.

—Nunca lo estuviste —respondió. Se mordió el labio, recordando el dulce beso… besos que ella le había permitido presionar en sus labios. «Permitido, bah. Lo animaste». Sus mejillas ardieron pero lo miró a los ojos, tratando de decirle sin palabras que su ardor no había sido la fuente de su retirada. «Si tan solo la timidez fuera realmente el problema».

—Es bueno escucharlo. —Él sonrió y su corazón dio un vuelco—. Extrañé caminar contigo.

—Estaba… enferma —explicó, deliberadamente siendo vaga.

—¿Enferma, querida? Lamento escucharlo. ¿Estás mejor ahora? —Sus ojos se oscurecieron.

—Algo. —Cambió de tema—. Entonces, ¿qué se hace en estas fiestas? Admito que encontré tu descripción intrigante.

—Bueno. —La llevó a un sofá desocupado y la sentó allí, sentándose a su lado y estrechándole la mano—. Primero, actuamos como si fuera una fiesta normal, conversando, cotilleando, bebiendo y todo. —De repente pareció notar su mano vacía—. No tienes una bebida. —Parecía a punto de pedirle una.

Ella puso su mano libre sobre la de él, atrayendo su atención, y dijo:

—No me apetece esta noche.

Sus ojos recorrieron su rostro, considerándolo. Por fin, respondió:

—Muy bien. —Y luego volvió a la explicación—. Dentro de poco cenaremos, una cena bastante buena, debo añadir. No es hasta después de que comemos que los eventos oscuros comienzan a tener lugar. —Sus ojos brillaban con picardía—. Es una orgía de palabras, querida. Se sabe que las mujeres se desmayan.

Katerina puso los ojos en blanco, aunque por muy mal que se sintiera, no haría falta mucho para aflojar su control sobre la conciencia.

—Vamos —gritó un caballero achispado desde un sillón color burdeos en un rincón—, estoy aburrido. ¿No podemos empezar a leer antes de la cena por una vez?

—Ya, ya, señor Reardon. —Una mujer encantadora que parecía tener unos treinta años se acercó al caballero y le dio una palmada en el brazo—. Es nuestra costumbre esperar.

—Pero no hay nuevos chismes esta semana. Nada en absoluto. La conversación se está volviendo obsoleta aquí —continuó quejándose.

—Esa es tu corbata, no la conversación —bromeó un hombre mucho más joven con cabello color arena y un brillo travieso en sus ojos color avellana con el descontento.

El borracho se ruborizó y se calmó.

—Bueno, él no se equivoca —se quejó otra dama, una hermosa rubia con una expresión petulante y un labio inferior hinchado—. No hay nada nuevo de qué hablar.

—Bueno, señorita Carlisle —le dijo el joven—, ven conmigo y podemos crear un escándalo.

—No, gracias, señor Cary. Preferiría que no. —Ella se rió.

Ahora era el turno del joven de hacer pucheros.

Katerina se sintió más mareada que nunca tratando de mantenerse al día con las conversaciones arremolinadas. Aunque solo estaba compuesta por siete personas, para ella, la fiesta se sentía como una multitud... una ruidosa. El susurro de la tela sonaba anormalmente fuerte en sus oídos, al igual que los golpes de las botas.

Miró alrededor de la habitación, esperando fijar sus ojos en algo para estabilizarse. La anfitriona llevaba un vestido marrón abultado con flores amarillas silvestres. Katerina parpadeó y se volteó. El verde vibrante del vestido de la rubia asaltó sus ojos con su doloroso brillo. Incluso el fuego pareció apuñalarla. Un olor a cigarros rancios flotaba en el aire, lo que se sumaba a su mareo nauseabundo.

Desesperada, se volvió hacia el fondo de la habitación, detrás del área de asientos, donde la vista más bienvenida la recibió. Un piano estropeado se sentaba en la esquina.

—¿Crees —le preguntó a Christopher, mirando fijamente el negro reluciente de la madera—, que a alguien le importaría que tocara el piano un rato? —Ella señaló el instrumento.

—Déjame averiguarlo. —Él se dirigió a la sala—. Mi invitada, la señorita Valentino, se ha ofrecido a aliviar su aburrimiento tocando el piano. ¿Alguien interesado?

—Oh Dios, otra debutante golpeando el piano —se quejó el borracho—. Querida, ten cuidado. Si lo tocas mal, estaremos encantados de destriparte en efigie.

—Si toco mal —dijo ella en voz baja—, no me merecería menos.

Su comentario hizo que todos se quedaran boquiabiertos.

—Inténtalo —instó el joven llamado Cary, y varios otros invitados murmuraron en acuerdo.

Katerina intentó ponerse de pie, pero la presión del

corsé contra las heridas de su espalda hizo que el movimiento fuera demasiado doloroso.

—Ayúdame —le susurró a Christopher.

Él le lanzó una mirada de preocupación, pero se levantó y extendió una mano, poniéndola de pie. Esta noche, ella se había quitado los guantes, y sus dedos desnudos y helados se encontraron con los de él nuevamente, esta vez creando una conmoción de conciencia que la dejó momentáneamente aún más sin aliento. Luego inhaló tan profundamente como pudo dentro de sus apretados cordones y se dirigió lentamente hacia el piano, hundiéndose en el banco.

—¿Necesitas alguna partitura, querida? —preguntó la anfitriona.

—No por el momento —respondió ella—. Tengo algunos favoritos memorizados. ¿Todos disfrutan de Beethoven?

Nadie objetó.

Katerina respiró de nuevo, con la intención de que fuera profundo, pero no pudo manejarlo dentro del deshuesado restrictivo. Sopló sus dedos para calentarlos, miró un largo momento las teclas como si se comunicara silenciosamente con ellas, y por fin colocó sus manos en el teclado. Cerró los ojos y comenzó una serie de arpegios menores con su mano izquierda mientras la derecha comenzaba a formar los tristes acordes de la famosa "Sonata Claro de Luna".

Aunque sus ojos permanecieron cerrados, tocó cada nota correctamente. Para crear tensión y dramatismo, varió el volumen y ocasionalmente alargó el tempo.

El piano puede ser un instrumento bastante carente de emociones, pero Katerina sabía cómo acariciar las teclas y hacerlas llorar. Las conversaciones murieron en la habitación, envolviéndola en un silencio que le permitió retirarse por completo dentro de sí misma. Sus sentimientos sobreexcitados se vertieron en las teclas del piano, borrando momentáneamente su conciencia de su angustia.

~

Cuando el alegre segundo movimiento llegó a su fin, la señora Wilder comenzó a preocuparse. Los primeros y segundos movimientos eran bastante manejables para un pianista de habilidad moderada. El último no lo era. A la vez triste y terriblemente rápido, era inevitable que un diletante tocara varias notas desesperadamente equivocadas y la pieza terminara en un desastre. Casi interrumpió la interpretación al final del segundo movimiento para evitar que su joven invitada fuera destrozada por los miembros menos educados del grupo, pero dudó un momento demasiado.

Katerina, sin pausa, se lanzó a una rápida entrega de notas perfectamente ejecutadas. Incluso se sintió lo suficientemente cómoda, como lo había hecho en el primer movimiento, para alterar el volumen y el tempo para crear más dramatismo.

La diversión dio paso al asombro. «He escuchado a la Sonata Claro de Luna tocada mal. Incluso lo he hecho yo misma. Nunca la había escuchado sonar tan bien fuera de una sala de conciertos».

Por fin, con una escala ultrarrápida que trepaba por todo el teclado, la pieza encontró su conclusión y la música dejó caer los dedos de las teclas. Un completo silencio envolvió la sala, e incluso el fuego pareció abstenerse de crepitar, dando a la presentación una merecida ovación.

~

Aunque podía sentir los ojos en su espalda como un toque físico, Katerina no se volteó. Se sentó quieta en el banco, respirando lentamente mientras manchas flotaban frente a sus ojos. «No debería haber venido. Fue un error».

Después de una eternidad que probablemente duró cinco segundos, un estruendoso aplauso la distrajo de su miseria.

—¡Bravo! —aulló el borracho—. Increíble.

—Toca otra —instó la chica de los pucheros.

—Señorita Valentino —dijo Cary—, ¿conoce la Sonata Patética?

—La conozco —dijo ella—. ¿Puedo? —«Por favor, di que sí. Necesito esto más que nunca».

—Oh, sí —instaron varias voces alrededor de la habitación.

Ella asintió. Dando al grupo varios segundos para quedarse en silencio, se metió dentro de sí misma. Esta pieza le había resultado un desafío y la había aprendido más recientemente. Requeriría un nivel diferente de concentración.

Colocó sus dedos sobre las teclas y las bajó con fuerza, por lo que los acordes de apertura se estrellaron como un trueno. Más que ver, sintió saltar a varios invitados. Los acordes dramáticos dieron paso a una rápida ejecución de notas, y luego volvieron a los acordes. La alternancia entre los dos formó el tema de la pieza, y para enfatizar, rompió los acordes fuertemente pero tocó la escala con dedos suaves.

Al final de la segunda pieza, Katerina se había ganado completamente a la multitud y pidieron más. Pasó de Beethoven a Chopin y luego a otros compositores. Concentrándose por completo en el piano, pudo contener su inminente desmayo.

«Váyanse, manchas negras», instó ella. «Si bien no es inusual que las mujeres jóvenes se desmayen cuando están atadas con fuerza, el aflojamiento de mi corsé revelará más que una cintura imperfecta. Nadie puede saberlo. Debo permanecer consciente».

—La cena —llamó una mujer con voz londinense

desde la puerta.

El susurro de la tela acompañó al sonido de varios pies con botas que se dirigían hacia la puerta. Katerina respiró hondo, con la esperanza de calmarse, pero su lado magullado se comprimió contra el corsé y su visión se volvió borrosa. Se quedó sin aliento en un jadeo de dolor.

Incapaz de levantarse del banco, y con un dolor insoportable, Katerina esperó otro momento, esperando que el espasmo de agonía pasara. Una mano cálida se cerró sobre su brazo desnudo, justo por encima del codo.

—¿Qué pasa, amor? —preguntó Christopher—, y no digas que no es nada. Puedo ver que estás sufriendo.

—Estoy bien —respondió ella, pero el sonido ahogado de su voz delató la mentira.

—No, no lo estás —respondió—. ¿Puedes levantarte?

Ella sacudió su cabeza.

Christopher deslizó los dedos por su brazo hasta su mano, tomándola suavemente. Ella trató de usarlo como soporte, pero no fue suficiente. Su espalda se había endurecido y resistido el movimiento. Él suspiró y colocó ambas manos en su cintura, levantándola hasta una posición de pie. Salió torpemente de detrás del banco y se balanceó.

Christopher la agarró por la cintura con más fuerza, evitando que se cayera. De pie frente a frente, ella miró a los ojos grises llenos de preocupación.

—¿Qué pasó? —preguntó él con ternura, tocando una gota de sudor de su frente.

—Por favor, no quiero hablar de eso —suplicó.

—Estoy seguro de que no, pero me temo que debo insistir. ¿Te golpeó? —preguntó, su voz oscura.

«Oh, Dios, lo sabe». Ella apartó la mirada. Las lágrimas le picaron en las comisuras de los ojos y una se escapó. Aún sosteniéndola con un brazo alrededor de su cintura, Christopher usó su mano libre para quitar la gota.

—¿Por qué?

Ella tuvo que pensar durante varios segundos antes de poder formular una respuesta coherente a su pregunta.

—Escuchó un rumor. A menudo invita amigos, aunque rara vez sale él mismo. Le dicen cosas.

—¿Un rumor sobre qué? —preguntó Christopher.

«Esta noche, parece que no estará satisfecho con respuestas parciales».

—Que me vieron con un hombre.

—¿Yo? —La culpa torció el rostro de Christopher.

—A menos que sea una mentira, no hay otra posibilidad —respondió con brutal honestidad.

Ella vio cómo su garganta se movía mientras tragaba saliva.

—¿Qué tan gravemente estás herida?

—Es malo. —Ella sacudió su cabeza.

—¿Es por eso que no viniste a caminar con madre y conmigo? —La mandíbula de Christopher se apretó.

—Sí.

—¿Quieres irte?

«Eso es lo que querría una persona normal, ¿no? ¿Ir a casa y descansar?» Pero eso era lo último que quería Katerina.

—¿A dónde iría? Ha estado bebiendo todo el día. Si puedo mantenerme alejada hasta que se desmaye, podría pasar la noche ilesa, pero si me encuentra cuando está borracho… —Tragó saliva—. Temo. —Ella se atragantó.

—¿Temes de qué? —preguntó Christopher, y la preocupación en su rostro tocó un lugar tan profundo dentro de su corazón herido, que ella temió su reacción.

La honesta verdad, una que nunca antes había dicho en voz alta, se derramó de sus labios.

—No estoy segura de poder sobrevivir mucho más.

—Otra lágrima escapó, rodando por su mejilla.

Christopher respiró tan inestable como sus piernas temblorosas.

—Oh amor. Lo siento. Esto es culpa mía, ¿no?

A pesar de su angustia, trató de consolarlo.

—No, en absoluto. Siempre hay algo, Christopher. Si no fueras tú, encontraría otra excusa. Este… coqueteo significa mucho para mí. No te imaginas lo bonito que es poder salir de casa y tener algo que esperar. En casa… siempre es lo mismo.

—¿Coqueteo? No, amor. Esto no es un coqueteo. —Su voz se oscureció con pasión e intensidad, y el atractivo plateado de sus ojos se tornó acerado.

—¿Entonces, qué?

—Es un cortejo, por supuesto.

Los ojos de ella se agrandaron.

—¿De verdad pensaste que mis intenciones hacia ti no eran honorables? —preguntó él.

—No pensé que tuvieras intenciones en absoluto —respondió ella con sinceridad.

—Las tengo.

Mucho se dijo en esas sencillas palabras, y Katerina finalmente lo entendió. Un cortejo estaba destinado a conducir al matrimonio. El matrimonio significaba que la autoridad de su padre sobre ella terminaría. Podía confiar su futuro al cuidado de un hombre diferente, con suerte menos brutal. Pero ella se conocía a sí misma, lo desesperadamente dañada que estaba. Ella sacudió su cabeza.

—No me cortejes, Christopher. No soy buena para ti.

—Déjame decidir qué es bueno para mí —respondió.

—Estoy rota —le recordó.

—Te arreglaré —dijo él, pasando sus dedos por su mejilla.

—No puedes.

—Lo haré. Si quieres que te arreglen, se puede hacer. —Bajó la cabeza y la besó suavemente.

El toque provocó un delicioso y hormigueante calor, como antes. El placer desenfrenado la atravesó cuando sus labios oprimieron los de ella. Su poder para despertar la pasión en ella a pesar de su angustia la asombró.

—Te quiero, Katerina —dijo, soltando su boca—. Quiero cortejarte. Me gusta la atracción entre nosotros. ¿No te gusta?

—Sí, por supuesto. No me ha gustado tanto nada en años. Quizás alguna vez.

—¿Te gusta estar conmigo?

—¿Cómo no iba a hacerlo? Eres... bastante maravilloso.

Por un momento pareció estar en guerra consigo mismo. Luego dijo:

—Nunca sugeriría esto en circunstancias normales, pero déjame cortejarte en secreto. Si no puedo hacer esto de la manera correcta, déjame hacer lo incorrecto lo mejor que pueda. Pasa tiempo conmigo sin decírselo. Llega a conocerme. Creo que aquí hay futuro.

«¿Un futuro con Christopher? ¿Es eso siquiera posible? ¿Cuánto tiempo hasta que se canse de este juego, hasta que sus instintos protectores den paso al enfado?»

—¿Con qué propósito? Nunca podremos comprometernos.

—Lo sé. Cuando estemos listos, simplemente tendremos que fugarnos.

«Cuándo. No si».

—Se pondrá furioso. —Ella se estremeció de terror y luego hizo una mueca.

—Y como tú serías mi esposa, él tendría que guardarse su furia para sí mismo porque ya no tendría autoridad sobre ti —señaló Christopher.

Katerina consideró la posibilidad. La imagen de la vida como esposa de Christopher la inundó. Sin miedo. Sin golpes. Solo un buen hombre que se preocupara por ella. Era una imagen demasiado bonita para ser real. Y, por supuesto, ella llevaría su yo dañado y cobarde a la ecuación. «Esto es imposible». Su voz sonó áspera cuando habló.

—¿Cómo puedo, en buena conciencia, permitir que hagas esto? Quieres que sea tu… amada, tal vez incluso tu esposa algún día, y yo solo quiero que me rescaten.

Él sonrió, no la sonrisa sin reservas que normalmente le daba, sino una con un toque de humor a pesar de la oscuridad de la situación.

—Rescatar a la damisela y casarse con ella es una hermosa tradición inglesa, amor. Lo que viene después depende de ti. ¿Quieres pasar el resto de tu vida destruido por el terror de tu juventud?

—Por supuesto que no.

—Entonces aprovecha la oportunidad. Podríamos estar bien juntos, tú y yo.

Ella lo miró a los ojos. «Él es tan sincero, tan abierto, y yo soy un pantano de impulsos oscuros y temerosos; poco más que un animal, corriendo y escondido. ¿Cómo podría ser una verdadera esposa para él?»

—No creo que pueda confiar.

Él levantó una mano para tomar su mejilla.

—Por supuesto que no. Aún no. Eso lleva tiempo. Date el tiempo. Eventualmente, verás que no te haré daño.

—Estás corriendo un gran riesgo —le recordó ella, inclinándose hacia su toque.

—Lo sé. Estoy dispuesto.

—Haces que todo parezca posible. ¿Cómo puedo decir que no?

—No lo hagas. —Como persuasión, la besó de nuevo.

No había habido un toque amable en su vida desde la década de la muerte de su madre. La boca de Christopher sobre la de ella representaba cada abrazo que se había perdido porque su padre amaba el alcohol y el control más de lo que la amaba a ella.

Incapaz de resistirse a su pretendiente, levantó sus brazos doloridos y los deslizó alrededor de su cuello, acercándolo más. Las manos de él dejaron su cadera y rostro para rodear su cintura. La apretó.

Katerina gritó de agonía cuando sus brazos presionaron la carne magullada de su espalda baja. Sintió que una costra profunda se abría y un hilo de sangre le corría por su glúteo izquierda.

Su agarre se relajó instantáneamente.

—Oh, Dios, ¿qué? ¿Qué pasó?

—Duele —sollozó ella. El dolor de sus ofendidos moretones, su propia mortificación y el mareo de los apretados cordones conspiraron para romper su calma.

La mandíbula de Christopher se apretó.

—¿Qué tan gravemente estás herida? —preguntó de nuevo.

Ella no pudo contestar. Estaba temblando demasiado.

Con cuidado, la levantó, un brazo debajo de sus rodillas, el otro detrás de sus hombros, y la sacó del salón. La llevó a una habitación al final del pasillo. Después de asegurar su privacidad con un hábil giro de la llave en la cerradura, la colocó suavemente, boca abajo, en un diván de terciopelo negro en la esquina.

—¿Qué estás haciendo? —preguntó ella, su voz lejos de ser firme.

—Tengo que saberlo, amor —respondió.

—Por favor, Christopher —suplicó—. No quiero que veas.

—Estoy seguro de que no. —Pero eso no lo detuvo. Abrió los cierres de su vestido.

Como siempre, cuando se veía amenazada, se quedaba paralizada, tratando de volverse invisible. No funcionó. Nunca lo hacía. Anhelaba protestar, pero hacía mucho que le habían quitado la habilidad, por lo que se sometió en un silencio humillado.

Él abrió la parte de atrás de su vestido, bajándolo alrededor de su cintura, volviéndose hacia sus cordones.

—Amor, ¿por qué diablos te pusiste esta cosa si te duele? —preguntó él.

—Vanidad. —Su voz se quebró de nuevo—. Quería ser bonita para ti.

—Eres bonita —la tranquilizó con ternura—. No te lastimes por mi cuenta otra vez. ¿Lo prometes?

Ella no respondió. Después de varios minutos de buscar a tientas, la prenda se soltó, lo que le permitió quitársela. A medida que su caja torácica comprimida se expandió, las manchas que nadaban en la visión de Katerina se disiparon. De repente se dio cuenta de lo comprometedora que se había vuelto su posición. Mayormente desnuda de cintura para arriba en presencia de un hombre al que había conocido hace apenas dos semanas. Si alguien los encontraba… la boda se volvería inevitable.

Ella no se dio cuenta de que para Christopher, ya era inevitable.

~

A través de la fina tela de la camisola de lino de Katerina, Christopher ya podía ver algo alarmante. La piel de su espalda estaba desigual. La prenda yacía en crestas y surcos como si estuviera sobre tierra recién arada. Suavemente, deslizó la tela hacia abajo… o lo intentó. Se le pegó en varios lugares. Sus dedos comenzaron a temblar cuando reveló su cuerpo.

Christopher siempre había adorado la espalda de una mujer; desde la punta más ancha de los hombros, estrechándose hasta la cintura, ensanchando los glúteos, una larga línea de piel suave e inmaculada, perfecta para besar.

La espalda de Katerina no se parecía a nada que hubiera visto antes. Estaba marcada desde los omóplatos hacia abajo, tan baja como podía ver con el vestido y la camisola enredados alrededor de la cintura, con gruesas cicatrices cruzadas. Algunas eran claramente viejas; pálidos cordones de carne arruinada. Otras, aunque sólidas, tenían el tono rosado de la piel recién curada. Horror de horrores, algunas estaban frescas. Marcas profundas y terribles, abiertas y con costras, revelaban una paliza que rozaba la tortura.

En la parte baja de su espalda, donde la había abrazado, la sangre goteaba de una herida abierta por su columna. Entremezclados entre las marcas de los látigos, los moretones más profundos parecían líneas largas y rectas, algunos de un púrpura lívido, otros que se iban tornando amarillos.

—Oh, Dios mío —dijo él, con náuseas por el disgusto y la rabia—. ¿Qué hizo esto?

—Empezó con un látigo, pero se rompió.

—¿Y entonces? —preguntó, sin estar seguro de querer saber la respuesta.

—Un bastón para caminar.

Christopher cerró los ojos con fuerza por un momento, tratando de aceptar lo que había aprendido. Luego los abrió y reanudó el escrutinio de sus heridas.

Una herida profundamente magullada se envolvía alrededor de su costado. La hizo rodar suavemente, siguiendo la línea más allá de sus costillas, entre las cuales la carne desnutrida se hundía profundamente, y sobre su vientre. Allí, los moretones negros y azules eran tan densos que no se podían distinguir las marcas de impacto individuales. Por muy malo que pareciera su espalda, los golpes en su vientre le preocupaban mucho más. «Pudo haberla matado».

—¿Cómo diablos podías tocar? —preguntó él, horrorizado.

—Era una distracción —respondió en un tono suave y plano—. Eso ayudo.

—Esto no puede continuar —insistió él.

—¡No se puede hacer nada para detenerlo!

«Tanta desesperación. Nadie ha intentado ayudarla nunca. Ella nunca ha conocido la seguridad ni un día de su vida». Resolución se endureció en Christopher.

—¿Puedes intentar confiar en mí, amor? Puedo hacer que todo se detenga, para siempre.

—Es demasiado pronto —logró decir.

«Al menos entiende lo que estoy insinuando».

—Lo sé. ¿Con qué... frecuencia ocurre esto? —Incluso mientras pronunciaba las palabras, anhelaba abofetearse a sí mismo por su estupidez. «Como si las fuertes cicatrices no respondieran la pregunta».

—A menudo —admitió. Tomó un aliento desde sus pulmones, acercando su carne aún más profundamente entre sus costillas.

—¿Semanalmente? —presionó.

—Sí.

Reprimiendo brutalmente su ira, Christopher se esforzó por abordar el problema.

—Tenías razón al preocuparte por no sobrevivir a otro golpe. Esto, —Le tocó suavemente el vientre—, fácilmente podría haber resultado en lesiones internas fatales. No tendré tu muerte en mi conciencia.

—Tú no me pegaste —señaló ella, sus ojos suplicando por no saber qué.

—Pero sé lo que está pasando —respondió—. Si no actúo, soy igualmente responsable. Cásate conmigo, Katerina. Déjame alejarte de todo esto. ¿Por favor?

Ella se mordió el labio inferior e hizo una mueca cuando sus dientes golpearon el punto dolorido que él había notado el otro día.

—¿Es esta una base válida para el matrimonio?

—Tengo que hacer algo —insistió él, haciendo un gesto con la mano.

Ella se apartó del movimiento.

«Querido Señor, qué lío. ¿Cuál puede ser la respuesta correcta?»

Formular la pregunta produjo la respuesta. «No importa el resultado, no puedo dejarla morir. *No dejaré* que la mate».

—Una vez que estés a salvo, podemos trabajar para que sea lo que queremos que sea. Por favor, amor, déjame ayudarte. —Se arrodilló junto a ella en el suelo. Anhelaba abrazarla, pero no encontraba un lugar para poner las manos que no le causara agonía, así que tomó su rostro en su lugar. Ella siseó. Al retirar la mano, la encontró densamente manchada de cosméticos.

—¿Qué estás cubriendo?

—No hagas preguntas, Christopher —suplicó.

—Bien. Puedo adivinar, pero hay una cosa que tengo que saber. —Él tragó saliva.

—¿Qué es? —Ella bajó los párpados hasta la mitad, como si tratara de bloquear la vista de su rabia acumulada.

—Para protegerte, nuestro matrimonio tiene que ser… consumado. Demostrar impotencia no puede utilizarse como excusa para forzar una anulación. —Le ardían las mejillas, pero se obligó a continuar—. La forma más fácil de demostrar eso es…

—¿Una sábana ensangrentada? —interrumpió ella.

—Sí. ¿Es… posible? ¿Ha ido alguna vez su abuso en esa dirección? —Odiaba incluso hacer la pregunta, aunque sabía que esas cosas sucedían. «Por favor, Señor, al menos no eso».

—No estoy segura de lo que quieres decir. —Parpadeó, claramente luchando por concentrarse—. Siempre me he preguntado de dónde viene la sangre.

Un indicio de tensión abandonó los hombros de Christopher.

—Probablemente no lo hizo entonces. Bien. Explicaré el resto más tarde. Deberíamos irnos.

—¿Ir a dónde? —preguntó ella débilmente.

—En primer lugar, necesito ir con Cary —explicó—. Su tío es obispo. Si conseguimos que esté de acuerdo, podemos conseguir la licencia esta noche y celebrar la boda a primera hora de la mañana. Todo puede terminar mañana por la tarde.

—Está bien —dijo ella.

—¿Sí? —Parpadeó sorprendido. «¿Ella no se va a resistir a la sugerencia? ¿En serio? ¿Es tan fácil?»

—Sí. No quiero morir, Christopher.

—No lo harás. Ahora no. Has encontrado un defensor. —La besó tiernamente.

Ella sonrió lánguidamente.

Por fin, notó que al examinar sus heridas, también había revelado sus senos. Qué bonitos eran, pequeños pero dulcemente redondeados, con pezones de color marrón oscuro. Sintió una sacudida de deseo que se mezclaba con su tierna protección.

Con cuidado, le colocó la camisola por el cuerpo. Colocó su vestido en su lugar, sorprendido al notar que le quedaba sin la prenda interior que le daba forma al cuerpo. «La vanidad es algo terrible».

La modestia de ella se restauró, él continuó, expresando su plan en voz alta mientras lo hacía.

—Para que Cary y su tío estén de nuestro lado, debemos mostrarles lo mal que están las cosas. Dudo que quieras que te vean la espalda desnuda. Si te lavas la cara, ¿lo que hay debajo es… convincente?

—Probablemente —respondió ella.

Con una respiración profunda, Christopher escondió su imaginación salvaje y canalizó su furia en motivación.

—Está bien. Vuelvo enseguida. Lávate. —La besó una vez más, brevemente, y salió de la habitación.

Le tomó varios intentos, pero Katerina se las arregló para incorporarse y llegar al espejo. En una cómoda de madera debajo descansaba una jarra, de color blanco cremoso y pintada con rosas rosadas. Se quitó el polvo denso de la cara maltrecha y se permitió una sola mirada en el espejo. «Me veo terrible. Christopher se pondrá furioso cuando vea».

De repente, Katerina se sintió enferma. «Estoy desafiando intencionalmente a mi padre. Si fallamos, estoy muerta». Tenía que confiar su futuro a su defensor poco conocido, un hombre de dos semanas de conocimiento. Parecía amable, pero ¿cómo podía ella confiar en él? ¿Cómo podría casarse con él y darle el control total de ella? «¿Y si cambia después de casarnos?» Ella era sutilmente consciente de que el abuso que un esposo podía infligir a su esposa era diferente al de un padre. «Solo mira cómo sufrió mamá todos esos años hasta que finalmente murió por eso».

En defensa de Christopher, la madre de él había sido una de sus amigas más cercanas durante el último año. «No hay forma de que una mujer tan buena haya criado a un hijo malvado. Siendo realistas, debería ser digno de confianza». Pero la criatura aterrorizada dentro de ella rehuía la confianza.

Herida y asustada, las náuseas finalmente se apoderaron de ella y se tambaleó rígidamente hasta el orinal, se arrodilló dolorosamente y vomitó.

Allí fue donde Christopher y Cary la encontraron unos minutos después.

Cuando pasó el último de los espasmos, su pretendiente puso sus manos sobre sus hombros, sosteniéndola.

Cary se acercó con un vaso de agua fría. Se enjuagó, escupió y tomó un sorbo profundo.

Christopher la ayudó a ponerse de pie, volviéndola para mirarlos. Ambos hombres reaccionaron al ver su rostro.

—Dios mío —dijo Cary.

—¿Ese fue el látigo? —Christopher indicó un profundo moretón en su mejilla.

—El palo.

—¿Tus dientes están bien? —Las comisuras de sus ojos se tensaron.

—Parecen estarlo.

Él suspiró profundamente.

—Gracias a Dios. Cary, ¿crees que tu tío estaría de acuerdo en emitir una licencia esta noche? No hay tiempo para la lectura de prohibiciones.

—Y sin duda resultaría fatal si lo intentáramos —añadió Katerina en voz baja.

Cary se quedó mirando la herida en silencio por un momento más y luego se sacudió visiblemente.

—Mi tío es un agitador. Le encanta la reforma social. Creo que estaría encantado. Vámonos ahora mismo.

Katerina intentó dar un paso, pero la habitación se movió a su alrededor. Todo parecía moverse. Ella se tambaleó.

Christopher la tomó en brazos. Aunque el corsé le había dolido, no usarlo significaba que la tela de su camisola le irritaba la carne en carne viva de manera incómoda. Decidida a disfrutar del calor de sus brazos, trató de ignorar las dolorosas sensaciones, incluso cuando un par más de sus heridas reabrieron y comenzaron a sangrar. Se curarían y para entonces ella estaría a salvo.

«A salvo… ¿existe un lugar así? Qué maravilloso sería encontrarlo». Parecía que la Providencia había decretado que había sufrido bastante y le había proporcionado un escape. «Si esto está mal, no me importa. Cualquier cosa es mejor que esperar a que papá sucumba a un ataque de rabia y me golpee hasta matarme, y el riesgo es constante».

Un carruaje ya esperaba, tirado por un caballo blanco y negro, Cary le dio instrucciones al conductor mientras Christopher se acomodaba dentro con ella en su regazo. Ella hizo una mueca de nuevo cuando su peso se posó sobre su trasero. Él no lo había visto, pero ella tenía los peores y más profundos moretones allí. Era donde él había comenzado, con toda su fuerza. El dolor arrastró una confusión de imágenes aterradoras a una conciencia nítida. Una lluvia de golpes punzantes le golpeaba los glúteos y los muslos. La madera de su escritorio se sentía fría e inflexible bajo sus manos y su mejilla. '

Sus golpes perdieron el enfoque, lloviendo al azar sobre su espalda, sus hombros. La gruesa cicatriz la protegió un poco de ellos.

Cuando el recuerdo del bastón volando hacia su rostro floreció en su memoria, un estremecimiento profundo tiró de sus heridas. Su movimiento acercó su rostro al hombro de Christopher. El atractivo aroma de la colonia y su hombre favorito se abrió paso.

«Con suerte, esta será la última paliza que tendré que soportar. Imagina, una vida sin miedo. Con Christopher dispuesto a ayudar, estoy decidida a hacer que suceda… Solo espero poder».

El viaje a la casa del obispo tomó solo unos minutos. Se acercaron con cautela, inseguros de su recepción, especialmente cuando Christopher todavía acunaba a Katerina en sus brazos. Ella apoyó la mejilla contra su hombro, extrayendo más fuerza de su toque y el aroma de su piel.

Cary tocó.

El propio obispo, vestido con una bata burdeos, abrió para ellos y contempló la escena con una ceja arqueada con curiosidad.

—James, ¿qué está pasando? —le preguntó a su sobrino.

—¿Podemos pasar por favor? —suplicó el joven vicario.

—Por supuesto. —Los hizo pasar por la puerta y entrar en una sala de estar, donde se instalaron todos.

Aunque su atención permaneció inestable, Katerina notó una lujosa alfombra oriental, una mesa con una Biblia ornamentada y algunos muebles raídos pero cómodos.

El obispo y Cary seleccionaron sillones tapizados en verde a juego, dejando a Christopher en el sofá. Se hundió hacia atrás. Katerina respiró lentamente para evitar llorar de dolor. Luego se volvió lentamente para mirar al obispo. A través del velo de manchas negras nadando, vio que él la miraba de reojo, tumbada en el regazo de Christopher. Su rostro ardía de vergüenza, pero no podía moverse. Una vez más, la inconsciencia la tentó como el canto de una sirena, prometiéndole un bendito alivio de su agonía.

—Está bien, James —dijo el obispo con una voz oscura y sospechosa—, ¿qué está pasando?

—Quizás Christopher debería decírtelo —indicó Cary a su amigo.

—Bueno, Bennett, ¿qué diablos estás haciendo? —preguntó el obispo.

—Necesito un favor de usted, reverente Cary. Necesito una licencia de inmediato. —Acarició la mejilla de Katerina en un gesto tranquilizador. Su toque ayudó a anclarla a sus sentidos.

—¿Una licencia de matrimonio? —Las cejas del obispo se dispararon casi hasta la línea del cabello, frunciendo la frente en líneas profundas.

—Sí —respondió Christopher simplemente. Katerina pudo ver que su atención estaba en ella y no en la conversación. Sus cálidos ojos grises le dieron algo a lo que aferrarse, empujando la inconsciencia una vez más.

—Veo que te estás dando bastantes libertades con la joven.

Christopher miró al obispo y Katerina pudo ver la angustiada torcedura de los labios.

—Le ruego me disculpe. Ella está herida. —La abrazó suavemente.

—¿Herida? —La duda flotaba pesadamente en la voz del obispo.

Ella bajó los párpados avergonzada.

—Su padre la ha golpeado casi hasta matarla —explicó Christopher—. Si no me caso con ella de inmediato, dudo que la deje vivir otra semana.

En sus brazos, Katerina se estremeció. «Tiene razón y, sin embargo, odio escuchar las palabras en voz alta».

—¿Cómo puedo saber que esto es cierto? —preguntó el obispo, con mucha sospecha en su expresión y tono —. Suena como una táctica inteligente para eludir los deseos de él. ¿Te ha prohibido cortejarla?

—No es seguro acercarse a él. Si duda de mí, mire lo que le hizo a la cara. —Christopher agitó una mano cerca de su mejilla.

Ella retrocedió instintivamente ante el movimiento.

El obispo se acercó y miró el lívido moretón.

—Lo hizo con un bastón. Él podría haberle arrancado todos los dientes.

La evaluación franca y horrorizada de Christopher sobre el abuso le pareció extraña a Katerina. «Lo que ha sido normal toda mi vida es de repente aborrecible».

—He visto moretones como este fingidos antes — señaló el obispo—. Una aplicación hábil de cosméticos puede imitar fácilmente una lesión.

La respiración de Katerina se detuvo en lo que debió ser el centésimo sollozo. «Por favor, Señor, déjalo escuchar». Cerró los ojos contra el escozor de las lágrimas.

Christopher gruñó de frustración.

—Por favor, tío. Escúchalo —instó Cary—. Christopher no estaría haciendo esto si no fuera vital. La semana pasada estaba dispuesto a cortejarla lentamente. Esta noche, está desesperado por casarse con ella. Ha ocurrido algo terrible. Además, lo conoces desde que estábamos juntos en la escuela. Sabes que no es de los que se aprovechan de una mujer inocente.

—Querida —el obispo se dirigió directamente a Katerina—, sería mejor que escucharas a tu padre.

Ella negó con la cabeza, pero el habla la había abandonado. Sus labios hormigueantes se negaban a seguir las órdenes de su mente y su lengua se sentía inútil como una tabla de madera en su boca.

—Se lo prometo, no estoy tratando de engañar a nadie. —El tono de Christopher se suavizó—. Katerina, creo que tenemos que mostrárselo. Lo siento, amor. ¿Dejarás que te vea la espalda?

Ella asintió aturdida.

—Está bien, te voy a poner de pie. No te preocupes, no te dejaré caer. Solo apóyate en mí. —Se puso de pie, todavía abrazándola, y luego la bajó al suelo, sus brazos debajo de los de ella. Ella apoyó la cabeza en su hombro.

—Cary —comenzó Christopher. «No. Eso es demasiado formal». Después de todo lo que había sucedido esta noche, su amistad había pasado a un nuevo nivel—. James. ¿Puedes... puedes abrir la parte de atrás de su vestido?

—¿Qué? ¿Por qué? —preguntó el otro joven, todo su rostro arrugado por la consternación.

—Créeme. Por favor —instó Christopher.

—¿Qué diablos hay en su vestido? —Él se acercó. Christopher miró por encima de su hombro.

—¡Maldición! —«Tranquilo, tonto. Maldecir delante del obispo no va a ayudarte»—. Le ruego que me disculpe, reverendo Cary. Es sangre. Parece que más de sus heridas se han abierto. La he movido demasiado. Lo siento amor.

James alcanzó los cierres de su vestido pero vaciló.

—Esto está mal.

—Es necesario, y ella está de acuerdo, ¿no es así, Katerina?

Katerina asintió contra su hombro. Su peso estaba

creciendo a medida que sus piernas temblorosas perdían fuerza.

—Por favor, apúrate. Me temo que se va a desmayar.

James abrió la parte de atrás del vestido y Christopher lo deslizó y su camisola, hasta su cintura, manteniendo su parte de enfrente pegada al pecho de él para preservar su modestia.

—¡Dios mío! —exclamó James, y su tío gruñó de asombro.

—¿Ahí lo ven? ¿Alguna vez se han encontrado con lesiones tan graves? —preguntó Christopher, sus dedos deslizándose sobre un surco profundo.

—Una vez —dijo el obispo con gravedad—. La desafortunada dama no sobrevivió. Tuve que realizar su funeral. Su marido fue ahorcado. ¿Es esa la magnitud del daño?

—No. —Christopher no dio más detalles. No necesitaba hacerlo—. ¿Emitirá la licencia ahora?

—Quizás. Primero necesito hablar con ella a solas.

—James, ¿un poco de ayuda por favor?

Juntos trabajaron para poner su ropa sobre su piel arruinada y la abrocharon. Christopher la acompañó de espaldas al sofá, soportando casi todo su peso, y la ayudó a acostarse sobre su único lado sano. Con dedos suaves, apartó un mechón de cabello oscuro de su rostro ceniciento.

—No te vayas, Christopher —sollozó, encontrando por fin su voz.

—No iré muy lejos, amor —prometió—. El obispo necesita hablar contigo. Estaré cerca si me necesitas. —Le acarició la mejilla suavemente y presionó los labios contra su frente—. Sé fuerte, Katerina. Cualquier cosa que te pregunte, dile la verdad.

Se quedó en la puerta hasta que James lo sacó.

—Está a salvo con mi tío. Vamos a buscar un bocadillo. Apenas pude comer un bocado y tú no comiste nada. Además, te vendría bien un trago.

CAPÍTULO 6

—Querida. —El obispo se acercó a Katerina lentamente. Las lágrimas se deslizaron por su sien hasta la tapicería de color zafiro—. ¿Me juras que fue tu padre, y no tu joven, quien te lastimó tanto?

Ella lo miró con recelo.

—A veces, los hombres abusivos pueden obligar a las mujeres a mentir, pero si te casas con él, el abuso continuará.

—No. —Se armó de valor, usando lo último de su vacilante fuerza para forzar las palabras—. El matrimonio es la única forma de detenerlo. Christopher no me hizo esto. Padre lo hizo. Solo conozco a Christopher desde hace dos semanas.

—Ya veo —respondió el obispo, mostrando comprensión en su rostro amistoso y arrugado—, y esas cicatrices son mucho más antiguas, ¿no es así?

—Algunas tienen diez años —elaboró, esforzándose por mover sus labios entumecidos.

—Lamento todo lo que has tenido que soportar —murmuró, gentil y sincero.

—Gracias. —Su párpado comenzó a temblar, por lo que cerró los ojos.

—¿Necesitas que llame a alguien para que trate tus heridas? —preguntó el obispo, su voz no del todo firme.

Katerina negó con la cabeza.

—No son tan malas como parecen —respondió—. No necesito nada más que dormir y casarme con Christopher mañana.

—Muy bien. Descansa querida. —Se volvió para salir de la habitación.

Una vez más, Katerina habló en voz baja, expresando la pregunta que había permanecido en el fondo de su mente desde que Christopher propuso este loco plan.

—¿Está mal por mi parte el pedirle esto a él?

El obispo se volvió y la miró sin hablar durante un buen rato. Aunque su expresión permaneció sombría, algo de esperanza pareció brillar en sus ojos azules.

—Es bueno que lo pienses. Sin embargo, él es tu única esperanza.

—Lo sé. Ojalá tuviera algo que ofrecer a cambio. —La desesperación cruda apretó su corazón.

—Lo harás algún día cuando estés mejor. —Le dio unas palmaditas en el hombro para tranquilizarla.

—¿Se curará mi corazón alguna vez? —preguntó con voz débil y vacilante.

—Si lo deseas, si oras y tratas con todas tus fuerzas de confiar, de dejar atrás el pasado, puedes llorar por una temporada y luego comenzar a mejorar. Lo he visto. —Pareció considerarlo por un momento—. ¿Alguna vez te han amado? —preguntó al fin.

—Antes de la muerte de mi madre, ella me amaba. —Por un momento, Katerina podría haber jurado que brazos cálidos y reconfortantes la envolvieron.

—Entonces hay esperanza —dijo el obispo con una sonrisa triste—. Recuerda su amor. Te mostrará el camino.

«Eso tiene sentido, pero tendrá que considerarlo más tarde. Estoy al final de mis fuerzas».

—Sí.

—¿Y realmente no fue el señor Bennett quien te lastimó? —preguntó él de nuevo.

—No. En serio no lo fue —se atragantó.

—Está bien. Descansa entonces. Necesito hablar con él y con mi sobrino. Creo que, por la mañana, estarás libre de este peligro para siempre.

—Gracias. —Feliz de que ya no necesitaba permanecer consciente, Katerina finalmente se desmayó.

~

El reverendo William Cary se secó una lágrima del rabillo del ojo y dejó a Katerina descansar, siguiendo a su sobrino y Christopher hasta la cocina. Allí, encontró a James sorbiendo un plato de sopa en la mesa toscamente tallada. Christopher se apoyaba incómodo contra la pared entre la puerta y la estufa donde los restos de la cena del obispo aún hervían a fuego lento. Miró con tristeza una copa de brandy.

Al escuchar los pasos que se acercaban, ambos miraron hacia arriba.

—¿Bien?

—Cálmate, hijo —le dijo a Christopher con suavidad—. Emitiré la licencia. Realizaré la boda por la mañana. ¿Seguro que quieres hacer esto? Ella tardará años en recuperarse si alguna vez lo hace.

—¿Y si ella muere porque yo no hice nada? ¿Entonces qué? —preguntó con fiereza.

—Es una carga terrible —respondió el obispo, con la boca en una línea sombría—. Sé exactamente lo terrible que es, pero no podemos salvar a todos. Las leyes deben cambiarse primero.

—Eso llevará años —le recordó Christopher—. Entonces, mientras tanto, puedo salvar a esta mujer. ¿Me dejará?

—Tío —intervino James, levantando la vista de su

cuenco—, escucha, conozco a esta chica. Bailé con ella. No tenía ni idea. Pensé que era simplemente tímida. Christopher vio a través de eso. Creo que hay algo… especial entre ellos. Quizás él siempre estuvo destinado a ser su salvador.

—Quizás —concedió el reverendo Cary mientras recuperaba un plato y una cuchara—. Ciertamente quiere serlo.

—¿Ella está bien? —preguntó Christopher.

—Está durmiendo ahora. La dejé. Estoy seguro de que necesita el descanso. He dicho que realizaré la boda y lo haré. Toma, come algo. —Ofreció el cuenco.

—Estoy demasiado molesto para comer. —Christopher lo rechazó con un gesto.

—Sí, me imagino —respondió el obispo, sirviéndose una porción. Se sentó y miró a Christopher antes de agregar—: Eres heroico por intentar ayudar.

~

Christopher notó el comentario como equivocado, provocando que la boca de su estómago se agitara de disgusto. «Héroe, ja. Un verdadero héroe habría hecho algo antes de que esto sucediera».

—Eso no es de lo que se trata.

El reverendo Cary se levantó de la mesa y cruzó la habitación para darle una palmada en el hombro a Christopher.

—Lo sé. Espero que esta feroz atracción y protección se convierta algún día en un amor profundo y mutuo.

Christopher lo miró a los ojos, seguro de que su angustia era demasiado visible para su comodidad.

—Tengo que creerlo.

La mano en su hombro apretó ligeramente.

—Sí. Bueno, si no vas a comer, deja el brandy. No te servirá de nada tener resaca para tu boda. ¿Por qué no intentas descansar un poco? Tengo una habitación de invitados preparada.

—Muy bien. —Christopher suspiró profundamente.

Se levantó y se dirigió hacia la casa. Había visitado esta casa con bastante frecuencia, con Cary, y conocía el camino. Primero, regresó a la sala, donde, como había dicho el obispo, Katerina yacía dormida en el sofá.

Se arrodilló frente a ella.

—Desearía haberte ayudado antes —le dijo mientras ella dormía—, pero te juro que nunca dejaré que te vuelva a hacer daño. —Luego le besó los labios con ternura.

Sus párpados se abrieron revoloteando. Sus cálidos ojos marrones se encontraron con los suyos y ella sonrió.

—Descansa, amor —le dijo él—, mañana es el día de tu boda.

La tímida esperanza y la gratitud amanecieron en sus ojos.

—Gracias, Christopher.

Como estaba despierta, la besó una vez más y disfrutó de su respuesta. Luego, le pasó la mano por la frente con dulzura hasta que sus párpados se cerraron de nuevo.

CAPÍTULO 7

Al mediodía del día siguiente, Katerina caminó lenta y dolorosamente desde el carruaje hasta la verja de hierro forjado que rodeaba el jardín del cementerio, que ahora permanecía dormido bajo el dominio de un gélido invierno londinense. Delante de ella, esperaba un edificio pequeño y sencillo construido con ladrillos dorados. Allí, finalmente se libraría del riesgo del abuso de su padre para siempre.

El viento agitó su vestido de novia azul helado, que había tomado prestado del armario de la difunta esposa del obispo. Le quedaba mal, era demasiado corto y demasiado generoso para ella, pero no había forma de evitarlo. Su vestido de fiesta estaba manchado de sangre.

Se apoyó pesadamente en Christopher en busca de apoyo mientras subían los escalones, a través de una puerta de madera arqueada en la que un único rosetón de vidrio incoloro dejaba entrar un rayo de sol pálido invernal.

Katerina pasó junto a James Cary, que estaba sentado mordiéndose las uñas. Dos desconocidos se sentaron a su lado, una pareja mayor con ropas resistentes. «Probablemente el jardinero y la mujer de la limpieza se pusieron en servicio como testigos», pensó Katerina distraídamente. «No hay tiempo para una congregación y no querría una si pudiera tenerla».

Katerina sintió un placer repentino y feroz. «Padre ya debe estar despierto de su estupor borracho. Está enfermo y enojado y sin duda me busca, pero nunca me encontrará a tiempo. Todos los que saben dónde estoy están en esta habitación». La comprensión reforzó su confianza.

Sus heridas, aunque ya no sangraban, se sentían rígidas y frágiles. Caminó con cuidado, el dolor explotaba con cada paso hasta que se detuvieron frente a un altar bajo un techo abovedado blanco, decorado con una amplia celosía de madera.

El obispo Cary los esperaba con su libro de oraciones en la mano. Lo abrió, aunque sus ojos permanecieron fijos en Katerina, la preocupación torciendo su rostro mientras hablaba.

—Queridos hermanos, estamos reunidos aquí ante los ojos de Dios y ante la cara de esta congregación... —Miró al banco más allá de la pareja a los tres individuos reunidos antes de apresurarse.

La atención de Katerina vaciló de nuevo. «Apenas puedo creer que esté haciendo esto... y por otro lado, ¿cómo no?» La recitación sonora del obispo rompió su contemplación. «Es tu boda, niña. Presta atención».

—En segundo lugar, fue ordenado como remedio contra el pecado.

«Pecado, ja. Algunos podrían decir que esta misma boda es un pecado, pero no lo es. Honrar a mi padre es imposible. No importaba lo buena que fuera, nunca he podido satisfacer sus demandas, y ahora estoy siendo muy mala, desafiándolo, y las recompensas serán considerables».

El obispo prosiguió.

—Les exijo y los exhorto a ambos, como responderán en el terrible día del juicio cuando se revelarán los secretos de todos los corazones, que si alguno de ustedes conoce algún impedimento de por qué no pueden estar legalmente unidos en matrimonio, confiésenlo ahora…

Una vez más, su injusticia con Christopher la golpeó. «Si hay un impedimento, será ese. Yo gano todo con este matrimonio, pero ¿qué gana él? Una novia aterrorizada y arruinada». Un escalofrío recorrió su espalda, pero se recordó a sí misma que él sabía lo que estaba haciendo. «Al menos, espero que lo haga, y además, tengo la opción, no, el deber, de tratar de convertirme en una esposa digna. Algún día, si Dios quiere, lo lograré».

Sacudiéndose de nuevo sus pensamientos vagabundos, Katerina volvió a centrar su atención en el obispo Cary, justo cuando él se volvió hacia Christopher.

—¿Quieres tener a esta mujer por esposa, para vivir juntos según la orden de Dios en el santo estado del matrimonio? ¿La amarás, la consolarás, la honrarás y la mantendrás en la salud y la enfermedad, y abandonando todo lo demás, te guardes solo para ella, mientras ambos vivan?

—Lo haré —respondió Christopher con voz tranquila y sin miedo. Miró a Katerina a la cara y a los ojos. Esta vez, el choque estático de su innegable conexión irradió cálido y profundo en los recovecos de su ser.

Le robó el aliento por un momento, y fue solo débilmente, como desde una gran distancia, que escuchó al obispo hablándole.

—¿Quieres tener a este hombre para tu esposo, para vivir juntos según la orden de Dios en el santo estado del matrimonio? ¿Le obedecerás y servirás, amarás, honrarás y mantendrás en la salud y la enfermedad, y abandonando todo los demás, te guardes solo para él, mientras ambos vivan?

—Yo… ejem. —Se aclaró la garganta de un repentino y áspero sonido—. Lo haré.

Como no tenían a nadie para dar a la novia (en esencia, Christopher la estaba robando), el obispo Cary se adelantó a los votos.

Una vez más, la voz de Christopher se mantuvo firme y confiada cuando tomó su mano y dijo:

—Yo, Christopher, te tomo, Katerina, como mi esposa, para tener y sostener a partir de este día en adelante, para mejor o peor, en la riqueza o en la pobreza, salud y enfermedad, para amar y cuidar, hasta que la muerte nos separe, según la santa ordenanza de Dios; y por eso te desposo.

El fantasma de una sonrisa arrugó sus labios. «Realmente quiere esto», pensó ella. «No solo para salvarme, aunque eso juega un papel importante en el momento. No, hay algo en mí que hace feliz a este hombre amable y encantador». Ella parpadeó.

Detrás de ellos, las nubes se abrieron y un rayo de sol atravesó el cristal de colores de la ventana, llenándolos de alegres arcoíris.

Katerina se tragó un nudo en la garganta.

—Yo, Katerina, te tomo, Christopher, como mi esposo, para tener y sostener a partir de este día en adelante, para mejor o peor, en la riqueza o en la pobreza, salud y enfermedad, para amar y cuidar, hasta que la muerte nos separe, según la santa ordenanza de Dios; y por eso te desposo.

Él le soltó la mano de mala gana para aceptar del reverendo Cary una simple banda de oro que James había ido antes a comprarles. Lo colocó en el dedo de Katerina y repitió:

—Con este anillo, te desposo, con mi cuerpo te adoro y con todos mis bienes terrenales te doto: en el nombre del Padre, y del Hijo, y del Espíritu Santo. Amén.

Luego vino una oración, y tanto Christopher como el obispo tuvieron que agarrar a Katerina de los brazos para ayudarla a ponerse de rodillas. Le ardían la espalda y los glúteos y le dolía el vientre, pero perseveró. «Señor, si esta es tu voluntad, aceptaré el dolor. Solo ayúdame a ser digna de tu regalo y de el sacrificio de él».

Después de la oración, Katerina luchó dolorosamente por ponerse de pie.

El obispo Cary dijo:

—Aquellos a quienes Dios unió, que nadie los separe. Ya que Christopher y Katerina han consentido juntos en el santo matrimonio y han sido testigos de lo mismo ante Dios y esta compañía, y por eso han dado y prometido su fidelidad al otro y han declarado lo mismo dando y recibiendo un anillo, y por unión de manos. Yo declaro que serán marido y mujer juntos, en el nombre del Padre, y del Hijo, y del Espíritu Santo. Amén.

Christopher condujo a su novia por el pasillo, sosteniéndola con su brazo alrededor del de ella.

Katerina sentía los pies entumecidos mientras tropezaba y luchaba por mantenerse en pie. «Estamos casados. Está hecho. ¡Gracias a Dios!»

Al otro lado de la ciudad, llegaron a la casa de Christopher; un cuarto de soltero desordenado y estrecho que nunca tuvo la intención de ser compartido con una mujer. Todo el espacio habitable constaba de solo dos habitaciones: un salón y un dormitorio. El salón contenía muebles escasos, ya que poco cabía en el estrecho espacio.

—Lo siento, amor —le dijo Christopher mientras la escoltaba por el umbral hacia la sala de estar—. Buscaré un hogar pronto. —Barrió una pila de papeles desordenados del sofá al suelo y la instó a sentarse, se unió a ella y tomó su mano entre las suyas.

—Me alegro de estar aquí contigo —respondió ella, entrelazando sus dedos.

—¿Puedo traerte algo? —La cortesía había provocado la pregunta, pero tenía poco que ofrecer en el apartamento aparte de licor, vino y media barra de pan, que casi con certeza, era demasiado dura para comer. Comía la mayoría de sus comidas en otro lugar.

—No, gracias —respondió ella—. ¿Podemos proceder?

—¿Con qué? —preguntó.

—No estoy realmente segura todavía, ¿verdad, Christopher?

Él se volvió bruscamente para mirarla, frunció las cejas y negó con la cabeza.

—No estás lista.

—No importa —insistió Katerina.

—Estás muy malherida —dijo, sin terminar de discutir.

—¿Y si me encuentra? ¿No puede llevarme, anular el matrimonio? —señaló ella—. Soy joven, Christopher. Sería fácil para él convencer… a alguien de que me manipulaste y me quitaste de su cuidado hasta que todo se pudiera arreglar.

—Podría —dijo Christopher a regañadientes. «¿Ella tiene la razón? No quiero hacerle más daño».

—Y luego moriría —dijo con una voz dura y plana.

Christopher rompió el contacto visual, trazando el patrón de enredaderas a través de la tapicería del sofá.

—Entonces no hay nada más que decir, ¿verdad? Vamos. —Ella tiró de su mano.

—Kat, no sabes lo que estás diciendo —protestó Christopher.

—Tienes razón. Prometiste explicármelo. —Ella lo miró con una expresión serena que demostraba su poderosa inocencia.

—¿Tiene alguna idea de lo que implica consumar un matrimonio? —preguntó él.

—Mi madre murió cuando yo tenía nueve años. No tengo idea.

—Oh, Señor. —Suspiró, se armó de valor y prosiguió —: Muy bien. Esta será una conversación difícil. ¿Estás lista?

Ella asintió.

—Muy bien, ¿conoces tu tiempo del mes?

—Sí. —Ella ya se estaba sonrojando.

—Hay una abertura ahí… entre tus piernas.

—Sí. —El rosa de sus mejillas se oscureció.

—Tengo que llenarlo —dijo. Tragó saliva. «Hacer el amor es mucho más fácil de hacer que de explicar».

Ella palideció y luego lo miró, desconcertada.

—¿Con qué?

—Con mi… mi… déjame mostrarte. —Él tomó la mano de ella y la guió hacia la parte delantera de sus pantalones. Sus ojos se agrandaron.

—¿Sientes eso? —preguntó él.

— Si. Por supuesto. —Pero sus ojos todavía hacían muchas preguntas.

—Encaja perfectamente. Y luego, bueno, hay… una sustancia que sale. La pongo dentro de ti y, si es el momento adecuado y el Señor lo quiere, se crea un bebé.

—¿Esa es la consumación? —Le complació notar que ella parecía curiosa más que confundida.

—Sí.

—¿Y causa sangrado? —preguntó.

«Ahora pareces preocupada, ¿verdad, amor? Bueno, con razón. No es un juego.

—La primera vez —respondió él—. Hay un pequeño… bloqueo dentro de ti. Tu virginidad. Lo rompo cuando entro en ti.

—¿La primera vez? —Sus cejas delicadamente arqueadas se juntaron—. ¿Cuántas veces hacemos esto?

—A menudo —respondió él—. Es bastante… placentero.

Ella arqueó una ceja.

—¿Ves, amor? —le dijo gentilmente—. No estás lista. Me casé contigo para salvarte, pero ahora eres mi esposa. Es de por vida, ¿sabes? El adulterio me repugna. Por lo tanto, a partir de ahora, eres mi única fuente de satisfacción sexual. No quiero que te vuelvas… renuente porque tuvimos intimidad antes de darle tiempo al deseo para que se desarrollara.

Aunque confundida y avergonzada, siguió presionando.

—No hay elección. Tenemos que. No estaré a salvo hasta que lo hagamos.

—Lo sé —respondió él, tratando de explicar su vaga incomodidad—, pero también es la primera vez que hacemos el amor juntos. Me estás dando tu virginidad. Todo eso importa. Quiero que sea bueno para ti, así te gustará.

Ella consideró sus palabras.

—Incluso si este momento es… difícil, te prometo que te dejaré seguir haciéndolo hasta que lo hagamos bien. Soy un desastre en este momento, pero no quiero quedarme así para siempre. Quiero ser una buena esposa.

—Gracias cariño. Eso podría marcar la diferencia. —Christopher le tomó la mano y se la apretó.

—¿Procedemos entonces?

Ella tenía razón y, a pesar de sus serias dudas, él lo sabía.

—Muy bien.

La ayudó a ponerse de pie y la condujo a su dormitorio. Como el resto del apartamento, era pequeño, apenas había espacio en el interior para un armario modesto y una cama, sencilla y sin adornos, con sábanas y fundas de buena calidad, pero sin tapices ni cortinas laterales.

—Esto normalmente se hace desnudos, ya sabes —le dijo él.

Ella se sonrojó pero asintió. Volviéndose, le dejó abrir su vestido prestado. Lo dejó caer al suelo y le levantó la camisa ensangrentada por la cabeza.

A la luz del día, las heridas en su espalda parecían aún más terribles y se extendían casi hasta sus rodillas. «¿Cuántas veces la han golpeado hasta sangrar y nadie ha intentado ayudar? Incluso una vez es demasiado».

Abandonando esta línea de pensamiento, apartó las mantas de la cama, contento de notar que la mujer de la limpieza había cambiado las sábanas.

Él extendió una mano y ella la agarró para apoyarse, subiéndose al colchón.

—Ponte en una posición cómoda, amor —le indicó—. Trabajaré en torno a lo que puedas manejar.

Se acostó sobre su costado ileso, frente a él, con el brazo debajo de la cabeza. De frente, parecía menos dañada y él podía centrar su atención en sus mejillas sonrojadas, sus bonitos pechos y sus suaves muslos, e ignorar los moretones amarillos y morados de su abdomen. Él se desnudó rápidamente y se unió a ella, cara a cara, inclinándose para darle un beso largo y dulce.

—Te gusta besar, ¿no es así, amor? —preguntó él, sus labios a centímetros de los de ella.

—Sí. ¿Es bueno eso?

Su vacilante entusiasmo lo cautivó, recordándole por qué todo esto había sido necesario.

—Es un excelente comienzo. Ya sabes, si abres un poco, puedo darte un beso aún mejor.

—¿En serio? —Ella sonó dudosa.

«Le gusta mucho besar, ¿verdad? Bien».

—Inténtalo. Sin embargo, no te asustes.

—¿Qué vas a hacer?

—Ya verás.

Sus labios se separaron. Bajó su boca hacia la de ella de nuevo, tirando de las horquillas de su cabello para dejar que los largos mechones oscuros cayeran alrededor de ella. «¡Qué hermosa es!» Desarrollar el deseo de tener intimidad con ella no seréa nada difícil. Él ya la deseaba, pero realmente quería que ella encontrara alegría en su lecho matrimonial algún día, así que tuvo que tomarla con calma.

Acariciando los sedosos mechones, dejó que su

lengua tocara sus labios. Ella respiró hondo pero no protestó, permitiendo que su experiencia los guiara. «Excelente». Entró en su boca. Sabía a té y a mujer, y él le acarició la boca con suavidad durante largos momentos mientras su sorpresa se desvanecía. Eventualmente, ella comenzó a responder instintivamente a su beso, tocando su lengua vacilante con la de ella. La dejó explorar durante unos momentos y luego retrocedió.

—¿Eso estuvo mal? —preguntó ella, sus ojos llenos de preocupación.

Se le ocurrió que, en su mente, hacer las cosas mal no solo era vergonzoso sino peligroso. Intentó tranquilizarla.

—No, fue perfecto.

—Me siento como una chica tan mala, estar desnuda en la cama contigo. —Sus ojos se volvieron tímidos, aunque él no diría que estaba realmente avergonzada.

—Irónicamente, son las mismas características que hacen que una chica mala sea una buena esposa —respondió Christopher—. Ahora que estamos casados, amor, tienes todo el derecho y la responsabilidad de compartir tu hermoso cuerpo y tus dulces besos conmigo, y yo tengo lo mismo contigo.

—Bien. Me gusta la forma en que me tocas —dijo ella mientras él acariciaba su cabello.

—No has tenido suficiente afecto en años, ¿verdad?

Ella sacudió su cabeza.

—Yo me encargaré de eso por ti. —Sus palabras la hicieron sonreír, nerviosa pero sinceramente—. Ahora bien, ¿estás lista para un poco más?

—¿Como?

—Tienes unos pechos pequeños y encantadores. ¿Puedo tocarlos?

—¿Por qué quieres? —Confusión de nuevo.

Christopher aplastó su frustración. «No es culpa suya que no lo sepa. Al menos no tiene nociones preconcebidas».

—Creo que podrías disfrutar de la sensación.

—¿Está permitido?

—Si tuviéramos tiempo, te dejaría leer el Cantar de los Cantares. Si las Escrituras se enorgullecen de que un hombre toque los pechos de su esposa, no tenemos nada de qué preocuparnos.

—Tienes razón. Había olvidado esa parte. —Su expresión se volvió pensativa.

—¿Lo leíste? —Sus ojos se agrandaron.

—Sí.

Él sonrió. Bajo el aplastante peso del abuso, una mujer apasionada esperaba ser liberada. Algo le dijo que todo el tiempo que ella tardaría en sanar valdría la pena al final. Y así, le pasó la mano por el costado, rozando ligeramente el moretón y le acarició la clavícula. Recorrió con los dedos el pequeño globo. No había un exceso de carne, pero el pezón era encantador y lo acariciaba con ternura.

—Oh —suspiró ella—, eso es muy agradable.

—Bien.

—Christopher, ¿puedo poner mi brazo alrededor de ti?

—Por supuesto. Sí. —Él sonrió.

Ella se acercó a él y le pasó el brazo por la cintura. La sensación de su calidez y suavidad contra su cuerpo hizo que su sexo le doliera. «Tranquilo, muchacho. Pronto tendrás tu oportunidad».

Él transfirió su atención a su otro pecho y ella suspiró de nuevo. «Hasta ahora le gusta que la toquen, gracias al Señor. Odiaría que ella estuviera protestando». Tirando primero de un tierno pico y luego el otro, escuchó con atención cada suave suspiro y gemido, aprendiendo cómo su cuerpo no instruido quería ser tocado.

Él reclamó sus labios de nuevo y ella respondió con entusiasmo, abriéndose a su lengua inquisitiva, entrelazando la suya con la de él, e incluso persiguiéndola de regreso a su boca. De repente, la espalda de ella se arqueó, empujando sus caderas hacia adelante para que su vello púbico se deslizara a lo largo del vientre de él. El dolor en su pene aumentó hasta casi el dolor, ya que exigía satisfacción. Luchando contra el impulso de tirarla de espaldas y sumergirse, continuó besándola mientras la excitaba. «Me encanta cómo su cuerpo se suaviza y se relaja momento a momento. Es una chica tan buena, tan dispuesta a dejarme intentarlo. Si tan solo estuviera bien, cómo me deleitaría acariciando su espalda, ahuecando su trasero, besando su vientre. Algún día le mostraré todas estas delicias. Ahora estoy seguro de que ella me dejará».

Por fin, ella se retorcía de placer y era hora de pasar a una mayor intimidad. Él tomó su rodilla con una mano para levantarla y doblarla, dándose acceso a ella.

—Es muy importante que me dejes tocarte aquí —indicó él a su montículo.

—¿Por qué? —Esta vez su confusión no lo sorprendió.

—Mientras te complazco, te mojarás por dentro. Entonces, cuando te tome, será mucho más fácil para los dos. ¿Puedes dejarme tocar tus partes íntimas?

Ella no habló. Sus ojos se cerraron, pero su pierna permaneció doblada, lo que le permitió el acceso. Acarició los ásperos rizos durante un largo rato. Ya había algo de humedad allí, en la parte exterior de sus labios. «Excelente». Extendió los pliegues y tocó su centro. «Mojado. Maravillosamente mojado». Al encontrar su entrada, metió un dedo dentro. «Tan apretado, y ahí está su himen, intacto». Entonces, su padre no la había abusado sexualmente. «Eso es algo bueno de toda la maldita situación». Él exploró más y ella chilló. Él suspiró. «Sin embargo, es un himen grueso, y ella sentirá algo de dolor al romperlo». Mientras tanto, quería darle más placer. Sus dedos se deslizaron por sus pliegues, hacia arriba, hasta que encontró lo que había estado buscando: una pequeña protuberancia erecta de exquisita sensibilidad. Ella jadeó, y él pudo decir que ella no se había dado cuenta de que el lugar existía antes de este momento.

—¿Estás seguro de que es correcto que lo hagamos? —preguntó ella de nuevo con voz entrecortada e insegura.

—Sí —respondió.

—¿Cómo lo sabes?

«¿Cómo responder?» La inspiración vino como una respuesta a la oración.

—Querida, si el Señor no hubiera querido que las mujeres experimentaran placer sexual, ¿las habría equipado con un órgano que no tiene otro propósito?

—Supongo que no —respondió ella, luchando a través de una mezcla visible de vergüenza y excitación para intentar una respuesta neutral. Ella no tuvo éxito de ninguna manera.

Christopher sonrió. «Estoy haciendo algo bien».

—Por favor, déjame tocarlo —instó él—. Cuanto más te acaricie, mejor será nuestra unión.

Y luego la besó mientras sus dedos trabajaban suavemente entre sus muslos. Una vez más, ella se sometió sin cuestionar, y tal como él había predicho, la humedad aumentó. La respiración de ella se volvió inestable y entrecortada.

—Si sientes que algo está surgiendo, no te alarmes —le aconsejó—. Es una parte normal y deseable del proceso. Déjalo ser.

Sus muslos se tensaron cuando el placer que él estaba avivando creció y aumentó… y luego estalló.

Ella chilló de asombrado placer cuando su vientre se contrajo y su íntima carne palpitó. La hizo atravesar la cima con ternura; agradecido de haber podido llevarla al orgasmo en circunstancias tan desesperadas.

—Muy bien, amor. Lo estás haciendo de maravilla. ¡Qué excelente esposa eres ya!

—Oh, eso fue encantador. —Ella suspiró, su cuerpo se relajó.

—¿Entiendes ahora por qué la gente quiere hacer esto?

—Sí. —Sus mejillas brillaron, pero esta vez con satisfacción en lugar de vergüenza.

La dejó apoyarse en él durante un largo momento, disfrutando del resplandor. Él apoyó el brazo en su cadera y jugueteó con las puntas de su cabello. «Me alegro mucho de que te permitas disfrutar de esto, amor. Espero que el resto no sea demasiado perturbador».

Finalmente, ella suspiró. Cuando lo miró a los ojos, pudo ver que la realidad había regresado.

—¿No fue eso, verdad? No hiciste… lo que me dijiste.

—Tienes razón —estuvo de acuerdo—. Pero ahora estás más preparada. Está bien. Ahora, ¿cómo hacemos el resto? Normalmente te tendría de espaldas, pero eso no funcionará. De lado es demasiado difícil y no quiero que estés parada. Mmm. ¿Cómo te tomo?

Christopher, repentinamente inspirado, amontonó un montón de almohadas.

—Ven, da la vuelta y apóyate en esto.

Ella obedeció.

—Eso debería aliviar un poco la presión de tu espalda. Muy bien, voy detrás de ti. —«Maldita manera extraña de tomar a una virgen», pensó, inspeccionando toda su espalda, glúteos y muslos dañados mientras se colocaba él mismo. «Pobre cariño». La terrible vista apagó su deseo considerablemente, pero también le recordó por qué era necesario.

Al menos también podía mirar sus pliegues íntimos. «Qué linda flor tiene, inocente y sin probar, pero empapada de su primer orgasmo». Abrió los labios de nuevo, esta vez encontrando su entrada virgen y alineando su sexo con ella. Presionó la punta contra ella y ella jadeó.

—Katerina, sé que tienes algo de experiencia atendiendo lesiones —dijo, o más bien gimió cuando su delicioso calor apretado envolvió la punta de su pene.

—Sí, ¿por qué? —Su voz se debilitó por los nervios.

Llegó a su virginidad y le dio un empujoncito. Se mantuvo firme.

—Cuando un vendaje se pega a una herida, ¿es mejor arrancarlo o quitarlo lentamente?

Ella siseó y luego respondió con voz vacilante:

—Bueno, si es una herida grave, tienes que remojarla, o abres la herida de nuevo y tienes que empezar de nuevo.

«Maldita sea, vamos».

—¿Y si es pequeña?

—Arrancarla. Superar el dolor rápidamente.

—De acuerdo entonces.

Apoyó una mano en su cadera ilesa y la penetró con un fuerte empujón, empujando más allá de su himen y llenándola hasta el límite.

Ella chilló en protesta.

—Sé que duele, amor. Lo siento. —Le acarició la cadera—. Ese fue el bloqueo del que te hablé.

—¿Estamos consumados ahora? —preguntó ella sin aliento.

—Sí.

—Bien.

«Y probablemente esté lista para terminar. Debería retirarme, dejar que se recupere», pensó mientras el sexo de ella se apretaba y aleteaba en protesta por su circunferencia. Él gimió. «Perdóname, amor. Te necesito».

—¿Puedes tomarte unos minutos más?

—¿De qué? —preguntó ella, y luego tomó aliento mientras él se retiraba lentamente.

—¿Recuerdas lo bien que se sintió cuando tu placer alcanzó su punto máximo? —preguntó, volviendo a entrar. Su respiración siseó entre sus dientes mientras su pasaje pegajoso acariciaba su erección centímetro a centímetro glorioso y tortuoso.

—Sí.

—Yo quiero uno también. —Él retrocedió.

—¿Qué debo hacer? —preguntó ella. Luego gimió cuando él empujó de nuevo.

—Simplemente quedarte quieta. Me haré cargo de ello.

Ella se quedó quieta. Él se echó hacia atrás y empujó dentro de ella de nuevo. Su opresión lo atormentaba. Acarició su erección con dulzura desenfrenada mientras él aumentaba con cuidado la velocidad y la fuerza de sus embestidas. Cada impulso hacia adentro la arrancaba un gemido a ella y un apretón de respuesta de su sexo hasta que lo abrumaba de placer. Christopher agarró la cadera de su esposa, estremeciéndose y jadeando en el clímax más duro, más largo y más estremecedor que jamás había experimentado. Él gimió cuando su semilla se derramó, llenando el vientre de ella.

Y luego se apartó suavemente de su apretado sexo, levantándola de las almohadas y colocándola sobre su trasero en la cama.

Ella hizo una mueca cuando su trasero magullado aterrizó en las sábanas.

—¿Qué estás haciendo?

—Haciendo una mancha de sangre. Permanece allí. —Para mantenerla quieta, la besó en la boca—. Bueno, amor, ¿qué te pareció?

—Interesante —dijo ella, y luego se rió un poco histéricamente.

—¿Lo odiaste? —preguntó, ahora sintiéndose inseguro. «¿Estuvo mal de mi parte pedir mi propia satisfacción? ¿Fue egoísta?»

—Por supuesto que no —respondió ella. Ella le acarició la mejilla. Luego, otro pensamiento atravesó su rostro—. Um, no siempre dolerá así, ¿verdad?

—No —prometió—. Te daré algo de tiempo para que el dolor desaparezca antes de tomarte de nuevo. Después de que te recuperes por dentro, la penetración se sentirá bien para los dos.

Ella lo consideró, tocándose el labio inferior con los dientes.

—¿Has hecho esto a menudo antes?

—Con bastante frecuencia, sí —admitió él.

—Ah.

—Pero estamos casados, dulce niña. De ahora en adelante mi única compañera eres tú.

—Dudo que pueda estar a la altura de lo que has tenido.

«No duda de mi fidelidad, sino de su propia valía. Está tan insegura de su valor, pero no puede estar más equivocada». Su inocente disposición había sido bastante agradable. Dándole una tierna sonrisa, dijo:

—En realidad, querida, fue perfectamente encantador. Igual a todo lo que he hecho antes. Recuerda, eres mía, esposa mía. Eso es muy especial. —Se dio cuenta de que *había* sido especial y mucho más poderoso de lo que esperaba.

Ella sonrió. Luego bostezó enormemente.

—Lo siento.

—No pienses en eso. ¿Te gustaría dormir un rato?

—Sí, por favor.

Se estiró en la cama y Christopher la cubrió con las mantas, notando de pasada que habían logrado dejar una marca evidente, su sangre virgen mezclada con su semen en la sábana. «Prueba. Excelente». La besó en la mejilla y luego se dio cuenta de que tenía que hacer algo importante. Se lavó rápidamente, se puso ropa limpia, salió al pasillo y llamó a la ama de llaves del hotel, la señora Bristol, y al mayordomo, Mackenzie.

Momentos después de que él tocó el timbre, un rasguño silencioso en la puerta reveló a una mujer regordeta y sonriente con un vestido gris, los rizos plateados de los lados rebotando alrededor de su rostro debajo de una cofia blanca. Pisándole los talones, Mackenzie entró en la sala de estar, con el uniforme y el cabello revuelto, bostezando enormemente.

—Lo siento, jefe —dijo el hombre, los sonidos de Yorkshire se reflejaban tan fuertemente en su voz que Christopher casi no podía entenderlo. «Siempre es peor cuando está cansado».

—No te preocupes —respondió Christopher—. ¿Cuándo volviste?

—Alrededor de las dos de la mañana —dijo Mackenzie, frotándose los ojos. Su enrojecimiento hizo que los irises de aciano parecieran aún más brillantes. El joven tiró de su uniforme.

—¿Tu madre está mejor? —preguntó Christopher.

—Sí —respondió, alborotando su cabello rojizo ya desordenado que se erizó como la llama de una vela.

Christopher asintió en reconocimiento y fue directo al grano.

—Tengo una solicitud difícil que pedirles a ambos. Me he casado con una hermosa joven que ha sufrido más de lo que nadie debería sufrir. El abuso que ha sufrido está más allá de la imaginación. Pero ahora es mía y no permitiré que la lastimen de nuevo. Hace unos minutos, nos casamos más allá de toda redención. ¿Lo entienden?

Asintieron con la cabeza, rostros envueltos en preguntas.

Él continuó

—En primer lugar, nadie debe saber del abuso. No quiero que se avergüence. Si alguien pregunta, por favor digan que sentimos una loca pasión el uno por el otro y que no podíamos hacer otra cosa que casarnos lo más rápido posible. No es mentira, ¿entienden?

—Sí, señor —estuvo de acuerdo Mackenzie. La Sra. Bristol asintió de nuevo.

—Y luego, quiero que ambos cotilleen como nunca

antes. Díganles a todos los que escuchen lo… apasionado que es nuestro matrimonio. Pronto, la sacaré por un tiempo. Sra. Bristol, hay una mancha de sangre en la cama. Entiende lo que esto significa.

—Sí —respondió la mujer, sus mejillas regordetas se volvieron rosadas incluso cuando sus labios se curvaron en una sonrisa. La piel alrededor de sus ojos azules se arrugó.

—Es de vital importancia que todos sepan que estaba allí. De hecho, si tuviera la amabilidad de guardar la sábana sin limpiarla, podría ser beneficioso. Pero deben decirles a todos cuán… físicos somos mi esposa y yo juntos. No cabe duda, en interés de su seguridad, de que nuestro matrimonio es completamente legal. ¿Puedo contar con ustedes dos?

—Oh, sí —dijo la Sra. Bristol, y Mackenzie asintió fácilmente.

Terminada la incómoda conversación, Christopher se despidió y se dejó caer sin gracia en el sofá. Por fin, había logrado su objetivo de garantizar la seguridad de Katerina, y ahora, de repente se sintió abrumado por los eventos de las últimas veinticuatro horas. Cuando la adrenalina se desvaneció, su mente se aclaró.

«Querido Dios, realmente me casé con Katerina. ¿Qué estaba pensando?» Se había visto envuelto en un frenesí de protección hacia esta joven, pero ¿a qué costo personal? La deseaba, pero apenas la conocía. «Y ahora es mi esposa, mi esposa absolutamente irrevocable». Quizás este acto impulsivo no era la única forma de salvarla, pero por más que lo intentara, no podía pensar en otro. Para preservarla, se había sacrificado; su futuro, su capacidad para elegir esposa más tarde, cuando estuviera listo. Si nunca se curaba, si permanecía cautelosa y dañada, o peor aún, se volvía loca, no habría remedio.

Pero luego recordó todos sus breves encuentros. «Qué dulce es, qué ansias de ser amada, de que la toquen. Incluso disfrutaba estar en la cama». Había muchas posibilidades de que, con el tiempo, emergiera su naturaleza apasionada y natural, y sería una esposa perfectamente adecuada.

Se imaginó haciéndole el amor en el futuro cuando su espalda estuviera mejor, sus moretones se desvanecieran y cuando ya no estuviera dolorida. Ella había hecho bien todas las cosas consideradas y sería mejor la próxima vez. Una lenta sonrisa se extendió por su rostro.

Un golpe sonó en la puerta, en realidad, un fuerte martilleo.

Christopher se apresuró a acercarse, no queriendo que el descanso de Katerina fuera interrumpido. Al abrir un poco la puerta, se encontró cara a cara con un hombre corpulento y de piel aceitunada, cuyo cabello negro con mechas plateadas había sido peinado hasta someterlo con abundante pomada.

—¿Puedo ayudarlo señor? —preguntó Christopher con frialdad.

—¿Dónde está ella? —El aliento que emanaba del intruso olía fuertemente a licor.

Christopher hizo una mueca ante el desagradable aroma y arrastró las palabras con rudeza:

—¿A quién busca?

—No finjas que no lo sabes —gruñó el extraño, los sonidos de Italia pesados en su voz—. Tienes a mi hija. La quiero de vuelta.

La mandíbula de Christopher se apretó con rabia helada. Se apoyó despreocupadamente contra el marco de la puerta y desafió al hombre con una mueca de desprecio.

—No.

—Haré que la ley se encargue de ti. —El rostro del signore Valentino enrojeció.

—Adelante —ofreció Christopher, examinándose las uñas—. Ya no tiene ningún derecho legal sobre ella.

—¿Qué? —El rostro oscuro se contrajo de rabia.

—Estamos casados, Katerina y yo. Está a salvo de usted. —Christopher se encontró con los ojos oscuros y enojados con un poco de su propia mala voluntad.

Los ojos del otro hombre se movieron nerviosamente.

—¿A salvo? ¿Qué quieres decir?

—Vi lo que le hizo —dijo Christopher, dejando que se mostrara más de su ira—, pero nunca volverá a lastimarla.

Una vena en la sien de Valentino comenzó a palpitar.

—¿Esa pequeña mujerzuela mentirosa dijo que le hice algo?

Christopher quería pegarle. Le picaban los dedos por la urgencia, pero se obligó a contenerse.

—Hasta donde yo sé, ella nunca mintió; *alguien* le hizo algo terrible. Y en cuanto a que ella sea una mujerzuela, no es probable. Ella me dio su primer beso. Su sangre virgen mancha mis sábanas mientras hablamos. Así que, verá, Signore, Katerina Valentino ya no existe, solo una Sra. Bennett muy satisfecha. Que tenga un buen día.

Esto provocó una larga ronda de maldiciones italianas, que Christopher no encontró absolutamente impresionante. Empezó a cerrar la puerta.

Un puño pesado se aferró a la madera.

—Nunca estarás libre de mí, Bennett. Me quedo con lo que es mío.

—Entonces debería haberla tratado mejor. Ella ya no es suya. Es mía a los ojos de Dios y la ley. Ahora, suelte la maldita puerta o se la cerraré en la mano.

Los dedos desaparecieron y Christopher cerró la puerta de golpe y con llave.

Un sonido suave surgió del dormitorio y lo siguió. Encontró a Katerina sentada en la cama, las lágrimas corrían por su hermoso rostro, sus hombros temblaban. Se deslizó en la cama a su lado, tomándola en sus brazos. Se estremeció como una hoja en una tormenta.

—¿Escuchaste eso, amor? —preguntó él tiernamente.

—Sí... sí —se las arregló para decir.

—Él se fue. Estás segura. —Acarició las cicatrices debajo de sus omóplatos.

—Nadie me ha protegido nunca —sollozó, luchando por contener una avalancha de dolor—. No desde que murió mi madre.

—Todo es diferente ahora —le recordó—. Eres mi esposa. Tu seguridad es mi responsabilidad. —«No me arrepiento de eso», se dio cuenta. «Estoy feliz de haber tomado esta decisión».

Que ella se acercara a él en busca de consuelo hizo que el calor se extendiera desde las cercanías de su pecho, hasta que tocó cada dedo de la mano y del pie.

—Has pasado por el infierno, ¿no es así?

—Sí —admitió ella ahogándose con la palabra.

—Entonces, déjalo salir. No te reprimas. Tienes permitido llorar. Tu infancia fue una pesadilla. Tu futuro es mucho más brillante, pero debes lamentar tu pasado para poder construir un futuro mejor. Suéltalo, cariño.

Le acarició el cabello y el tierno toque penetró profundamente en las supurantes heridas de su alma. Una vida de miseria salió de ella en sollozos histéricos y devastadores. Lloró y lloró hasta que, por fin, lloró hasta quedarse dormida en la seguridad de los brazos de su marido. La bajó a la cama, colocándola suavemente de lado. «Este no es el final», se dio cuenta. «Ni siquiera cerca. No hay forma de curar toda una vida de abuso con un solo buen llanto, pero es un comienzo. Se siente lo suficientemente segura conmigo como para compartir la vulnerabilidad de sus lágrimas». De repente, agotado, Christopher se acostó junto a su esposa y sucumbió a dormir.

~

Giovanni se maldijo a sí mismo mientras salía furioso del hotel.

—Maldito hijo de puta entrometido —murmuró en italiano, ignorando las miradas de los transeúntes—. ¿Cómo se atreve a inmiscuirse con mi propiedad? ¿No conoce límites el descaro de estos campesinos engreídos?

Sacudió la cabeza vigorosamente mientras caminaba por la calle, las botas aplastaban cada hoja y cada ramita y crujían en la grava.

—Somos de la realeza, descendientes por parte de mi madre de una larga línea de los más altos rangos en Florencia, hasta los Médicis. De acuerdo, no es exactamente una línea legítima, es pero real y rastreable, no obstante.

Al llegar a una intersección, se volvió al azar, todavía pontificando en voz baja a una audiencia de uno.

—A pesar de esto, y a pesar de los considerables ingresos generados por la naviera de mi padre, los tontos campesinos de Italia no entendían lo afortunados que eran de tenernos.

Gruñó, examinando los letreros de las calles sin leerlos antes de dar otro giro al azar.

—Ya no somos bienvenidos en Florencia, nos mudamos aquí, esperando que Inglaterra, con su poderosa reina, fuera más respetuosa de mi rango elevado. Pero aquí, como en Italia, los granjeros y la chusma de la clase trabajadora se han elevado por encima de su posición y están desafiando el derecho de los ordenados por el cielo a gobernar. ¡Ahora, uno de ellos incluso ha tenido el descaro de poner las manos sobre mi hija! Esa mujerzuela pagará con dolor y sangre.

En lo profundo de sus cavilaciones, no se dio cuenta de que un joven empleado se apresuraba en la otra dirección con un fajo de papeles en los brazos. Los dos hombres chocaron, haciendo que las hojas se agitaran en todas direcciones. Giovanni gruñó, molesto por la torpeza del joven y se apresuró, plantando deliberadamente su bota mojada y embarrada en uno de los documentos meticulosamente preparados, reduciéndolo a basura.

—¿Qué pasa con la gente? Incluso mi esposa luchó durante años contra mi autoridad dada por Dios. Vaca loca. Nunca entendió el favor que le había hecho, levantándola de la tierra de la finca de olivos de su padre y dándole el privilegio de llevar a mi hija. Si tan solo se hubiera entregado a mi autoridad, como debería, no habría muerto de infección, de las heridas que se provocó. Katerina siempre ha sido mejor, más sumisa.

Giovanni negó con la cabeza. Una rabia fea se agitó en su cabeza hasta que el mundo pareció bañado en una neblina oscura y siniestra.

—Necesito otro trago y necesito golpear algo, deshacerme de esta ira para poder pensar con claridad. Pero, ¿qué hacer? Ah, sí, mi burdel favorito. Tendrán un látigo y una chica. Eso definitivamente ayudará. —Mientras caminaba hacia la discreta casa adosada, pensé en lo que debía hacer—. Este insulto no puede quedar impune. Mi hija mujerzuela y su irrespetuoso tejedor de algodón pagarán por este insulto.

CAPÍTULO 8

*K*aterina se despertó de repente cuando el sol de la tarde comenzó a atravesar la ventana y llegó a su rostro. Se sentía cálida y cómoda… y desnuda, completamente desnuda en la cama con su asombroso marido. Se tomó un momento para admirar su hermosura: su cabello castaño oscuro, casi tan oscuro como el de ella, su rostro finamente cincelado, casi angelical en sus proporciones simétricas, sus labios flexibles, que se sentían tan maravillosos presionados contra los de ella, sus hermosos ojos plateados, ahora cerrados en sueño, largas pestañas descansando sobre sus mejillas. «Es glorioso y es mío; mi salvador, mi amante, mi marido. Se sacrificó por mí».

Sus ojos se abrieron, mostrando su hermoso y brumoso color, y las esquinas se arrugaron cuando le sonrió.

Ella le devolvió la sonrisa tímidamente.

—¿Descansaste bien, dulce niña? —preguntó.

Ella sonrió un poco más.

—Sí. Me siento muy bien. ¿Tú?

La comisura de su boca se volvió hacia arriba.

—Excelente. ¿Estas adolorida?

—¿Dónde? —preguntó, sus mejillas ardiendo mientras varias interpretaciones pasaban por su mente.

—En todas partes.

Katerina hizo un balance de sí misma.

—Creo que mi espalda está un poco mejor.

Él asintió brevemente.

—Bien. ¿Tu estómago?

—Duele, pero no tanto como ayer. —Ella presionó contra los moretones.

—¿Y aquí? —Sus dedos se deslizaron por el pelo en la cima de sus muslos.

—Doloroso. Bastante dolorido. —Su rostro se calentó.

—No es sorprendente. Fuiste bastante difícil de desflorar. —Su media sonrisa juvenil se volvió arrepentida.

—Lo siento. —Katerina estudió el dibujo de ojales de la colcha.

Le levantó la cara con un dedo debajo de la barbilla.

—Es la forma en que fuiste hecha, amor. Odiaba hacerte daño.

«Cada vez que abre la boca, dice algo aún más dulce».

—No me importó, honestamente. Tengo una tolerancia bastante alta. No fue lo peor que he sentido..

—Me lo puedo imaginar —respondió lúgubremente—. Y ahora, ¿tienes hambre?

Ante la mención de la comida, su estómago gorgoteó ruidosamente.

—Sí. Estoy hambrienta en realidad.

—Yo también. Tengo una idea. ¿Vemos si mis padres estarían interesados en invitarnos a comer?

«¿Padres? Oh, querido. ¿Qué pensará Julia de todo esto?»

—¿Estarán molestos?

—¿Acerca de?

—Que nos casamos sin decírselos —explicó Katerina.

Christopher negó con la cabeza.

—Lo dudo. Madre quería que estuviéramos juntos.

Ella entendió la urgencia. Se lo explicará a papá. Todo saldrá bien, amor. Ahora eres una Bennett.

—Eso suena perfecto. —Katerina sonrió.

—Entonces vístete. Te ves preciosa, pero es mucho para ir de visita.

Ella se rió, sorprendida al notar que se sentía un poco oxidada. Había pasado tanto tiempo desde que se sintió lo suficientemente cómoda para reír. Se levantó rígidamente de la cama, se levantó la camisola y examinó la tela manchada con el ceño fruncido.

—Esto es desagradable.

—Sí —estuvo él de acuerdo, haciendo una mueca al verla.

—¿Qué debo hacer? Lamentablemente, me falta ropa interior. De todo, realmente.

—¿Qué hay de… la casa de tu padre? —preguntó Christopher.

—Todo mi guardarropa está ahí, pero no me apetece ir tras él. Iré desnuda antes de poner un pie en ese abismo del infierno de nuevo. Además, después de que lo corriste, probablemente hizo algo precipitado… como quemar el lote.

Christopher puso los ojos en blanco.

—No hay duda. Un momento, déjame ver si la ama de llaves te puede encontrar algo prestado. Toma. —Agarró una camisa del armario y se la arrojó—. Cúbrete para que puedas conocerla.

Deslizó la camiseta alrededor de su esbelto cuerpo. Como era alta para una mujer, revoloteaba alrededor de la mitad de sus muslos, pero era suficiente para la decencia. Christopher la tomó de la mano y la condujo fuera de la alcoba hacia la habitación del frente, donde llamó a su ama de llaves.

La Sra. Bristol revoloteaba por la habitación, frunciendo el ceño ante el desorden que Christopher había hecho sobre y alrededor de la mesa de café.

—Tu hombre debería ser despedido.

—Ha estado de vacaciones —explicó Christopher—. Y como mencionó antes, regresó anoche. Todo esto es obra mía.

Ella lo fulminó con la mirada y él levantó las manos en muda disculpa. La pantomima pseudo-seria se hizo añicos cuando ambos se echaron a reír. La Sra. Bristol, en particular, se rió con tanta fuerza que todo su cuerpo se estremeció, haciendo que sus rizos blancos bailaran. La mujer regordeta y sonriente tranquilizó a Katerina instantáneamente, a pesar de que estaba parada frente a una completa extraña, vistiendo la camisa de su marido, que la cubría solo hasta la mitad del muslo, y nada debajo.

Christopher se puso manos a la obra.

—Sra. Bristol, esta es mi esposa. En el proceso de sacarla de una... situación terrible, toda su ropa se perdió. La llevaré de compras mañana, pero mientras tanto, ¿sabes de algo que pueda pedir prestado?

—Sí —respondió la mujer mientras tomaba la mano de Katerina—. Mi hija es un poco como tú. Me dejó algo de ropa vieja. La mantengo abajo. ¿Te interesa?

—No puedo ser exigente —explicó Katerina—. Estaré agradecida por todo lo que pueda conseguir.

—Solo un momento. Vuelvo enseguida.

Poco tiempo después, entró revoloteando en la habitación con un montón de prendas: un camisón blanco, una camisola de lino limpio, unos pantalones raídos pero útiles y dos vestidos. Katerina asintió con gratitud.

—Muchas gracias.

—No necesitas un corsé, eres tan delgada —dijo la mujer.

Katerina sonrió.

—No podría abrocharlo de todos modos. Solo un momento. —Se apresuró a entrar en el dormitorio y emergió poco tiempo después, cómodamente vestida con la ropa interior y uno de los vestidos, todos desabrochados por la espalda. La Sra. Bristol la rodeó para ayudarla.

—Querido Dios, niña, ¿qué te pasó?

«Maldita sea», Katerina maldijo en su mente, dándose cuenta de que la camisola de gran tamaño había caído demasiado bajo, revelando cicatrices. Cerró los ojos avergonzada.

Christopher le dio al ama de llaves una mirada dura.

—Ya te dije.

—Es un muy buen hombre, Sr. Bennett —dijo la Sra. Bristol con fervor.

—Ciertamente lo es —asintió Katerina.

—¿No te hará daño si abrocho esto? —preguntó la Sra. Bristol, y su amabilidad hizo que Katerina se llenara de lágrimas.

—Tal vez, pero hay que hacerlo. —Ella controló su deseo de hacer una mueca de dolor cuando la Sra. Bristol se apresuró a apretar las cintas hasta que la prenda quedó en posición sobre su esbelto cuerpo. «No sirve de nada hacer sufrir a los demás conmigo», se recordaba a sí misma cada vez que un moretón o un corte comenzaba a palpitar.

Por fin, la ropa de Katerina se había asentado alrededor de su cuerpo, cubriendo las cicatrices y dándole una apariencia de normalidad. El ama de llaves le sonrió con tristeza y salió de la habitación, frotándose las mejillas y murmurando en voz baja.

«Amable mujer. Oro para que reciba una bendición».

Entonces Katerina continuó sus preparativos por su cuenta. No parecía haber un cepillo para el cabello en ningún lugar del apartamento, así que pidió prestado el peine de su marido y alisó los enredos. Recogió todas las horquillas esparcidas que pudo encontrar y simplemente se apartó el cabello de la cara, retorciéndolo en un chongo.

Luchó por ponerse las botas, gimiendo mientras se inclinaba hacia adelante, y las costras se estiraban.

—¿Necesitas ayuda, amor? —preguntó Christopher, apresurándose hacia ella.

Ella le indicó que se fuera.

—Las costras se sienten sólidas hoy, y no quería arriesgarme a que las nuevas cicatrices en mi espalda se volvieran demasiado rígidas a medida que se formaban —le informó—. Me temo que esta incomodidad es necesaria.

Una extraña mezcla de comprensión e ira cruzó el rostro de Christopher.

—Ya veo —dijo él.

Ella le envió una sonrisa triste y volvió a tirar de los cordones de sus botas. Luego trató de levantarse, pero una sacudida de dolor la obligó a quedar encorvada, como una anciana.

Esta vez sí se acercó a su marido, quien la ayudó a levantarse sin quejarse, aprovechando su proximidad para poner sus manos suavemente en sus caderas y besar su frente. Katerina lo miró a la cara durante un largo momento.

Christopher negó con la cabeza.

—No puedo resistirme a ti, amor. —Sus labios reclamaron los de ella. Un calor placentero estalló en el centro de Katerina, irradiando hacia sus extremidades. Si sus estómagos no hubieran gruñido al mismo tiempo, quién sabía qué tipo de travesuras podrían haber cometido.

Christopher sonrió con tristeza con un lado de la boca y Katerina apretó los labios en una expresión similar. Luego la tomó del brazo y la condujo fuera de la habitación. Se adentraron en la creciente oscuridad cuando una puesta de sol de color naranja brillante rompió sobre Londres.

Un cabriolé esperaba en la calle, y Christopher la acompañó hasta él y la ayudó a sentarse. Ella gimió y se mordió el labio ante el incómodo movimiento, pero se recordó a sí misma la importancia de permanecer flexible. Cuando su esposo se unió a ella, ella deslizó su mano en la de él. El conductor tiró las riendas sobre la parte trasera de su castrado bayo y comenzaron su viaje a través de la ciudad.

«Hace menos de veinticuatro horas desafié a mi padre para asistir a una fiesta de poesía con mi pretendiente secreto de solo un par de semanas. Ahora estamos casados. Toda mi vida ha cambiado en un abrir y cerrar de ojos, tan rápido que todavía me siento mareada». Afortunadamente, era un mareo de la mente, no del cuerpo. Sin un corsé que le cortara el aliento, sin sangrar más y sabiendo, al menos objetivamente, que estaba a salvo, sus manos y pies nunca se habían sentido tan firmes.

Por otro lado, la temperatura había bajado con la llegada de la noche. Su chal había sido olvidado en el salón de la casa de los Wilders y su abrigo de invierno permanecía en la casa de Valentino, abandonado para siempre. Ella se estremeció.

Mientras viajaban, Christopher entabló conversación con ella y le preguntó:

—Ahora bien, amor, es evidente que no podemos quedarnos mucho tiempo en mis estrechos alojamientos. ¿Cómo te gustaría vivir? ¿Prefieres habitaciones en un hotel o en una casa?

Katerina parpadeó ante otro pensamiento nuevo y desconocido.

—Apenas lo sé. Nunca he vivido en "habitaciones". Mi padre alquiló una casa cuando él y mi madre llegaron a Inglaterra, y hemos vivido en esa misma casa desde entonces. Es la única vivienda que conozco.

—¿Es muy grande? —preguntó él.

—Sí. —Tragó saliva ante el recuerdo del espacio cavernoso. Los sonidos resonaban allí, por lo que era casi imposible para ella mantener su ubicación en secreto. «Eso no me gustaba». Escogiendo cuidadosamente sus palabras, dijo—: Creo que me gustaría una casa.

¿Quizás una casa adosada? —Hizo una pausa mientras los pensamientos rebotaban alrededor de su cabeza y finalmente se establecieron en una idea coherente—. No demasiado grande, por favor.

—¿Por qué no? —preguntó, perplejo.

Ella luchó por expresar su miedo en palabras que un hombre absolutamente confiado y sin abusos pudiera entender.

—Es útil para mí saber dónde están todos. Cuanto más espacio tengamos, más difícil será realizar un seguimiento de todas las habitaciones.

—¿Es para que sepas dónde *no* estar? —adivinó él.

—Precisamente —respondió ella.

—Ya no lo necesitas, lo sabes —señaló Christopher.

Ella asintió. «Tiene razón». Y, sin embargo, el miedo se negaba a dejarla.

Podía sentir su mirada en su perfil.

—Está bien, Katerina. Dime lo que estás pensando.

«Supongo que no reprimí mis sentimientos lo suficientemente bien». Contempló los edificios en silencio mientras ponderaba sus palabras.

Él le pasó los dedos por la mejilla, captando su atención de nuevo.

—Dime, amor. Puedo ver que no estás de acuerdo. Necesitas ese tipo de control, ¿no?

Su toque suave y su voz suave la desarmaron. Cerró los ojos y le dijo la verdad.

—Sí. Por ahora lo hago. Ojalá pudiera simplemente girar un engranaje y así, todo cambia, pero no puedo.

La obsequió con una sonrisa triste.

—Estás bien. Lamento haber dudado. Creo que una casa adosada modesta sería muy agradable. Quizás con un pequeño jardín, un espacio verde es una bendición en la ciudad. Creo que mañana podemos ir a buscar un lugar adecuado para alquilar.

—¿Nosotros? —Sus ojos se abrieron con sorpresa. «¿Realmente quiere consultarme sobre la elección?»

—Naturalmente. Trabajaré en la fábrica muchos días a la semana. Necesitas estar cómoda en nuestra casa. Por supuesto, quiero tu opinión. —Habló como si la respuesta fuera obvia mientras deslizaba los dedos en su mano y la apretó suavemente.

—¿Eres real, Christopher? —preguntó, volviéndose para examinar su rostro.

Apretó los labios hacia un lado y frunció el ceño.

—¿Qué quieres decir?

—Pareces demasiado bueno para ser verdad —dijo simplemente, cerrando sus dedos con más fuerza alrededor de los de él como si temiera que desapareciera si lo dejaba ir.

Incluso en el interior sombrío de la cabina, pudo ver las mejillas de él oscurecerse.

—No lo soy. Solo soy un hombre ordinario. Nada en absoluto fuera de lo común. —Él la miró a los ojos—. Lamento decirte esto, amor, pero la forma en que creciste no fue nada normal. Tu padre es… malvado.

—Sí. —«Saberlo y creerlo son dos cosas diferentes, pero sí lo sé».

—No soy demasiado bueno para ser verdad. Tengo varios malos hábitos —admitió.

—¿Cuáles son? —Ella lo miró a los ojos, curiosa por saber lo que él veía como defectos.

—Siempre llego tarde, para empezar. Soy famoso por eso. También tengo mal genio.

Un escalofrío de miedo apretó su vientre ante la admisión.

—No me mires así. *Nunca* le pegaría a una mujer. Es una cosa cobarde de hacer. No soy un agresor. Ahora bien, si un *hombre* me hace enojar, lo soluciono con los puños de vez en cuando. Menos ahora que soy un adulto, pero en la escuela, me metí en bastantes peleas. Incluso he estudiado pugilismo, ya que nunca se sabe cuándo puede surgir una amenaza. —Hizo una pausa, esperando a que ella se relajara antes de continuar—.

Maldigo, probablemente más de lo que debería. A mi madre le molesta. Y desprecio el tabaco. Lo encuentro tan repugnante que me opongo a que la gente fume en la misma habitación que yo, y el rapé es peor.

Katerina sonrió.

—Qué monstruo tan terrible eres. —Se inclinó y besó a Christopher en la mejilla.

La mirada que le dirigió ardía a fuego lento con un calor posesivo. «Eres mía», parecía decir, «y tengo la intención de reclamarte una y otra vez hasta que todas las demás afirmaciones desaparezcan».

Se estremeció, pero no de miedo.

—También tengo un gran apetito por hacer el amor. Espero que estés preparada para ello. —Su tono alegre dio paso a una intensidad que coincidía con su expresión.

Ella lo había notado, pero honestamente, el proceso no había sido repugnante o indebidamente aterrador. Ahora que sabía qué esperar, se sentía perfectamente dispuesta, aunque el pensamiento hizo que sus mejillas se sonrojaran un poco.

—Sí, creo que podría intentarlo de nuevo —dijo Katerina, mordiéndose el labio inferior—, aunque quizás mañana por la noche. El dolor sigue siendo bastante fuerte.

—No hay duda. Mañana estará bien. —Le dio unas palmaditas en la mano.

Se detuvieron frente a la casa de la familia Bennett y Christopher ayudó a su novia a bajar del taxi. Luego la acompañó hasta la puerta, con el brazo envuelto suavemente alrededor de su cintura para protegerla del frío.

Un señor mayor respondió a su llamada.

—Buenas noches, Tibbins —dijo Christopher, tratando al sirviente con una cortesía que normalmente se debe a un igual social—. ¿Están mis padres?

—Sí, señor —respondió el hombre—. Están en la sala de música esta noche.

—Muy bien. ¿Y cómo están tus rodillas?

Su preocupación asombró aún más a su novia. «Si así es como trata a los sirvientes, tal vez yo esté realmente a salvo».

—Bien. Mejor, en realidad, gracias. Esta noche, es mi brazo el que me duele. —Se agarró el bíceps marchito con una mano temblorosa y le clavó los dedos.

—Cielos, no podemos tener eso. Cuídate —insistió Christopher.

—Lo haré, señor, y gracias.

Ahora que habían encontrado refugio del viento cortante, Christopher tomó el brazo de Katerina correctamente. Aunque conocía el diseño lo suficientemente bien, después de haber visitado la casa grande en más de una ocasión, permitió que su esposo la guiara. Su mente se centró en la reunión, en preocuparse por la reacción de su querida amiga ante la decisión precipitada e impulsiva que acababa de tomar.

Christopher la llevó a una habitación familiar y abrió la puerta. Solo tres semanas antes había ido a tomar el té y tocó el hermoso clavecín pintado para la Sra. Bennett y la Sra. Turner.

—Buenas noches, madre, padre —se dirigió Christopher a sus padres—. ¿Hay alguna posibilidad de que un par de almas cansadas encuentren comida en una noche tan helada?

—Por supuesto, hijo —respondió Julia, saltando de su asiento y apresurándose a saludar a los recién llegados—. Pero… Katerina, ¿qué estás haciendo aquí? Es un riesgo demasiado grande, querida.

—Está bien, madre —respondió Christopher—. Recuerdo que me dijiste cuán grande era el peligro en lo que a Katerina se refería, y me he dedicado a conocerla lo más rápido posible. Necesitamos hablar con ambos para asegurarnos de que estamos todos de acuerdo sobre cómo proceder. —Apretó los dedos de Katerina suavemente, como si enviara un mensaje silencioso.

—¿Qué quieres decir, hijo? —preguntó Adrian, con cejas como nubes de tormenta.

—Bueno, si hubiera una crisis repentina, y tuviera que sacarla de la situación por impulso, sin tiempo de preparación, simplemente llevarla al obispo y casarme con ella, ¿alguien se opondría?

«¿Qué está haciendo?» Se preguntó Katerina.

—Difícilmente. Y tal crisis es un riesgo real. —Julia asintió sombríamente.

—Lo sé —dijo Christopher con gravedad—. Padre, entiendes de lo que estamos hablando, ¿no es así?

Adrian asintió con la cabeza, su expresión seria.

Las mejillas de Katerina se ruborizaron. «Entonces, ¿todo el mundo lo sabe? No me gusta eso. Y esta conversación es ridícula».

—Christopher, deja de molestar a tus padres. Sr. Bennett, Sra. Bennett, Christopher y yo nos casamos esta mañana.

Los dos Bennett mayores parpadearon sorprendidos. Julia se recuperó primero. Se puso de pie de un salto, parloteando mientras se acercaba.

—¿Lo hicieron? Oh, muy bien. Me quita un gran peso de encima. Tenía mucho miedo por ti, querida.

Aunque la amabilidad de su amiga hizo que Katerina quisiera llorar, se tragó el impulso y respondió con voz tranquila:

—Tenías motivo. Gracias por enviarlo en mi dirección. —Ella sonrió, tímidamente porque el Sr. Bennett estaba allí, y su expresión intensa y levemente desaprobatoria la incomodaba.

Julia, exuberante como siempre, tomó a su nueva nuera en brazos y la abrazó. Katerina le devolvió el abrazo y nuevamente las lágrimas amenazaron. Julia olía y se sentía como una madre, como la madre que Katerina había perdido una década antes.

En eso, los brazos que la abrazaban tocaron un punto sensible y un chillido agonizante se deslizó más allá de las defensas de Katerina. Mientras respiraba profundamente tratando de disipar el dolor, pudo sentir la mirada curiosa de Adrian desde el otro lado de la habitación.

—¿Qué ocurre? —preguntó Julia, estudiando el rostro de Katerina con preocupación.

—Bueno, hubo una crisis, tal como dijo Christopher. Por eso teníamos que actuar rápido. —Katerina exhaló.

Cálidos ojos oscuros buscaron los de ella.

—¿Estás lastimada?

—Sí, pero me estoy curando —respondió Katerina, tratando de ignorar las punzadas en su espalda.

Julia notó el moretón en la mejilla de Katerina pero no dijo nada más sobre el tema. En cambio, la besó del otro lado.

—Bienvenida a la familia, amor. Estamos muy contentos de que estés aquí.

Era más de lo que esperaba Katerina. Le ardía la garganta, pero lo reprimió. Necesitaría más lágrimas, pero con suerte, la mayoría de ellas podrían derramarse en privado. Demasiada gente ya conocía su dolor.

—Casado, ¿eh? —Adrian miró a la desconfiada y dañada novia de su hijo. No había estado del todo de acuerdo con el plan de su esposa de unir a esos dos, pero el evidente y oscuro moretón en su mejilla lo enfureció poderosamente. Sus movimientos rígidos e incómodos hablaban de otras lesiones más dolorosas. Se volvió para mirar a su hijo.

Christopher estaba observando a su esposa de cerca. Tan pronto como Julia se apartó, él se abalanzó sobre ella, tomó la mano de Katerina y entrelazó sus dedos.

«Es posesivo con ella de una manera que habla de intimidad. Parece que está hecho, por lo que no habrá posibilidad de anulación, no es que ninguno de los dos estuviera de acuerdo». Esperaba que Christopher estuviera preparado para los problemas que seguramente surgirían al casarse con una mujer así.

~

Una criada entró en la sala.

—La cena está lista, señor, señora.

—Gracias, Marsden —respondió Adrian—. Por favor, coloca dos platos adicionales.

Ella asintió con la cabeza y se escabulló.

Mientras tanto, las parejas se dirigieron al comedor; con empapelado oscuro y con una chimenea pesada y melancólica, pero iluminado por un candelabro que brillaba alegremente y una mesa puesta en un mantel blanco impecable. La señorita Marsden había llegado antes que ellos y estaba colocando dos platos azules y blancos más a un lado de la mesa mientras cada esposo escoltaba a su esposa hasta una sencilla silla de madera.

Una sopera llena de sopa con un olor delicioso dio comienzo a la comida. Katerina tenía tanta hambre que comió sorprendentemente bien y, mientras lo hacía, se dio cuenta de lo inusual que era para ella tener tanto apetito.

Normalmente, mordía un poco su comida, ya que cenar con su padre inevitablemente resultaba ser una experiencia estresante. A medida que el vino fluía libremente, debilitando su ya precario control, el peligro aumentaba. Siempre había sido impensable tomarse el tiempo para saborear una comida. No podía recordar un momento en el que lo hubiera hecho; en cambio, tendía a engullir lo suficiente para evitar el hambre y luego huir hacia la seguridad marginal de su dormitorio.

La mesa de la cena de los Bennett se sintió casi tan angustiosa; sin embargo, tratando de curarse de sus heridas, junto con la agitación de la boda apresurada y el esfuerzo físico de su primera experiencia sexual, no pudo negar su apetito.

Mientras se sentaba a la mesa, tratando de obligarse a masticar lentamente y no devorar su cena, se dio cuenta de que el dolor en su trasero había disminuido significativamente. «Gracias al cielo. Los moretones se curan más rápido que los cortes, pero sentarse sobre ellos es profundamente desagradable».

Su dolor interno también se estaba desvaneciendo y rápidamente fue reemplazado por una pizca de curiosidad. «Esos fueron los toques más interesantes que he experimentado. Agradables, incluso, la mayoría de ellos. Me gustaria saber más». Él había mencionado tenerla boca arriba, y ella se imaginó cómo sería, acostada abierta bajo el cuerpo de su esposo mientras él empujaba dentro de ella. El pensamiento hizo que sus mejillas se calentaran con una combinación de vergüenza y excitación. Para taparlo, tomó un sorbo de vino.

No dijo una palabra durante la sopa, ni el suculento asado de ternera que siguió, pero después, Julia saltó de su asiento, tomó a Katerina del brazo y la llevó al salón para tomar una taza de té y tener una conversación seria.

Christopher y su padre se quedaron en la mesa por vasos de oporto.

—¿Qué has hecho, hijo? —preguntó Adrian sin preámbulos, su voz sombría por la preocupación.

—Lo que tenía que hacer —respondió Christopher.

—¿Por qué tenías que hacerlo? —presionó Adrian.

Christopher negó con la cabeza.

—No había elección. Puede que no hubiera sobrevivido a otra paliza. La que ella soportó fue lo suficientemente mala, y no fue la primera de ninguna manera.

—Lo sé. ¿De verdad crees que una mujer tan maltratada será una esposa satisfactoria?

«Padre sabe cómo hacer las preguntas difíciles», pensó Christopher. Respondió con una de las suyas.

—¿De verdad crees que podría vivir conmigo mismo si la asesinara porque no actué cuando tuve la oportunidad? Escucha, padre, sé lo que quieres decir, pero ella quiere curarse. Ella ha prometido intentarlo. ¿Crees que no hay esperanza?

Adrian negó con la cabeza.

—Difícil de decir. Ella es joven. Con suerte, su temor no se le inculcará de por vida. Quizás ella pueda superarlo a tiempo, con tu ayuda.

Christopher asintió una vez.

—Ese es mi deseo. Estoy dispuesto a trabajar en esto con ella.

Adrian cerró los ojos y se pellizcó el puente de la nariz con dos dedos.

—¿Cómo llegaste a tal lugar? Apenas conoces a esta chica.

—Lo sé. No quería hacerlo de esta manera. La atracción inicial fue… prometedora. Quería conocerla poco a poco. Cortejarla. Casarme con ella cuando fuera el momento adecuado, tal vez en un año más o menos —explicó Christopher.

—Esa habría sido la mejor manera —dijo su padre secamente, una ceja volando hacia la línea del cabello.

—No podría ser —insistió Christopher—. Sé que se ve bien ahora, pero deberías haberla visto ayer. Deberías ver lo que hay debajo de su vestido. Casi la mata, padre. No exagero en que fue una cuestión de vida o muerte. Solo el golpe que recibió en el vientre pudo haber sido fatal, sin mencionar si una de las heridas en su espalda se infectaba. —Christopher se estremeció.

—Ella *no* se ve bien ahora —replicó Adrian—. Parece herida.

—Lo está —asintió Christopher—, pero está mejor que ayer.

Adrian frunció el ceño.

«No puedes ocultarlo, compasivo anciano. También te molesta. ¿De dónde crees que aprendí mis virtudes?»

Luego, con un suspiro, Adrian se sacudió su oscura contemplación.

—Bueno, puedo ver que no hay forma de deshacerlo. Estás casado y, por la forma en que la miras, supongo que también están completamente consumados.

—Sí. —Christopher miró a su padre a los ojos con una mirada desafiante.

—Entonces, no hay nada que hacer más que seguir adelante. ¿Cómo planeas convertir un rescate en matrimonio? —le preguntó su padre, imperturbado por la agresión de su hijo.

Christopher se dejó caer contra la silla. Su oporto sonó en el vaso.

—No estoy realmente seguro. —La sensación de desconcierto que había experimentado antes lo invadió. Tomó un sorbo de su bebida y agregó—: Te agradecería algún consejo.

Adrian pensó por un momento y luego apretó los labios.

—No sé si tengo alguno para dar. Me parece que la gratitud no es una base suficiente para una relación vital.

—No. No quiero que estemos sumidos en este dolor para siempre.

—Naturalmente. —Adrian reflexionó un poco más—. Este pensamiento se me ocurrió. Ciertamente no está acostumbrada a expresar sus sentimientos o pedir lo que quiere, así que corres el riesgo de desarrollar vidas paralelas propicias que no se tocan entre sí.

—Qué espantoso. No quiero *eso*. ¿Cómo me vuelvo… real para ella? —Había estado jugando malhumorado con su vaso, pero ahora miró a su padre a los ojos.

—No lo sé —respondió su padre, tan directo como siempre—. Supongo que tendrás que observarla de cerca. Ella no pedirá nada, así que tienes que averiguar qué necesita. Será difícil, pero si no lo haces, estoy bastante seguro de que ella se apartará de ti y vivirá dentro de sí misma por el resto de su vida. Tendrás que sacarla suave y lentamente para que no entre en pánico. En resumen, hijo, has emprendido una tarea monumental. Espero que estés a la altura del desafío.

Christopher puso los ojos en blanco hacia el cielo.

—Yo también, padre.

CAPÍTULO 9

—No está molesta, ¿verdad, Sra. Bennett? —preguntó Katerina mientras se sentaba en el banco del clavecín en la sala de música de los Bennett. «Esta habitación es mi favorita de la casa, en la que me siento más cómoda».

—¿Molesta, Katerina? —respondió su suegra, hundiéndose en el sofá—. ¿Acerca de? Y, por favor, no me llames Sra. Bennett. También es tu nombre ahora, querida. Soy Julia o Madre para ti.

—Madre, entonces —dijo, complacida por la sonrisa que sus palabras provocaron—. Acerca de que Christopher y yo nos casamos sin consultarte.

—¡Oh, no! —dijo Julia, gesticulando con su taza de té y derramando un poco en su vestido—. Estoy molesta porque tuviste una… crisis. Tenía miedo de que pudiera pasar algo como esto. Odio lo mucho que te ha herido, pero me alegra que finalmente estés a salvo, querida. Quería esto para ustedes, para los dos. Creo que, una vez que te hayas recuperado un poco de tu terrible experiencia, tú y Christopher estarán excelentes juntos. Desearía que hubiéramos tenido tiempo para hablar un poco antes de que se llevara a cabo el… matrimonio real. ¿Asumo que estás… completamente casada en este momento?

—Sí. —Katerina se ruborizó.

Julia asintió.

—Bien. ¿Sabías qué esperar?

—Para nada, pero Christopher me ayudó a superar el proceso lo suficientemente bien. —El ardor en sus mejillas se intensificó.

—Oh, querida. Me imagino que fue incómodo. —Los labios de la Sra. Bennett se torcieron ante el pensamiento.

—Sí. —«Y también esta línea de preguntas. Por favor, no continúes».

Julia, al parecer, no había terminado, aunque vaciló antes de preguntar:

—¿Estuvo… bien?

Katerina asintió con la cabeza y se llevó las manos a las mejillas.

—No lo odié.

—Bien. Ese es un buen comienzo. A los maridos les gustan mucho sus intimidades. Es bueno que sus esposas también lo hagan.

—Esta es una conversación muy incómoda.

—Tienes razón —asintió la Sra. Bennett, aunque sus mejillas de porcelana permanecieron incoloras por cualquier malestar que pudiera haber sentido—, pero no tienes madre. Quiero estar segura, ya que te estás embarcando en la vida matrimonial, que comprendes lo que se necesita. ¿Tienes alguna pregunta?

Katerina pensó por un momento.

—¿Cómo me enamoro de mi esposo?

Julia parpadeó sorprendida y luego una amplia sonrisa se abrió en su rostro.

—Qué excelente pregunta, amor. Esto es lo que haces. Primero, no te apresures. Tienes mucho que superar antes de poder abrirte con alguien. Pero mientras te recuperas, mira a tu esposo. Toda persona tiene buenas y malas cualidades. Debes comprender las malos, cómo te sientes por ellas, para que no te sorprendan. Y luego necesitas ver qué tiene de bueno Christopher, gloriarse en ello. Enrolla su bondad a tu alrededor como una manta hasta que te sientas cálida, segura y feliz con él.

—Ya lo hago —respondió ella. «Y con cada acto de bondad que realiza, casi sin pensarlo, lo siento más».

—¿Sí? —La Sra. Bennett sonrió—. Excelente. Sigue haciéndolo. Y si a veces tienes que retirarte, no te preocupes. Siempre puedes volver. Un revés no es una derrota, y hasta las parejas más sanas los tienen. Aprender a hacer uno de dos es difícil, pero si te abres a ello, si aprendes a confiar, eventualmente lo lograrás.

—Siento que me estoy aprovechando terriblemente de él —admitió Katerina.

La Sra. Bennett descartó la pregunta con otro movimiento de la taza de té. Esta vez el líquido se quedó dentro.

—No lo estás. Todo hombre quiere ser el héroe de su dama. Tiene suerte, ya es tuyo. ¿No es así, Katerina?

—Oh, si. Me salvó la vida —respondió ella con fervor.

Su suegra colocó la taza en un platillo para que pudiera seguir gesticulando con seguridad.

—Lo hizo. Ahora dedica tu vida a complacerlo y yo lo alentaré a que haga lo mismo por ti.

—Oh, él no puede hacer más por mí —protestó Katerina, presionando sus manos en sus mejillas—. Ya es demasiado.

—¿Crees que este acto es suficiente para sostenerte toda la vida?

Ella asintió.

La Sra. Bennett la miró con tristeza y amabilidad.

—No lo es. Quiere darte más. Déjalo. Deja que se enamore de ti también. Eres digna de ello, lo sabes.

La conversación terminó ahí porque los hombres atravesaron la puerta. Christopher tomó a Katerina del brazo y la ayudó a levantarse del banco del clavecín, llevándola al sofá donde la instó a sentarse, uniendo sus manos en su regazo mientras Adrian se sentaba al lado de su esposa.

—Bueno, queridos, creo que deberíamos organizar una recepción en honor a este matrimonio —dijo Julia—. Entiendo por qué era necesaria una boda tan pequeña, pero aún así debería haber una celebración.

Katerina tragó saliva. Una fiesta en su honor sonaba como… una pesadilla. Miró a su suegra con ojos de pánico.

—¿Qué, querida, no quieres una fiesta? —La Sra. Bennett leyó la expresión con facilidad.

—No, gracias —respondió Katerina, tratando desesperadamente de sonar tranquila—. No es necesario que se tomen todas las molestias.

—No sería ningún problema —le aseguró su suegra—. Disfruto el planear fiestas.

«Ella no lo comprende».

—Por favor. No necesitas hacer eso.

—Madre, escucha. Te está diciendo que no —dijo Christopher—. Kat, puedes decirle que no a mi madre. Nadie se enojará. Dile lo que quieres.

Katerina negó con la cabeza. «Esto ya es demasiada atención». Cerró los ojos por un momento, bloqueando a todos.

Christopher notó su creciente malestar y la abrazó, dejándola esconder la cara en su hombro.

—Parece que hemos tenido suficiente unión por un día. Volveremos pronto, lo prometo. Vamos, amor, es hora de irnos.

Ella asintió con la cabeza contra su camisa, no queriendo mirar a nadie a los ojos.

La ayudó a ponerse de pie y ella reprimió un gemido cuando sus músculos y piel se estiraron. Abriendo los ojos cuando empezaron a moverse hacia la puerta, vio a Julia mirándola con una expresión preocupada, Adrian con una ilegible. Centrada en su propia incomodidad, no pensó mucho en ninguno de los dos.

Christopher acompañó a su novia afuera. Katerina inhaló profundas bocanadas de aire helado mientras la brisa jugueteaba con su ropa prestada y refrescaba sus mejillas sobrecalentadas. Se estremeció. Christopher apretó sus brazos alrededor de ella. Se arrastró hacia adentro, bloqueando la vista pero escuchando el suave murmullo del viento a través de la tela, el gemido de las ramas desnudas. La sinfonía de la naturaleza bastaba para calmarla mejor que cualquier consuelo hablado. «Especialmente si se trata de los brazos de Christopher a mi alrededor».

Un ruido distante de cascos y un tintineo de riendas cortó el silencio cuando se acercó un cabriolé. Con un crujido de ruedas, el vehículo se detuvo junto al bordillo.

—Vamos, amor —la instó Christopher, acercándola y ayudándola a sentarse. A medida que avanzaban hacia el alojamiento de Christopher, una vergüenza ardiente cayó sobre Katerina.

—Lo siento —dijo ella en voz baja.

—¿Por qué? —preguntó, perplejo.

—Arruiné tu noche. —Ella tragó saliva ante la admisión.

—¿Cómo? —respondió, claramente sin entenderla.

«Tal vez, dado que no entiende, ¿no fue un problema?» Pero ella explicó de todos modos.

—Soy un conejo. No tengo coraje. Ni siquiera puedo mantener una conversación normal.

—Lo entendí. —Su brazo serpenteó detrás de su espalda—. Y no estoy molesto. Madre debería haber sabido mejor. Odias ser el centro de atención, ¿no es así?

—Si.

Christopher la contempló.

—¿Es la atención una amenaza? Si alguien se fija en ti, ¿podrían darse cuenta de que cometiste algún tipo de error y decírselo a tu padre?

«¿Es por *eso* que no me gustan las multitudes? ¿Porque no sé qué van a hacer?»

—Puede que tengas razón. Nunca lo había pensado.

La acercó más. Apoyó la cabeza en su hombro.

—Pero todo el mundo estaba mirando cuando tocabas. ¿Por qué fue diferente?

«Más preguntas. Quiere entender con todas sus fuerzas. Es una pena que yo no conozca bien las respuestas». Ella lo consideró.

—He estado tocando para los amigos de mi padre desde siempre. Estoy acostumbrada a eso.

—Ya veo. Bueno —continuó, volviendo al punto—, no tenemos que hacer una fiesta. No hay una gran razón para ello si no quieres una. Pero será importante que trabajes en decirle a la gente lo que quieres. No insinúes tan sutilmente, querida. Es difícil de entender.

—Lo siento. —Su vergüenza aumentó.

—No, no lo sientas. —Acarició su mejilla, queriendo calmarla—. No es un juicio, solo una sugerencia. Un paso hacia tu nueva vida como la feliz y confiada Sra. Christopher Bennett.

Ella sonrió con pesar.

—Eso suena bien. Um, Christopher, ¿crees que es demasiado tarde para que me bañe cuando regresemos?

—No, no es tarde. ¿Por qué? —preguntó.

—Me estoy poniendo rígida. Un baño caliente ayuda enormemente.

Su brazo alrededor de ella se tensó.

—Ciertamente, puedes.

—Gracias.

—Mientras tanto, amor, ¿tienes frío? Sé honesta.

—Sí. —Como si sus dientes no estuvieran castañeteando de forma audible en el gélido interior de la cabina.

—Entonces ven aquí y déjame calentarte.

Ella se deslizó contra su costado y él la abrazó, sus brazos descansando suavemente sobre su espalda.

—¿Duele esto?

Ella consideró la sensación de presión contra los moretones y las cicatrices.

—No.

—¿En serio? —La miró profundamente a la cara como si estuviera poniendo a prueba su honestidad.

—En serio. Está bien.

—Bien. —Su mirada se posó en sus labios—. ¿Quieres un beso?

—Sí, por favor —asintió con entusiasmo.

Bajó la boca hacia la de ella, tocó sus labios con la punta de la lengua y le pidió que abriera. Ella lo hizo, y él la obsequió con una larga ronda de amor apasionado dentro de su boca.

El carruaje se detuvo frente al hotel y Christopher soltó a regañadientes los labios de su esposa, pagó el pasaje y la escoltó de regreso a sus habitaciones, pidiendo un baño.

Pronto, una bañera portátil llena de agua humeante y sal de Epsom llenó casi todo el espacio disponible en la sala de estar, esperando el cuerpo dolorido de Katerina. Todos los muebles habían sido empujados a las esquinas para dejar espacio para la supuesta bañera de baño portátil, y el rizo de vapor con aroma a lila se enroscó a su alrededor, haciéndola temblar. Apenas podía esperar, pero su vestido prestado tenía cierres complicados y necesitaba otro par de manos para abrirlos. Christopher, naturalmente, parecía encantado ante la idea de volver a desnudarla.

—Sabes —le dijo él, mirando la bañera—, me encantaría compartir un baño contigo.

Consideró las posibilidades y sus mejillas comenzaron a arder.

—¿Está listo?

—Ciertamente, si quieres —respondió, tranquilo por la cosa íntima que estaba pidiendo.

—No sé. —Su vacilación estaba desperdiciando el calor, pero ¿qué podía decir?

Él pareció sentir su malestar.

—Di la verdad. ¿Quieres que esté aquí o quieres algo de privacidad?

Ella cerró los ojos.

—Privacidad —logró murmurar.

Él asintió con la cabeza, un poco cabizbajo, pero ni enojado ni sorprendido.

—Está bien, esperaré en el dormitorio. Disfruta de tu baño. Estoy muy orgulloso de ti por decir lo que quieres. —La besó suavemente y la dejó en paz.

«Gracias al Señor se ha ido». Por fin, pudo hacer lo que necesitaba. Se quitó la camisola prestada y se hundió en el agua. La sal le picaba en los cortes, pero también aliviaba sus magulladuras y nudos y la delicada lesión que su marido le había infligido entre las piernas.

A medida que el dolor y la tensión se desvanecieron, su cuerpo se relajó, y fue una relajación poderosa como la que apenas recordaba haber sentido antes. Comenzó, en una pequeña parte de sí misma, a comprender lo que significaba estar a salvo. A salvo. Sin previo aviso, el llanto que había estado amenazandola durante las últimas horas rompió sus defensas y sollozó. Fue maravilloso liberarlo.

—¿Kat? —llamó Christopher a la puerta—, ¿estás bien? ¿Necesitas algo?

«¿Quiero su consuelo?»

«No. Quiero resolver esto sola».

—No, gracias —respondió con voz vacilante—. Nada.

—Avísame si cambias de opinión, ¿me lo prometes?

—Sí.

La dejó sola. «Finalmente. No sé cuánto más podría haber aguantado». Con un gemido de alivio, se hundió en

el agua hasta que solo su rostro quedó fuera de la superficie y se dejó llorar. Entregándose al poder de sus emociones crudas, permitió que el abrumador torbellino de
dolor, miedo, tristeza y confusión la envolviera. No era
suficiente para arreglarla para siempre, pero era suficiente
por hoy. Largos minutos le dio a la catarsis hasta que se
sintió… limpia. «Me estoy embarcando en una nueva vida
con nuevas oportunidades. Puedo convertirme en lo que
quiera ser, aprender nuevas reacciones y nuevos hábitos».

La sorprendente revelación trajo una sonrisa acuosa
a sus labios. Durante una década había vivido como un
animal, reaccionando, escondiéndose, tratando de evitar
ser notada. Ella no había vivido, simplemente sobrevivido lo mejor que pudo, pero eso ya no era necesario.

«No soy un ratón ni un conejo, soy una mujer y
tengo el potencial de pensar, observar y elegir mis acciones y comportamientos». La conciencia de sí misma
amaneció como el amanecer, trayendo esperanza, una
esperanza que nunca había esperado. Podría ser más
que un animal asustado. «Puedo ser Katerina, quien-
quiera que sea, la Sra. Christopher Bennett… una iden-
tidad completamente nueva». Podía decirle a su suegra
que no quería una fiesta, podía pedir algo que le con-
venía o podía comprometerse. Podía elegir algo incómodo para complacer a los demás, pero no tenía que
hacerlo para evitar el peligro.

Sus pensamientos serpenteantes se dirigieron a la
fuente de su nueva libertad; Christopher. Había pedido
hace un rato la intimidad de compartir un baño. Para
evitar conflictos, ella se había inclinado a dejar que él
tomara la decisión, pero él le había rogado que fuera honesta y, honestamente, ella había querido estar sola. «No
estaba enojado. Estaba decepcionado, pero accedió a
mis deseos. ¡Me escuchó!» Él también la había escuchado en la cama, recordó, tomándola rápidamente para
minimizar el dolor, tal como ella le había pedido.

El afecto hacia su marido se agitó dentro de ella. Ella

se había sentido atraída por él porque era guapo y relajante y representaba la seguridad. Pero de repente le gustó. «Quiero su compañía porque es Chris-topher. Es seguro y amable y me atrae de maneras que no entiendo del todo. Estos son buenos pensamientos y me gustan. Me siento contenta».

Quizás algún día entendería feliz. Por hoy, la satisfacción se midió entre las cosas más agradables que jamás había sentido, como este relajante baño salado, como llorar cuando lo necesitaba, como el encantador placer que había sentido hoy antes cuando dejó que Christopher la tocara.

«Debería dejar que me tocara de nuevo», decidió. «Quiere, estoy segura». También volvió a sentir la tímida curiosidad por el acto. Él dijo que una vez que su dolor se desvaneciera, disfrutaría que él pusiera... eso dentro de ella. «Es difícil de imaginar», pensó, «la primera vez picaba y quemaba tanto». Quizás ahora, dado que estaba abierta, la incomodidad no volvería a aparecer.

Había estado dolorida toda la tarde, un recordatorio persistente y embarazoso de que se había quitado toda la ropa y estado desnuda con un hombre que le había tocado las partes íntimas y luego se había metido dentro de ella. Pero el dolor se estaba desvaneciendo en el agua tibia, y el hombre era su marido.

«Prometimos nuestros cuerpos el uno al otro, abandonando a todos los demás. Eso significa que le debo el acceso al mío». La comprensión de que él también le debía el acceso al suyo la hizo sonreír cuando una confusión de imágenes y sensaciones llenó su mente; de ojos llenos de halagador deseo, labios besándola, brazos abrazándola y sosteniéndola, dedos provocando un placer travieso en sus lugares innombrables. El calor se enroscó en su vientre.

Se sentó más alta, sus pechos rompiendo la superficie del agua, los pezones endureciéndose con el aire fresco. «Me gustó cuando me tocó allí, y a él le gustó hacerlo». Ella acarició vacilante un brote. «Agradable, pero no igual». Y más abajo, «¿estoy lista para que me toquen allí de nuevo?» Su mano se deslizó bajo el agua, por su vientre. Los moretones ya casi no le dolían, pero tocarse a sí misma resultó demasiado abrumador y se detuvo. «Dejaré las caricias íntimas a mi marido. Sugerí esperar hasta mañana, pero ahora mismo quiero que me toquen. ¿Soy lo suficientemente valiente para preguntarle?» Ella se preguntó. Sacudió la cabeza. «Realmente no». Sin embargo, su camisón permanecía en el dormitorio. «Puedo salir desnuda». Eso podría ser una pista suficiente.

Terminó de bañarse, se puso de pie y recogió una toalla, complacida de poder inclinarse. Luego se secó rápidamente. El frío en la habitación debido a las corrientes de aire invernal que se filtraban por las ventanas la picó y sus pezones se endurecieron aún más. Antes de que sus nervios pudieran detenerla, caminó rápidamente por la habitación del frente hacia el dormitorio. Christopher se reclinaba en la cama, leyendo una novela. Él miró hacia arriba y ella sonrió al ver que sus ojos se agrandaban y su mandíbula se abría.

—¿Te has dado un buen baño, amor? —Su voz tranquila parecía estar en desacuerdo con su expresión de asombro. Claramente, no había esperado un movimiento tan audaz.

Ella le sonrió dulcemente.

—Sí. Realmente lo necesitaba. Quizás, en algún momento, podamos hacer… lo que sugeriste.

—Avísame cuando estés lista —le dijo con entusiasmo.

—¿Es normal que un esposo le dé a su esposa tanto poder sobre las decisiones? —preguntó, sorprendida de nuevo por su generosidad y consideración.

—¿Cómo puedo saber? —Se encogió de hombros y sus labios se curvaron en una sonrisa de dientes blancos —. Nunca antes me había casado. Pero dudo que importe. Otros tienen sus matrimonios, pero este es el nuestro. Sé en lo que quiero que se convierta y no lo conseguiré siendo controlador.

—Se han cambiado las sábanas. —Ella se subió a la cama junto a él.

—Lo han hecho —estuvo de acuerdo.

Katerina se sonrojó.

—Bueno, tenían una marca significativa —dijo ella.

—Ciertamente. —Le guiñó un ojo—. Y no es de extrañar. Alguien fue desflorado aquí.

—Creo que fui yo. —Ella puso una expresión tímida e inocente que era solo medio fingida.

—¿Crees? ¿No estás segura? —Levantó una ceja y algo en la posición de sus labios sugirió que estaba ocultando una sonrisa.

—Sabes, no lo estoy —bromeó.

Christopher sonrió antes de adoptar un aire juguetón y herido.

—Si lo has olvidado, tal vez debería recordártelo.

—Quizás deberías. —«¿Acabo de decir eso? Qué sinvergüenza he resultado ser». Pero no pudo evitar sonreír. Una sensación desconocida surgió en ella, una inesperadamente agradable.

La expresión lobuna de él se volvió preocupada.

—¿Cómo está tu espalda? —preguntó.

—Mejor. —Ella rodó sus hombros.

—Déjame ver.

Ruborizándose, se volvió de mala gana. «Ojalá mis cicatrices simplemente desaparecieran. Al menos desde el frente, parezco… normal. Desde atrás… las palabras no pueden describir».

—Se ve mejor, creo —comentó él, pasando un dedo por su piel. La sensación amortiguada le dijo que estaba tocando tejido cicatricial—. Los moretones son todos amarillos. Ya nada es morado y todas las costras son sólidas. ¿Puedes acostarte cómodamente?

Ella se dejó caer sobre las frías sábanas y se colocó.

—No está mal. —«Y completamente escondido. Es incluso mejor».

—Bien. ¿Tu estómago? —Pasó los dedos por su piel.

Ella se retorció al sentir el cosquilleo.

—Mucho mejor. Esa parte no era tan mala como parecía. Su fuerza casi se había agotado en ese momento, por lo que esos moretones eran coloridos pero no muy profundos.

—Me alegra oír eso. Estaba preocupado por ti. —Su palma se posó sobre su piel.

—Yo también estaba preocupada por mí —admitió —. Creo que el corsé no ayudó.

—Probablemente no. No más de eso. Eres lo suficientemente delgada sin él. —Se inclinó sobre ella, acercó la boca a la de ella y volvió a besarla.

Ella deslizó sus brazos alrededor de su cuello y lo acercó más.

—Kat, ¿te sientes mejor aquí? —Deslizó su mano hasta su montículo.

—Sí —admitió a través de su rubor—. Dejó de doler en el baño.

—¿Te gustaría estar cerca de nuevo? —La incertidumbre recorrió sus rasgos.

Armándose de valor contra su malestar, se apresuró a tranquilizar a su marido.

—Creo que... sí. —Ella se sonrojó. Se sentía desenfrenada por estar pidiendo sus caricias íntimas, pero no pudo evitarlo. Tantas bofetadas y puñetazos, tan pocos abrazos la habían dejado privada y tenía hambre de que la tocaran.

Él se sentó, se quitó la ropa y la tiró salvajemente por todo el suelo. Luego se reunió con ella de nuevo, estirándose a su lado. Él tomó el delicado arco de su cuello en una mano, volviéndola hacia él para besos largos y excitantes.

—¿Te sientes valiente, amor? —preguntó él al fin.

—¿Qué tienes en mente?

—Quiero tu lengua en mi boca de nuevo. ¿Puedes hacer eso?

—Oh. —Al recordar los profundos besos que habían mejorado tan maravillosamente su última relación sexual, sonrió. «Si. Puedo hacer eso». Se inclinó hacia él para recibir el beso e hizo lo que le había pedido, lo probó tímidamente. Como la chica tímida que era, le mostró que no estaba segura de cómo hacer frente a su deseo, pero lo sentía, no obstante.

La dejó explorar la creciente sensación de audacia y finalmente se apartó.

—Bien hecho, amor. Estás aprendiendo muy rápido. Y ahora, déjame dirigir mi atención a estos bonitos pechos tuyos. Se ven… solitarios. ¿Ves cómo me alcanzan? ¿Quieren que los toque, Kat?

—Por favor. —Su espalda se arqueó con ansiosa anticipación.

Ahuecó uno en cada mano y bajó la cara, presionando sus labios contra la piel sedosa entre ellos. Se quedó sin aliento cuando él deslizó la boca sobre el delicado globo, humedeciéndolo en una línea ardiente. Sacó la lengua serpenteando y jugueteó con el pezón.

—Ooooh —suspiró ella—, bien.

—¿Y esto? —Chupó el pico sensible en su boca.

Ella no tenía palabras, pero en realidad, no las necesitaba. Su suave suspiro le dijo a él lo que necesitaba saber. Él tiró, lamió y jugó con ella, y ella respondió con entusiasmo, agarrándole la nuca y apretándolo contra ella. Este toque tenía la intensidad que había echado de menos en el baño. Un compañero marcaba la diferencia. «Christopher lo hace diferente». Ella ya no estaba sola. Ella era parte de una familia, una familia real.

—Eso se siente bien —murmuró ella.

—Bien. —Su voz retumbó contra su pecho—. Quiero que te sientas de maravilla.

Su mano moldeó y apretó suavemente el otro lado.

Finalmente, soltó la protuberancia húmeda y tensa y se volvió hacia el otro.

Ella suspiró de nuevo mientras él la complacía. Cada tirón en su pecho creaba un chisporroteo en respuesta bajo en su vientre. La excitación creció, trayendo humedad que indicaba que estaba lista para su marido.

Sus manos dejaron su cabello y le acariciaron la espalda, sintiendo los músculos agrupados debajo de la piel suave. «Es un hombre hermoso y, sorprendentemente, es mío». Esta tierna relación sexual estaría disponible para que ella la disfrutara por el resto de su vida. «Perfecto».

De repente, él se movió. Dejando sus pezones desprovistos, deslizó sus labios sobre su vientre, besando los moretones parcialmente curados y acariciando su ombligo antes de moverse aún más abajo, separando sus muslos con las manos.

¿Qué travesura está tramando ahora?

—¿Christopher?

—Confía en mí, amor —respondió—. Quiero hacerte sentir bien.

—¿Como esto?

Sus ojos se encontraron a través de la llanura de su vientre, y ella notó el brillo hambriento en su mirada plateada.

—Sí. No puedo esperar para probarte. Abre.

Ella se tensó y luego se relajó. «Sus toques hasta ahora han sido buenos. No me pediría que hiciera nada equivocado o malo. La confianza es una elección, ¿no?» Cerró los ojos cuando sus dedos la abrieron, dejando al descubierto sus partes íntimas a su mirada.

—Estás muy mojada, amor —le dijo él con gravedad.

Su expresión seria provocó que el terror estallara en su vientre, pero encontró la fuerza para hablar en lugar de congelarse.

—Dijiste que estaba bien —le recordó, luchando contra el pánico.

Christopher soltó su aire burlón.

—Lo está —la tranquilizó—. Kat, ¿te… gusta… que te hagan el amor?

—Me gusta. ¿Soy una chica mala? —preguntó, su voz vacilante mientras el miedo amenazaba con abrumarla. De repente, quería no estar desnuda y vulnerable ante este hombre, sino esconderse en el armario.

—No. Eres una buena esposa —respondió con firmeza.

Y luego bajó los labios, deteniendo su voz. Le hizo el amor con la boca, la besó y lamió en ese punto tierno que había acariciado antes, y se sintió aún más dulce de lo que recordaba. Poco a poco, el miedo dio paso al placer, a la confianza. Ella recordó, por fin, por qué había puesto fe en él para empezar. «No era desesperación, era un instinto más profundo que el miedo. Christopher nunca me hará daño». Sabiendo de nuevo que estaba a salvo, Katerina se obligó a relajarse y dejarlo jugar.

—Y ahora, veamos si estás realmente mejor. —Christopher deslizó un dedo profundamente en el cuerpo de su esposa. Su espalda se arqueó cuando él la penetró. «Muy bien. A ella le gusta eso, pero ¿puede soportar un poco de estiramiento?» Él se retiró y regresó, esta vez con dos dedos, y pudo ver por el leve apretón de sus dientes que le picaba un poco; después de todo, él había roto su virginidad ese mismo día. Pero luego se relajó, arqueándose hacia él, gustando del placer más de lo que temía la incomodidad. Satisfecho de que ella pudiera acogerlo cuando llegara el momento, volvió su atención a amarla, moviendo los dedos hacia adentro y hacia afuera para prepararla mientras lamía y succionaba.

—¿Christopher? —llamó con una voz que tenía un toque de gemido.

—¿Amor?

—Está ocurriendo otra vez. —Ella se retorció, movió las caderas y él entendió lo que quería decir.

—Será bueno de nuevo. Deja que suceda —instó, contento de que su momento de pánico hubiera pasado.

Katerina echó la cabeza sobre la almohada, aparentemente ansiosa por liberarse, y él trabajó diligentemente para llevarla allí. Ella flotaba en el borde, así que él abrió los dedos y chupó con fuerza, y ella tuvo un orgasmo con un dulce gemido. Ella arqueó la espalda, completamente deshecha y sin vergüenza por su respuesta. Y luego deslizó sus dedos hacia afuera.

Ella yacía jadeando mientras él le doblaba las rodillas, colocándolas muy separadas. Se alineó, poniendo la punta dentro de ella de nuevo. No quería arriesgarse a reabrir las heridas de su espalda frotando su cuerpo con las sábanas, así que deslizó un brazo por debajo de su omóplato para mantenerla inmóvil mientras él entraba lentamente. «Si hago esto correctamente, no debería haber dolor».

Katerina cerró los ojos y respiró hondo. Ella todavía se sentía muy tensa, y su entrada debió haberle dolido un poco, pero ella lo aceptó. Hizo una pausa por un momento para dejarla recuperar el aliento y luego se deslizó dentro de ella. Ella hizo un sonido suave.

—¿Está bien, amor? —preguntó él, deteniendo su movimiento de nuevo.

—Sí. Qué sensación tan extraña. —Katerina movió las caderas hacia un lado y luego hacia el otro.

—Te adaptarás. —Pasó su otro brazo debajo de ella, inmovilizándola por completo para que quedara cautiva de su pasión. Ella se movió, envolviendo instintivamente sus piernas alrededor de sus muslos.

Él la miró a los ojos, sorprendido. Luego bajó su boca a la de ella para darle un largo beso mientras comenzaba a empujar dentro de ella. La fricción de su movimiento pareció complacerla. Ella gemía y suspiraba cada vez que él subía profundamente. Se encontraba con cada deslizamiento interior con un escalofrío lateral. Los movimientos agregaron sabor a su atractivo calor y humedad. Su carne revoloteó a su alrededor, aumentando su placer a mayores alturas hasta que por fin él gimió y se vació dentro de ella.

—¿Estuvo bien? —le preguntó ella mientras su clímax se desvanecía.

Él tuvo que tomarse un momento para recuperar el aliento.

—Creo que... me va a gustar estar casado. ¿Tú que tal?

—Estoy empezando a pensar que podría haber motivos para la esperanza.

—Bien. Estoy muy contento de que te guste que te toquen. —Él se deslizó fuera de ella, rodó a su lado y la atrajo a sus brazos—. Vamos a dormir, amor. Ha sido un día largo y mañana también tenemos mucho que hacer.

—Sí —estuvo de acuerdo, acurrucándose en su abrazo—. El día de nuestra boda ha terminado. Nuestro matrimonio está comenzando.

—Lo está. —Besó sus labios.

A unas cuadras de distancia, Adrian Bennett se tendió en la cama junto a su esposa y la tomó en sus brazos, acariciando la ardiente seda de su cabello.

—¿Julia?

—¿Sí, mi amor?

—¿Por qué hiciste esto? —preguntó, su rostro lleno de preocupación.

—¿Hacer qué? —respondió ella, fingiendo inocencia.

Su intento no engañó a su marido.

—Tú sabes que. Tú lo orquestaste todo. ¿Por qué se suponía que Christopher se casaría con esa mujer?

—Ella lo necesitaba —respondió Julia simplemente.

Él levantó una ceja.

—¿Y qué hay de él? Ella es una ruina. ¿Cómo va a ser bueno para él?

Julia pensó detenidamente en sus palabras.

—Ella no es una ruina, al menos no lo creo. Está herida, sin duda, pero creo que hay esperanza. Quiero decir, he sido su amiga durante el último año. Sé que esta noche fue muy tímida, pero probablemente fue porque tú estabas allí. Cuando se siente cómoda, es bastante encantadora y dulce. Hay una mujer de verdad ahí, bajo el dolor. Una vez que se recupere un poco, estarán bastante bien juntos. Si no lo creyera, yo no habría hecho esto. Además, Christopher siempre ha sido un poco… egocéntrico. Sabe lo guapo que es, la facilidad con que las mujeres caen en sus brazos. Será bueno para él concentrarse en las necesidades de otra persona.

—¿Qué? —preguntó él, la preocupación se convirtió en una mirada puntiaguda y con los ojos entrecerrados.

Dios mío, no reprimí ese sentimiento lo suficientemente profundo.

—No es nada.

—Dime, Julia.

Intentó de nuevo eludir, alimentando una verdad parcial.

—Bueno, él siempre ha sido un poco libertino, ¿sabes? Los rumores dicen que tuvo una… indiscreción con una cantante de ópera hace unos meses.

—¿Y? Él es joven. Estas cosas pasan. —Adrian se encogió de hombros.

Julia apretó los labios y le dirigió a su marido una mirada de habla.

—No me gusta que lo hagan. No necesita degradar lo que es mejor entre un hombre y una mujer. Es hora de que crezca y comprenda cuánto mejor puede ser el amor. Katerina tiene muchas buenas cualidades. Ella será tan buena para él como él para ella.

Adrian sonrió.

Ella sabía que, al igual que su hijo, él había tenido

algunas balas perdidas cuando era joven, pero Julia no retrocedería. La pasión entre marido y mujer era mucho mejor que las aventuras amorosas con mujeres sueltas. Él lo había admitido mucho más de una vez.

—Vamos, amor —le instó Adrian—, no creo que hayas hecho esto por una aventura de hace meses. Dime la verdad, Julia.

—Bien. —Su voz fue repentinamente feroz—. La quiero para mí. Quiero ser su madre. La amo como a una hija y…

—¿Y extrañaste tener una todos estos años? —Finalmente, Adrian entendió, si la expresión de su rostro era una indicación.

—Sí —admitió Julia, el dolor amargo torciendo sus labios y escociendo sus ojos—. Habría cumplido diecinueve en marzo. Son solo unos pocos meses de diferencia.

Él asintió lentamente con la cabeza.

—Julia, Katerina no puede reemplazar a Andrea.

—Lo sé, pero ella también es especial. —Su voz vaciló cuando respondió.

—¿Y ahora ella puede ser tuya? —adivinó.

—Si.

—¿Estás segura de que ella es capaz de convertirse en el tipo de esposa que él necesita? —presionó, apuntando directamente al meollo del asunto.

—Ella ya lo es —insistió Julia—, y estoy segura de que mejorará a medida que pase el tiempo.

—Espero que tengas razón —dijo Adrian con una voz que hablaba claramente de sus dudas.

Un indicio de preocupación estalló.

—Yo también, cariño. Yo también.

CAPÍTULO 10

_K_aterina estaba disfrutando de un desayuno sencillo pero sabroso de pan tostado caliente con mantequilla y té, acompañado por el placer sin igual de mirar a su marido sentado a su lado. Una barba oscura cubría sus mejillas, haciéndolo lucir desenfadado. El cabello desordenado se sumó a la ilusión. Estudiaba detenidamente un periódico en busca de anuncios de alquiler. Habían traído una bandeja de desayuno, queriendo quedarse un rato en el apartamento y saborear su cercanía en lugar de unirse a la multitud en el comedor.

Ella tomó un sorbo de la bebida oscura sin azúcar y suspiró.

El sonido hizo que él levantara la cabeza.

—¿Estás bien, amor?

Ella le regaló una sonrisa tímida.

—Sí. Me siento maravillosa. No sé si alguna vez he dormido tan tranquilamente.

Él sonrió, y allí se deslizó una pizca de posesividad masculina, aunque sus palabras, cuando habló, sonaron normales.

—Eso es bueno escuchar. Entonces, ¿te apetece ver algunas propiedades hoy? Este arreglo era apretado cuando solo era yo.

Katerina rodó sus hombros experimentalmente.

—Creo que sí.

—Parece que te mueves con más libertad hoy —comentó.

—Sí. El baño ayudó enormemente, y tú también… me relajaste. —Le ardían las mejillas, pero no tanto como esperaba. «Sinvergüenza», se reprendió a sí misma, pero incluso en su propia mente, era una broma. Ella se sentía increíble.

—Cuando quieras, amor. —Él sonrió y le guiñó un ojo.

Ella se sonrojó.

Y luego, terminado el desayuno, se vistió mientras él se afeitaba. Pronto, los recién casados estaban listos para buscar un lugar para hacer su hogar juntos.

～

—Bueno, amor, ¿qué piensas hasta ahora? —preguntó Christopher desde su asiento junto a Katerina en el cabriolé.

Ella se encogió de hombros.

—Um, supongo que el pequeño es lo mejor hasta ahora, aunque no me gusta la idea de todas esas escaleras. Caminar directamente a la cocina tampoco es mi favorito. No es bueno para entretener. Me pregunto quién diseñó esa estructura.

—Estoy de acuerdo. No sería una gran mejora con respecto a mis habitaciones. Cada piso tiene aproximadamente el mismo tamaño, solo que hay más, pero al menos está amueblado. ¿Qué tal el lugar más grande?

—Necesita mucho trabajo —señaló ella—. Esos agujeros en las paredes y los pisos nos dejarán abandonados en el hotel durante semanas o viviendo en medio de la renovación. Y luego *todavía* tendríamos que amueblar todo, y es *enorme*.

—Astutas observaciones, amor.

—¿Y las habitaciones del otro hotel? —sugirió ella—. El tamaño es correcto y es bastante lujoso.

—Demasiado caro —respondió él—. No quiero gastar tanto de nuestros ingresos mensuales solo en vivienda, incluso si está amueblada. Espero que este último lugar sea mejor.

—Bueno, la ubicación es conveniente —comentó Katerina—. En el último minuto, pasamos por una verdulería, una carnicería y una panadería.

El cabriolé se detuvo con un tintineo y un estrépito, y la pareja bajó.

—¿Espero de nuevo, señor? —preguntó el conductor, sonriendo ante la provechosa mañana que había pasado con los Bennett.

—Por favor —asintió Christopher.

El hombre se quitó el sombrero.

El viento frío se había convertido en una brisa temblorosa, y un sol pálido trató de calentarla, aunque pasarían varios meses antes de que apareciera un calor perceptible.

Christopher sacó la llave que había recibido del agente.

Katerina cruzó los dedos mientras tomaba su última opción. El vecindario consistía en una sola hilera continua de estructuras idénticas de dos pisos, todas de ladrillo rojo con columnas de yeso blanco que sostenían balcones blancos. Las ventanas tenían la forma de picos triangulares para mayor interés.

—¡Este lugar es encantador! —exclamó Katerina, apoyando la mano en el poste de hierro de una farola de gas.

—Lo es —asintió Christopher—, y la ubicación es bastante buena. Cerca de mis padres, lejos del Támesis y de la fábrica.

—¿No significa eso que estarás más tiempo trabajando? —se preguntó Katerina—. El clima todavía es bastante frío.

Él se encogió de hombros.

—Una vez que encuentre mis guantes, estaré bien. Vivir lejos de la fábrica es una bendición, a menos que te apetezca oscurecerte el cabello con una lluvia de cenizas.

—Tus guantes están debajo de la cama —respondió Katerina, sonriendo ante su repentina y atónita mirada —. Los noté esta mañana cuando estaba tratando de encontrar mi otra bota, y veo a qué te refieres con las cenizas. Muy bien. ¿Entramos?

En el interior, el nivel inferior constaba de una serie de habitaciones dispuestas a lo largo de un pasillo central con yeso color crema en las paredes y madera pulida en los suelos. Primero, un pequeño salón para recibir a los invitados. Katerina podía imaginarse un sofá cómodo y elegante, algunos sillones y una mesita con un jarrón para flores. El tamaño pre-incluido no encajaba para cualquier instrumento musical. Incluso un clavecín diminuto no tendría lugar una vez que llegaran los muebles. Al otro lado del salón, una habitación con estantes empotrados parecía ser un estudio. Sonrió al imaginarse a Christopher sentado detrás de un escritorio pesado y masculino, con una copa de jerez cerca, inclinado sobre un montón de correspondencia. Detrás del salón, un largo comedor dominaba el resto de la casa, lo suficientemente grande como para invitar a cenar a todo el grupo de poesía, en caso de que fuera necesario un lugar alternativo. En la parte de atrás, abriéndose al exterior, la cocina conservaba un agradable aroma de comidas anteriores, como un abrazo fantasmal pero amistoso.

—¿Cocinas mucho? —preguntó Christopher.

Katerina negó con la cabeza.

—Algunas cosas, pero no muchas. Padre tiene mucho dinero. Verás, *su* padre tenía un negocio de transporte marítimo, que heredó. Dado que funciona mejor sin su interferencia, simplemente recolecta el dinero y hace lo que quiere. Mi padre tiene problemas para mantener a los sirvientes debido a su temperamento, pero siempre se las arregla para reemplazarlos. Mis deberes en el hogar eran… limitados.

La mirada de Christopher se volvió hacia adentro mientras se apoyaba en una estufa de hierro fundido fría e inactiva y Katerina casi podía ver los engranajes girando en su cabeza. «Probablemente está reconfigurando el presupuesto».

—Creo que podemos permitirnos una cocinera —dijo él finalmente, confirmando sus conjeturas—, y, por supuesto, mi hombre. ¿Puedes arreglártelas con eso?

Ella asintió.

—Definitivamente. Especialmente si tengo principalmente ropa que no requiere ayuda para ponérmela.

—Lo que estoy seguro de que preferirías —comentó Christopher.

«Tiene razón», se dio cuenta. «Siempre odié que mi sirvienta Marietta me viera la espalda y me juzgara. Incluso si encontrara una sirvienta que siguiera su propio consejo, todavía me preguntaría qué estaría pensando».

—¿Te molestaría que me vistiera como una institutriz? —preguntó Katerina.

Christopher se volteó, sus ojos intensos mientras la miraba de arriba abajo. Por fin, negó con la cabeza.

—Por supuesto que no. Sé que no te alegrarás si te sientes incómoda y, en mis círculos, hay muchas mujeres que prefieren la ropa sencilla y modesta. No estarías sola en eso.

Katerina sonrió, pero en su interior creció la sensación de incredulidad. «Esto es demasiado bueno para ser verdad. ¿Cómo puedo confiar en él?» Apartando la voz nerviosa, consideró la cocina.

—Hasta ahora, este lugar parece bastante bueno —dijo ella, cambiando de tema.

Christopher aceptó su esquiva con una mueca torcida de labios y la acompañó fuera de la habitación. Al otro lado del pasillo de la cocina, escondida detrás del comedor, una habitación del tamaño de una caja parecía no servir para nada. Encogiéndose de hombros, Christopher la llevó a la escalera en la parte trasera del edificio y subió las empinadas escaleras con una bonita, aunque un poco raída, rosa roja y negra.

Arriba había dos dormitorios pequeños y uno grande. En el ático, dos dormitorios aún más pequeños se adaptarían a la cocinera que aún no ha sido contratada y al hombre de todo el trabajo de Christopher. Regresaron escaleras abajo al piso principal y se detuvieron en el pasillo. Christopher giró lentamente en círculo.

—Creo que esto servirá —le dijo él.

—Estoy de acuerdo —respondió ella, disfrutando de la comodidad de la casa. Se filtraba muy poca corriente de aire, e incluso sin fuego, el interior se sentía cálido.

—Desafortunadamente, no está amueblado —continuó su esposo.

—Trabajaremos en eso —respondió—. ¿Qué viene contigo de tus habitaciones?

—Todo, pero difícilmente se puede amueblar una casa con un sofá, dos sillas, una mesa y una cama.

Katerina escuchó algo parecido a un quejido en su voz. «Parece que a mi marido no le gusta ir de compras. Quizás debería quitarle la carga. Qué emocionante elegir muebles para mi propia casa».

—Es cierto, pero es suficiente para empezar y podemos trabajar en el resto más tarde. —Pasó las yemas de los dedos por su brazo y tomó su mano.

—Solo hay una cosa que no me gusta de esta casa —agregó él.

—¿Qué es?

—Vamos. —La condujo a la pequeña habitación cerca de la cocina—. Qué desperdicio —dijo, señalando las paredes lisas de yeso.

—¡Oh, pero es perfecta! —exclamo ella.

—¿Lo es? ¿Qué es esta habitación para ti, amor? —Él la miró confundido.

—¡Es una sala de música! Qué lástima que no tengas piano. Se pondría allí mismo, entre las dos ventanas, con cortinas de terciopelo rojo y un cuadro encima. —Se dio la vuelta imaginando el resto del espacio—. Dos sillones a juego con las cortinas, algunas mesas pequeñas y una estantería llena de cancioneros y partituras de piso a techo.

—¿Una sala de música? —La comprensión se reflejó en el rostro de Christopher—. Por supuesto. Necesitas una, ¿no? No te preocupes ni por un momento, amor. Sé cómo conseguirte un piano. No dejaré que tu música se te escape. Pero primero, aseguremos este lugar antes de que alguien lo adquiera.

—Sí, vamos. —Katerina bullía de entusiasmo por su nuevo hogar. «Mi hogar. Mío y de Christopher». En esta casa empezarían a forjar su matrimonio. Con suerte, las sombras de su infancia desaparecerían. Era una casa tan hermosa y la adoraba.

La firma de papeles y el pago de depósitos solo tomó poco tiempo. Pronto, Christopher acompañó a su esposa por la calle Bond, donde las tiendas se apiñaban una sobre otra. En su primera parada, le compró un abrigo de invierno. Acurrucándose con gratitud dentro de los pliegues de tela amatista, ella tomó el brazo de su esposo y él la condujo a una tienda de aspecto auspicioso llamada *Channing & Company*. Por supuesto, Katerina había oído hablar de ellos. No solo hacían instrumentos conocidos, sino que también publicaban partituras. Todos los músicos serios conocían el nombre Channing.

En el interior, la habitación olía a madera y cera; el reconfortante aroma de los pianos. Un vendedor con dignos mechones plateados en su cabello oscuro se acercó a la pareja.

—Hola señor, señora. ¿Les puedo ayudar en algo?

Katerina miró al hombre serio y comenzó a sentirse

nerviosa. «¿Qué sé sobre la compra de un piano? Nada». La ansiedad le retorció las entrañas.

Christopher le acarició la mano suavemente y luego se dirigió al vendedor.

—Me acabo de casar con una pianista experta y pensé que no podría haber mejor regalo de bodas que un piano propio.

—Ah, bueno, tenemos algunos modelos encantadores aquí —respondió el hombre, deslizándose sin problemas en su tono. Los condujo a un rincón de la sala de exposición donde los instrumentos ornamentados se erguían alegremente, llamando la atención. Katerina caminó lentamente hacia uno. Sus patas curvas le parecieron bastante bonitas y su tapa abierta invitaba a los transeúntes a examinar sus intrincadas cuerdas.

—¿Puedo? —Ella señaló el banco.

—¿Qué quieres decir cariño? —El vendedor miró con recelo.

—Quiero tocar este piano y ver cómo suena. —«¿Realmente espera que lo compre sin tocarlo, solo por su apariencia? Qué extraño». Una vez más, la ansiedad hizo que su estómago se hundiera. «¿Quizás no debería tocarlo? ¿Está mal preguntar? ¿Por qué no sé estas cosas?»

—Muy bien. —Él sacó el banco, interrumpiendo su nervioso monólogo interno, y ella se sentó. «Bueno, si estuvo mal preguntar, es demasiado tarde para preocuparse por eso ahora». Katerina se calentó los dedos tocando algunas escalas rápidas y luego negó con la cabeza.

—¿Qué tiene de malo, amor? —le preguntó Christopher.

—Está desafinado —dijo ella en voz baja—, y el tono no es muy bueno.

El vendedor la miró boquiabierto, pero tocar las teclas de marfil blanco había destrozado su nerviosismo y le había permitido tomar el control de sí misma. Se levantó y pasó a otro instrumento. Este era ridículamente ornamentado, pero tenía un tono tan pobre que incluso Christopher se estremeció al escucharlo. Probó otro y otro sin éxito.

—Lo siento, señor —le dijo ella al empleado—. Estos pianos simplemente no suenan muy bien. ¿Tiene algo menos… elegante, pero más tocable?

Él se sacudió, parpadeó con los ojos fijos y cerró la boca abierta con un chasquido.

—Sí, por supuesto. Me disculpo. Por lo general, cuando las señoritas vienen aquí, están más interesadas en el aspecto de la cosa.

—Entonces no soy la mayoría de las señoritas —dijo secamente, ofendida por el sonido de los pianos mal hechos.

—Supongo que no. Vengan conmigo. Les mostraré nuestros modelos de instrumentos profesionales, los utilizados por orquestras y teatros. No son llamativos, pero el sonido debería adaptarse mucho mejor a usted.

Los condujo a una parte diferente del edificio, donde los instrumentos negros sencillos y sin adornos brillaban bajo el tenue sol de enero. Katerina caminó entre ellos, pasando los dedos por las superficies pulidas. Finalmente se detuvo en uno, aparentemente al azar, y se sentó soñadora en el banco. Con los dedos hormigueando, tocó las teclas de marfil. Y luego, sin previo aviso, los estrepitosos acordes iniciales de la Sonata Patética sacudieron los cristales de las ventanas. La última vez que tocó esta pieza, herida y medio desmayada, había demostrado un poder y una habilidad excepcionales. Hoy la música de su alma se derramó a través de las teclas. Sumergida en una conexión simbiótica con el impecable instrumento, se perdió por completo y se convirtió en música viva.

Cuando terminó la pieza, sintió ganas de llorar. Tomó varias respiraciones lentas y profundas. «Concéntrate, niña, se dijo a sí misma con fiereza. Es solo un piano. Llorar por eso es demasiado».

—Este es el indicado, ¿no es así, amor? —preguntó Christopher, poniendo una mano en su hombro.

—Sí —respondió ella, la palabra se atascó en su garganta.

—Está bien. Estará en nuestra casa mañana.

—Gracias, cariño. —Ella asintió.

—De nada. —Él le regaló una tierna sonrisa.

—Y a usted, señor —le dijo ella al vendedor con seriedad.

—No, querida, gracias a ti —respondió—. Nunca me canso de escuchar tocar bien un piano.

Dejó que su esposo la llevara desde la sala de exposición, de regreso a la calle bajo vastas hileras de toldos multicolores. Pasaron frente a los escaparates de una juguetería, desde la que muñecos y osos de peluche miraban la calle con ojos negros de botones. Un verdulero les mostraba a los habitantes congelados una pirámide de naranjas importadas de España. Un librero mostraba la última colección de poesía sobre un fondo de terciopelo negro bastante polvoriento. Por fin, llegaron a una tienda de ropa.

—Bien, querida, ¿creo que dijiste que te faltaba ropa? —dijo Christopher, indicando la ventana de la tienda con un movimiento de su mano.

—Sí, terriblemente, pero hemos gastado suficiente.

Él sonrió con indulgencia.

—Amor, mi padre es *dueño* de una fábrica de algodón —le recordó—. Soy su segundo al mando. No nos faltan fondos. He estado ahorrando durante años.

—¿Por qué? —preguntó ella—. No recuerdo ni una sola vez que mi padre haya optado por ahorrar dinero.

—Rasgo común de la clase media —respondió él—. No creo en gastar todo mi dinero en una vida disipada. Sabía que algún día querría una esposa y una familia, así que reservo dinero cada año en preparación, lo que significa que ahora puedo pagar algunas cosas nuevas para ti. Además, nuestra empresa le suministra tela a esta mujer y, a cambio, nos da un descuento. Lo bueno es que necesitas ropa interior nueva y vestidos para varias ocasiones. ¿Montas?

La idea de los animales grandes la hizo estremecerse.

—No. Prefiero mis propios pies.

Él pareció no darse cuenta.

—Está bien. Entonces no necesitarás un hábito de montar. Ah, aquí está la modista. —Se volvió hacia una mujer de cabello oscuro de nariz afilada—. Madame Olivier, mi esposa necesita un armario completo. Por favor, vístela con todo. Amor, ¿te importa si salgo? Las tiendas de ropa de mujer me asfixian. Volveré a recogerte pronto.

Katerina tragó saliva, su rostro se puso caliente, pero aceptó valientemente.

—Muy bien, Christopher.

Él se volvió para irse, pero dijo por encima del hombro:

—Recuerda, nada de corsés. No los necesitas y me gusta que puedas respirar. —Se marchó, dejando a su novia sonrojada en el ambiente estrecho de la tienda, al cuidado de una extraña que rápidamente la desnudó hasta quedar con la ropa interior prestada, bromeando por su falta de dotes femeninas. Katerina guardó silencio, pero se atrevió a admitir que su marido no había encontrado motivos para quejarse.

—*Oh, mon Dieu !* —exclamó la mujer detrás de ella.

Katerina suspiró.

—*Je sais. Ils sont horribles, n'est-ce pas ? S'il vous plait, madame, aidez-moi avec des vête-ments qui peuvent les… cacher.* (*Son horribles, ¿no? Por favor, señora, ayúdeme con algo de ropa que pueda… ocultarlas).

—Sí, tienes razón. —Madame Olivier cambió al español—. Me disculpo. Estaba… sorprendida. Por supuesto que podemos. Es una suerte que… no suban más alto o sería difícil encontrar algo a la moda para ponerte. También es una suerte que el estilo en estos días sea solo un poco abierto en la espalda. ¿Pero su marido hablaba en serio? ¿Sin corsé?

—Sí —respondió Katerina, estremeciéndose al recordar las dolorosas heridas comprimidas—. No necesito estar demasiado a la moda. Prefiero parecer modesta. La ropa que pueda ponerme y quitarme yo misma sería mi preferencia.

Madame Olivier puso los ojos en blanco ante la idea de la modestia y la sencillez, pero no hizo ningún comentario y pasó al tema de la ropa interior.

—¿Cómo sostendrá su pecho? —exigió.

Katerina bajó la mirada hacia el pequeño oleaje en la parte delantera de su camisola prestada.

—Necesita muy poco. ¿Quizás algunas correas sean suficientes?

Madame Olivier la rodeó y contempló su esbelta figura.

—Sí. Eso hará bien. Unos pliegues adicionales en la falda crearán la ilusión de una curva más generosa.

«Y me hará ver como un ganso de peluche, apuesto».

—Muy bien.

Dos horas después, Christopher regresó por su esposa. Había hecho arreglos para que Mackenzie trasladara sus escasas posesiones a su nuevo hogar y publicó un anuncio de una cocinera, que estaba programado para el día siguiente. Pronto tendrían que comprar más muebles, pero hoy hacía mucho que se había cansado y estaba seguro de que Katerina se sentía peor. Para cuando pagara la cuenta en la tienda, su cama debería estar en su casa y lista para que una pareja de recién casados se retirara.

Entró en la tienda y encontró a su esposa de pie en un taburete mientras Madame Olivier ajustaba el dobladillo de un vestido. El burdeos intenso con ribetes negros se adaptaba a su color moreno, y las mangas, en lugar de estar muy infladas hasta la muñeca, se ajustaban a sus delgados brazos. Ropa interior, camisones y más vestidos con estampados a cuadros y marrones tranquilos yacían amontonados, listos para ser comprados. Un glorioso vestido de fiesta blanco que cubría el brazo de un asistente, listo para adaptarse a la delicada figura de Katerina.

—Se ve bien de blanco —comentó él distraídamente desde la puerta de la habitación.

—Con su hermoso color, ciertamente lo hace —respondió la modista.

—Bien hecho. Veo que no la has dejado economizar demasiado. —Señaló con la mano la pila de prendas.

La propietaria le dio a su esposa una mirada reveladora antes de volverse hacia él con una sonrisa.

—No, sé que eres un hombre de excelente gusto y quiero que tu esposa se vea lo mejor posible.

—Lo soy.

—Creo que esto es excesivo —dijo Katerina en voz baja desde su posición.

«Sabía que ella pensaría eso».

—Difícilmente, amor. Yo diría que es suficiente.

Ella reflexionó sobre eso en silencio por un momento y luego dijo simplemente:

—Gracias. —Las palabras fueron acompañadas de una mirada intensa que prometía un agradecimiento más tangible después.

—De nada —respondió él, arriesgándose a la ira de la modista para llevar la mano de su esposa a sus labios antes de dar un paso atrás y dejar que las mujeres terminaran su trabajo.

Madame Oliver desabrochó el vestido color vino y lo sacó del cuerpo de Katerina, dejándola con una camisola y un par de correas cortas hasta la cintura que sostenían sus pechos sin restringir su respiración. La asistente deslizó la bata blanca por su cabeza y rápidamente se ajustó para las modificaciones. Finalmente terminó, Katerina se retorció en un vestido confeccionado con un estampado de flores color crema con una falda amplia y pliegues pesados en el corpiño. El corte creaba la ilusión de un busto lleno por encima de una cintura diminuta, hecho con tanta habilidad que la artimaña no podía detectarse fácilmente.

Christopher pagó los vestidos y llevó a su esposa a un cabriolé que los llevó a su nuevo hogar. Como esperaba, la cama se había colocado en el dormitorio más grande. La joven pareja se retiró para una siesta de la tarde que requirió poco sueño pero resultó maravillosamente relajante, no obstante.

CAPÍTULO 11

El lunes por la mañana, Christopher se dirigió a la fábrica de algodón para reunirse con su padre, el coronel Turner y algunos de los otros empleados. Al entrar en el edificio, miró las viviendas a través de una niebla tan densa que casi era lluvia.

«Qué pena que la gente tenga que vivir así. Repugnante». Se apresuró a entrar.

El calor y la humedad dentro del molino, necesarios para mantener flexibles las hebras de algodón, proporcionaron un respiro del frío de la mañana. Christopher se encontró con su padre y el coronel en la puerta.

Ninguno de los hombres habló. Por encima del ruido ensordecedor de la fábrica, no tenía sentido. El coronel Turner extendió un puñado de máscaras, uno de los muchos inventos de Christopher para mejorar el bienestar de sus trabajadores, y Christopher se colocó la suya sobre la cara.

Desde la puerta, pudo ver la larga hilera de telares. En cada una, un trabajador se sentaba, también enmascarado, trabajando en las lanzaderas mientras emergía un arco iris de tela.

Los hombres corrían entre los telares, recogiendo los productos y transportándolos. El lugar estaba lleno de actividad, cada rostro en líneas serias mientras se comunicaban entre sí mediante gestos con las manos.

Los propietarios tomaron puñados de algodón crudo y los moldearon en tapones para los oídos antes de abrirse camino entre los tejedores para su control diario de productividad.

Una nueva trabajadora que Christopher no había conocido antes llamó su atención. Estaba sentada en un telar, una lanzadera volando rápido bajo sus hábiles manipulaciones. Algo extraño en su mano merecía una segunda mirada, y se sintió mal al notar que el dedo anular de su mano derecha se había reducido a un muñón rojo y en carne viva. Ella pareció sentir su presencia y miró hacia arriba.

Al ver que era joven y guapo, ella le guiñó un ojo por encima de la máscara.

«Es una muchacha guapa, pero mi esposa es más atractiva». Luego entrecerró los ojos. Tenía un moretón alrededor de un ojo.

Sacudiendo la cabeza, siguió a su padre y al capataz hasta la oficina, que estaba equipada con escritorios sencillos para padre e hijo. Las paredes habían sido equipadas con la mejor insonorización que se podía tener en 1848; estaban rellenas de periódicos. «No ayuda demasiado», pensó Christopher, no por primera vez, mientras sus oídos se adaptaban al ruido metálico y siseo de la fábrica.

—Bueno —preguntó Adrian mientras los hombres se quitaban las máscaras—, ¿cómo va todo, Turner?

—Excelente —respondió el fanfarrón ex soldado, alisando su cabello rubio plateado donde la máscara lo había despeinado—. Como puede ver, tenemos una chica nueva, la señorita Jones. Es bastante hábil en el telar.

—¿Qué le ocurrió a ella? —preguntó Christopher, su voz oscura.

El coronel Turner lanzó una mirada en dirección a Christopher.

—¿Qué, su dedo? Lo perdió en su empleo anterior. Accidente de máquina.

Christopher sacudió la cabeza.

—Lo he visto antes. ¿Quién la golpea?

—¿Qué? —El coronel pareció estupefacto.

—Tiene un ojo morado.

Turner bajó las cejas.

—Sabes, no estoy seguro. Veré si puedo conseguir que la señora Turner hable con ella y lo averigüe.

—Eso sería bueno. —Christopher pensó en su propia dulce esposa. «Después de nuestro hermoso fin de semana juntos, fue doloroso dejarla. Todavía parece tan asustada e insegura, pero tiene sirvientas de cocina para entrevistar y su nuevo y encantador piano para hacerle compañía». Él finalmente se había ido y, a pesar de los largos besos de despedida, casi había llegado a tiempo. «Supongo que eso significa que ella también es buena para mí».

Los caballeros se acomodaron en sus escritorios en el piso de arriba mientras el coronel Turner regresaba al piso. Como de costumbre, una montaña de papeleo aguardaba a padre e hijo, y se dispusieron a leer y firmar.

Christopher llenó un formulario de pedido de tinte cerúleo y de una rueda nueva para un telar que se había puesto en mal forma la semana anterior. «Estoy ansioso por desarmar a esa rueda bastarda y volver a armarla», pensó para sí mismo, preguntándose qué habrían pensado sus viejos compañeros de la escuela. «A la mayoría de ellos no les importaba un comino trabajar con las manos o reparar algo más grande que una oración defectuosa. Yo no. He hecho todos los trabajos en esta fábrica, desde reparar el equipo, mi especialidad, hasta transportar rollos de tela y fardos de algodón con los hombres. Ah, bueno.

Chacun à son goût, como dicen los franceses. Amo mi trabajo».

—Entonces, hijo —preguntó Adrian, firmando un documento con una floritura y dejándolo a un lado para que se secara—, ¿cómo va tu matrimonio hasta ahora?

—Bastante bien —respondió Christopher, llenando un formulario de pedido de tinte marrón oscuro—. Nos hemos instalado en una pequeña casa y Katerina está entrevistando a las cocineras hoy. Le compré un piano.

—¿Ella toca? —preguntó su padre, encontrándose con los ojos de su hijo al otro lado de la habitación.

Christopher respondió con un breve y entusiasta asentimiento.

—Sí. Ella es increíblemente talentosa. Le pediré que toque para ti alguna vez. Quedarás asombrado. ¿Madre no te dijo esto?

—Puede haberlo hecho —admitió—. Cuando habla de lo que están haciendo sus amistades, a veces mi mente divaga.

«¿Su mente divaga? Si mi esposa quiere decirme algo, la escucharé. O si quiere volver a tocar para mí. Ella es increíble». Recordar la hábil actuación de su esposa lo llevó a recuerdos de la noche en que la había rescatado… y luego a otro pensamiento angustioso.

Adrian se dio cuenta de inmediato.

—¿Qué no me estás diciendo, hijo? Pareces… disgustado de repente.

—No es nada. —Christopher negó con la cabeza.

—Vamos, Christopher —instó Adrian—. Déjalo salir. ¿Con quién más vas a hablar? Has emprendido una aventura masiva y arriesgada con esta mujer.

—En realidad, ella lo está haciendo mejor de lo que esperaba —argumentó.

—Excelente. ¿Pero? —Adrian agitó la mano, instando a su hijo al grano.

Christopher dejó de prevaricar.

—Pero ella tiene un… gesto que no me gusta.

—¿Y eso es?

—Ella se estremece. Mucho. Cada vez que alguien hace un movimiento repentino cerca de ella, ella se aparta y se cubre la cabeza. —Hizo una mueca.

—¿Te sorprende? —Adrian arqueó una ceja.

Christopher suspiró.

—No, en realidad no. Solo desearía… que ella no me lo hiciera, que confiara en mí que no la golpearía. Supongo que es demasiado pronto.

—¿Se asusta de cada toque? —preguntó Adrian.

—Para nada, es bastante… cariñosa. —Sus mejillas se calentaron ante los agradables recuerdos que esas palabras despertaron—. Simplemente se asusta fácilmente.

—Bueno, entonces ella no está reaccionando hacia ti. Es el movimiento —aseguró Adrian a su hijo.

—Claro. Por supuesto. —Christopher reflexionó—. ¿Crees que alguna vez dejará de hacer eso?

—Quizá —admitió Adrian con cautela—, pero incluso si no lo hace, ¿es tan malo? Muchas personas tienen uno o más gestos molestos, como morderse las uñas o girar el bigote. Solía conocer a una chica que se mordía el cabello. Era repugnante.

—Sí, está mal. —Christopher hizo una mueca—. Morderse las uñas no es muy limpio, pero no es lo mismo. ¿De verdad crees que quiero una esposa que retroceda ante cada movimiento?

—No significa que ella desconfíe de ti —señaló su padre—. No puede evitarlo.

Christopher miró por la ventana. El clima frío apenas permitía una llovizna lúgubre. Unos grados más fríos y el hielo azotaría la ciudad. Las gotitas que helaban los huesos oscurecían la desagradable vista de la vivienda al otro lado de la calle. Se debatió si debía decir más. «No debería… ella estaría avergonzada, pero estamos casados. Todo el mundo sabe lo que eso significa y necesito consejos sobre cómo manejar esto». Finalmente, soltó:

—Estábamos haciendo el amor en ese momento. Todo lo que quería era acariciar su rostro.

~

—Lo siento. —Adrian hizo una mueca. «Qué desagradable debe haber sido en un momento tan íntimo»—. Sabes, hijo, en todos los matrimonios, hay cosas que a cada cónyuge no le gustan del otro. Esa es simplemente la naturaleza de las relaciones cercanas. No es necesario que te guste todo sobre ella para tener una unión feliz, y estoy seguro de que no tengo que decirte que habrá cosas de ti que ella tampoco prefiere.

Christopher asintió.

—Escucha —continuó Adrian—, te estás presionando mucho a ti mismo. Cualquier matrimonio habría creado este mismo período de adaptación. Permítete que no te gusten las cosas de ella, que no implican que *ella* te disguste, y luego recuerda lo bueno de ella. Es cariñosa, toca bien el piano y *es* bastante encantadora. Estoy seguro de que puedes pensar en cualidades más positivas. ¿No son todas esas cosas mucho mejores que un pequeño gesto de nerviosismo que no puede controlar?

—Por supuesto. —Christopher frunció el ceño, ofendido por la misma sugerencia.

—Vendrán más, buenas y malas —le recordó Adrian a su hijo—. Esa es la vida real. Ese es tu matrimonio volviéndose real. ¿Ayuda a alguien pensar en esas cosas?

—A algunos. Ojalá no hubiera sido tan terriblemente herida. —La angustia transformó el ceño de Christopher en una expresión de triste vulnerabilidad.

—Sabes —dijo Adrian pensativo—, puede que ella no sea la única que tenga algo de dolor por el que pasar.

El comentario inesperado pareció sacar a Christopher de sus contemplaciones.

—¿Qué quieres decir, padre?

—Solo esto —respondió Adrian—. Te preocupas por ella. Te has casado con ella y ella te pertenece. Eso significa que su sufrimiento te afecta. Ella no es la única que perdió las cosas que quería. ¿No te quitaron un noviazgo normal, de la oportunidad de tomarte tu tiempo con ella y dejar que la relación se desarrollara de manera más natural?

—Sí. —La tristeza en la voz de su hijo rivalizaba con la vista a través de la ventana de la oficina.

—¿No te molesta? —insistió Adrian.

—Sí. —Christopher dejó de mirar la lluvia y se centró en su escritorio.

—Ahora tienes que mirar a esta mujer, tu esposa, y ver heridas dolorosas en su cuerpo y saber que alguien la lastimó y que no pudiste evitarlo. —«Desearía no tener que decirlo, pero él no puede fingir que no es un aspecto importante de su relación».

—Lo sé. ¡Odio eso! —exclamó Christopher, rechinando audiblemente sus molares.

—Deberías odiarlo. Es monstruoso.

—Mi pobre Katerina. —La voz de Christopher se quebró. Volvió a mirar por la ventana durante un largo rato. Luego, con los ojos enrojecidos, volvió a su papeleo y puso fin a la conversación.

Adrian miró a su hijo. «Esto no será un rescate para siempre». Christopher había progresado mucho en el camino hacia el amor a su esposa. Su padre reconocía todas las señales. «Si su amor significa algo para Katerina, algún día, si Dios quiere, tendrán el tipo de matrimonio vital que ambos dicen querer».

Padre e hijo trabajaron en silencio durante un largo período, Adrian dejó que Christopher recuperara la compostura y luego volvió a hablar.

—Sabes, puede que no sea una mala idea que ustedes dos hagan un pequeño… viaje juntos. Una especie de viaje de bodas. Volviste a la vida cotidiana tres días después de tu matrimonio.

Christopher reflexionó sobre la sugerencia.

—Sabes, tienes razón, pero, ¿quién se encargará de… todo esto si me voy? —Indicó a su escritorio.

—Deja que tu hermano lo haga —sugirió Adrian—. Necesita probar el negocio familiar. Sé cómo manejas las cosas y puedo guiarlo.

—Pensamiento interesante —respondió Christopher, sonriendo.

Adrian también sonrió al pensar en su hijo menor, un adolescente imponente, de cabello llameante pero estudioso, trabajando en el negocio familiar que odiaba.

Entonces, Christopher habló de nuevo.

—¿Dónde debo llevarla? El sur de Francia puede ser agradable en esta época del año, y ambos hablamos el idioma bastante bien.

Adrian suspiró ante el típico error de los recién casados.

—Pregúntale adónde quiere ir. Puede que prefiera Italia.

—Ah, buen punto. —Christopher se volvió hacia su padre—. Entonces, ¿estarías a favor de que me tome unas vacaciones prolongadas con poca antelación?

—Realmente lo haría —le aseguró Adrian—. Esta es tu familia, hijo. Tu matrimonio es de por vida. Es importante.

—Bueno, entonces está bien, padre. Muchas gracias. —Su sonrisa le dijo a Adrian cuánto le gustaba a Christopher la idea de pasar tiempo a solas con su esposa.

Adrian también sonrió. Él mismo había estado casado durante mucho tiempo, pero aún podía recordar la potente mezcla de deseo y ternura que acompañó a los primeros días. Honestamente, nada cambió mucho a lo largo de las décadas, excepto esos sentimientos ardientes que se profundizaron y fortalecieron. Con suerte, el matrimonio de Christopher y Katerina haría lo mismo.

~

—Creo que lo harás bastante bien —dijo Katerina, sorprendiéndose a sí misma con su actitud tranquila y profesional. «Es porque esta joven es muy agradable. Hay algo en ella que me hace sentir cómoda. No tiene tanta experiencia como la señora mayor que pasó por aquí hace una hora, pero esa mujer me recordó a mi sirvienta, Marietta». Un escalofrío amenazó con correr por su columna, pero lo reprimió. «Lo crítico y lo gruñón no tienen cabida en esta casa».

—Gracias, señora —respondió la señorita Katie Lawrence con fervor—. Haré lo mejor que pueda y trabajaré muy duro. —Los modales de buen corazón de la chica y su acento rural la hacían aún más agradable.

—No es necesario —respondió Katerina, agitando la mano en dirección a la joven de cabello oscuro—. Solo somos dos, y aunque mi esposo es un poco… desordenado, yo no. Nunca haré que trabajes tus dedos hasta el hueso. Solo haz tu trabajo lo mejor que puedas. Eso es todo lo que pido.

—Gracias señora.

—¿Cuándo podrás empezar? ¿Es mañana demasiado pronto?

—¡Para nada! Estaré aquí brillante y temprano…

—A las nueve —interrumpió Katerina con firmeza—. Después de que mi esposo se vaya a trabajar. Eso me dará tiempo para ayudarlo a encontrar sus calcetines y guantes y sacarlo por la puerta para que no llegue tarde.

—Haré precisamente eso —prometió Katie—. Gracias de nuevo, Sra. Bennett.

—Excelente, señorita Lawrence. Te veré luego.

La joven recogió una cartera de flores en la que había llevado una pila de copias de sus referencias y salió por la puerta.

Enrojecida por el éxito, Katerina decidió posponer la escritura de cartas de rechazo a las otras dos solicitantes durante unos minutos y caminó por el pasillo desde su salón hasta la sala de música. «Necesito preguntarle a Christopher si puede asegurarme algo de tela para hacer cortinas. Seguramente, puedo manejar un dobladillo recto simple o dos. Espero que tenga un rojo vivo. Esta habitación necesita color y el rojo se ve tan hermoso con el negro de un piano».

Se hundió en el banco y miró la partitura que tenía delante. Cambiando de opinión acerca de la práctica seria, en cambio tradujo su estado de ánimo vertiginoso y positivo en un toque alegre de Mozart, y luego lo persiguió con "Fur Elise". Las piezas familiares ocuparon sus dedos y permitieron que su mente divagara.

«Hasta ahora, adoro estar casada. Mi encantador esposo me complace enormemente tanto en la cama como fuera de ella. El obispo me hizo pensar que me afligiría y sentiría miserable por un tiempo y luego comenzaría a sanar, pero de hecho, los dos procesos parecen ser simultáneos. Todavía tengo esos viejos sentimientos de miedo y melancolía que han sido mi estado constante durante los últimos diez años, pero ahora se entremezclan con momentos de alegría radiante. Debo permitirme lamentarme cuando surja; hay que sentirlo para ser curada, pero la mayor parte del tiempo estoy lejos de ser miserable. ¿Cómo puedo ser miserable cuando tengo a Christopher para abrazarme, besarme y hablarme?»

Sonriendo, la música resonando en su corazón, no tuvo problemas para dirigirse a la cocina para tomar una taza de té y luego regresar por el pasillo a la sala, donde buscó papel y un bolígrafo. En la mesita que Christopher había traído de su apartamento, ella localizó un folio lleno de hojas de papel, que abrió con la esperanza de encontrar algo en blanco.

En cambio, cada hoja tenía el logo de la imprenta Wilder. El nombre de Robert Browning coronaba varias colecciones de líneas desiguales.

—Estos son poemas —se dio cuenta en voz alta, dejando su taza y hurgando en la colección—. Apuesto a que son las piezas de conversación que mencionó Christopher.

Ella tomó un sorbo de su té y miró el primer poema, sus cejas se juntaron ante el título, "El amante de Porfiria".

«Oh, es un poema travieso», pensó. «¿Quizás como Byron?» Sintiéndose traviesa ella misma, racionalizó: «Bueno, soy una mujer casada, ¿no es así? He experimentado la pasión. Si este poema resulta un poco escandaloso, estoy lista».

Entonces ella leyó. «Este poeta escribe con un poco de ceceo», se dio cuenta, los labios se movieron silenciosamente mientras tropezaba con el ritmo irregular y buscaba la rima en medio de frases de varias líneas.

—¡Oh, Dios!

Katerina se quedó paralizada, retrocedió y volvió a leer.

—¿Él la *mató*? Santo Dios. —Ella negó con la cabeza mientras su estado de ánimo alegre se rompía—. Es un loco.

Un sollozo se deslizó desde su vientre, ahogándola.

—¡Ahora no! —se ordenó a sí misma con severidad. Lágrimas desafiantes brotaron y corrieron por sus mejillas.

—Rápido. Algo diferente. —Dio la vuelta al poema y examinó el siguiente—. "Mi última duquesa". Suena bastante inofensivo —pensó, con el estómago revuelto y, efectivamente, las primeras líneas, con su descripción de la riqueza del orador, eran casi aburridas—. "Di órdenes / Luego cesó toda sonrisa". —Cerró el folio para que sus lágrimas no mancharan el papel y lo dejó a un lado.

«Estuve tan cerca de ser el tema de una historia como esta. La única diferencia es que mi amante me salvó. Si Christopher y su madre no hubieran intervenido, ¿todavía estaría viva ahora para leer poemas y llorar por ellos? Probablemente no».

Olvido el té, hundió la cara en el brazo sobre la mesa y volvió a dar rienda suelta a sus emociones. Allí fue donde Christopher la encontró cuando regresó del trabajo unos minutos más tarde.

~

«Oh, mi pobrecita», pensó él, su mente todavía en la conversación que había tenido con su padre antes. «Él estaba en lo correcto. Deberíamos escaparnos. Ir a algún lugar lleno de sol y pasar nuestros días como recién casados».

Sin decir una palabra, se acercó a ella por detrás y la rodeó con sus brazos, con la intención de consolarla.

Fue un terrible error.

Ella se sobresaltó violentamente, alejándose con un grito de terror y acurrucándose en una bola, protegiendo su cabeza y vientre de un ataque percibido.

«¿Qué pasa conmigo?» Maldiciéndose a sí mismo, le puso la mano en el hombro.

—Kat —dijo en voz baja—, lamento haberte asustado.

—¿Christopher? —Su cuerpo rígido comenzó a relajarse y se enderezó. Se miraron el uno al otro durante un momento sin aliento y sin vigilancia, y luego ella se lanzó a sus brazos—. Lo siento —murmuró, su rostro escondido contra su hombro.

—No tienes nada de qué disculparte, mi amor. Fue mi culpa. Cualquiera se habría sorprendido de ser agarrado por detrás. Lo siento. —Deslizó la mano por debajo de su barbilla y le levantó la cara—. ¿Todo está bien?

—Sí.

La miró en silencio, esperando la razón detrás de las manchas de lágrimas en sus mejillas.

Finalmente, ella agregó:

—Leí tus poemas.

—¿Qué, Browning? —La apretó más fuerte.

Ella asintió.

—Oh, Dios. Terribles, ¿no? Debería haberlos guardado. Son lo último que necesitas leer.

—Son reales —respondió ella, y ahora que su miedo había pasado, la determinación en su voz lo hizo reconsiderar—. Tenían que ser terribles o no serían convincentes. ¿No es interesante cómo ambos hombres culparon a las mujeres por sus ataques?

«¿Sería bueno para ella leerlos? Muestran la maldad de situaciones como la de ella, y le muestran que no está sola».

—Sí, eso es interesante. Pero ninguna de las mujeres tuvo la culpa —señaló Christopher, retrocediendo y mirándola a la cara. Con el pulgar, le secó una lágrima de la mejilla—. Ni siquiera sabían que había un problema. Tampoco fue culpa tuya.

—Lo sé —respondió ella automáticamente.

—Pero, ¿lo crees? —pregunto él.

Ella lo miró a los ojos con una inquietante vulnerabilidad, dejándolo ver el dolor que brotaba de las profundidades de su alma.

—Si Dios quiere, algún día.

Se veía tan dulce y bonita en sus brazos, que la prodigó un beso que la dejó sin aliento y jadeando.

—¿Te sientes mejor?

Ella se acurrucó contra él.

—Oh, sí, encantador.

El cuerpo de él reaccionó instantáneamente, pero siguió adelante con la conversación. «Habrá tiempo para eso más tarde».

—Ahora bien, mi querida novia, tengo una pregunta para ti. Mi padre me recomendó que hiciéramos un viaje de bodas y creo que es una excelente idea. ¿Qué opinas?

—No tengo idea. Nunca he viajado antes. —Ella parpadeó.

—¿Te gustaría intentarlo?

Un torbellino de expresiones torció su rostro de una manera u otra, pero al final dijo:

—Eso creo.

—¿Estás segura? —preguntó él—. ¿La idea te pone ansiosa?

—Un poco —admitió—, pero a´n así quiero intentarlo.

—Bien —dijo él—. Me encantaría pasar un tiempo contigo, solo contigo, lejos de nuestra vida cotidiana. Creo que sería bueno para nuestro matrimonio.

Ella asintió.

—Entonces deberíamos pensar en un lugar adonde ir. Nice es encantador en esta época del año. Cálido —sugirió él—. Pero también está Italia. ¿Tienes alguna familia que te gustaría visitar? ¿De donde son tus padres?

—Florencia —respondió ella—. Siempre quise verlo. Todavía recuerdo las maravillosas historias que mamá me contaba sobre su ciudad natal y su familia; su papá y mamá y hermano y todos los muchos amigos y parientes. Sonaba como un sueño el lugar. Solía imaginarme huir allí.

—¿Deberíamos? —preguntó, contento de que ella hubiera expresado una opinión.

—¿Te gustaría?

«No, amor, esto es para ti».

—Me gustaría llevarte a algún lugar al que quieras ir y verte emocionada y feliz.

—Eso es fácil, cariño —respondió ella, acariciando su mano por su mejilla—. Solo tienes que llevarme a la cama.

—¿Y Florencia? —Él sonrió.

—Si a ti te gustaría, a mí también.

«Buena chica. Eso es lo que quería escuchar».

—¿Averiguamos si tu familia está interesada en una visita?

—¿Cómo? ¿No tardaría un mensaje casi tanto como un viaje? —preguntó ella.

—Sí, una carta lo haría, pero ¿qué tal con un telegrama? —le recordó.

—Ah, me olvidé de eso. Sí, vamos.

—Iré a la oficina de telégrafos mañana —respondió él—. Y ahora, mencionaste otro pequeño viaje que te haría feliz. ¿Hay tiempo antes de la cena?

Ella miró el reloj que había colocado sobre la repisa.

—Son las cinco y media. Hice un guiso, pero no creo que esté listo hasta las siete.

—Apenas lo suficiente. Vamos, amor.

Y la tomó de la mano y la condujo al dormitorio para un breve viaje al cielo.

CAPÍTULO 12

—*D*ebo decir, Christopher —comenzó el coronel Turner, cerrando la puerta de la oficina y quitándose la máscara de la cara—, bien visto la semana pasada. Hice que la Sra. Turner hablara con la Srta. Jones. Dijo que era como sacarse los dientes, pero al final consiguió sacarle la historia. La joven ha sido cortejada por un hombre celoso. Al principio, lo encontró encantador... hasta que él se volvió violento. No sabía qué hacer y le daba vergüenza ir con su familia, ya que siempre le habían dicho que él no era bueno.

—Entonces, ¿qué pasó? —preguntó Christopher, metiendo un trozo de algodón en una oreja y hundiéndose en un asiento en su escritorio.

—La Sra. Turner y yo la llevamos con su padre y le explicamos la situación. Creo que tuvo una charla con el joven, y su padre es carnicero, así que puedes imaginar cómo fue. De todos modos, el cortejo está terminado y el joven se ha ido. La señorita Jones parecía triste pero aliviada. Espero que con el tiempo encuentre a alguien mejor.

—Esas son buenas noticias —respondió Christopher, metiendo su máscara en el cajón del escritorio—. ¿Estaba su padre enojado con ella?

—Decepcionado, pero no realmente enojado.

Ningún hombre quiere ver a su hija herida —dijo Turner.

«Qué pena que no sea cierto», pensó Christopher. «¿Qué debe estar mal en la mente de un hombre para difuminar la línea entre el amor y la violencia?»

Christopher tardó un momento en darse cuenta de que el coronel Turner había seguido hablando. Se centró de nuevo en la conversación.

—El nuevo tinte es terrible. Las muestras se desvanecieron antes de que pudiéramos subirlas al tren. Algunos de los tintoreros dijeron que se veía débil en las tinas, así que no volvamos a comprarlo.

—De acuerdo —dijo Christopher—. Supongo que fue una tontería esperar que un producto tan económico tuviera buena calidad.

—Obtienes lo que pagas —agregó Adrian en voz baja, levantando la vista de su escritorio.

—Muy bien —dijo Christopher, sacando un formulario de pedido—. Volveremos a nuestro tinte bermellón habitual. Se ha demostrado que vale la pena el dinero.

—Los tintoreros se alegrarán.

—Al igual que los clientes —agregó Adrian, sosteniendo una pila de facturas, todas ellas estampadas con el nombre de la tienda de Madame Olivier.

El coronel Turner asintió con la cabeza y se colocó la máscara, saliendo por la puerta para volver al piso de trabajo, mientras Christopher se dedicaba a pedir un nuevo tinte bermellón al antiguo proveedor.

—Bueno, hijo, ¿cómo van los planes de viaje? —preguntó Adrian, interrumpiendo las cavilaciones de Christopher.

—Muy bien. —Christopher terminó de llenar un formulario de pedido y lo dejó a un lado para que se secara—. Está tardando más de lo que esperaba, pero deberíamos estar listos para partir dentro de una semana a partir del viernes.

Miró a su padre y lo encontró sonriendo.

—Bien. ¿Te decidiste por Italia o Francia?

—Italia. —Christopher mojó su bolígrafo y firmó otro documento de su pila. «Oh, bien, la rueda giratoria del telar roto debería llegar antes de que me vaya. Devin no tendrá ni idea de cómo solucionarlo»—. La familia de la madre de Katerina todavía vive allí. Nos pusimos en contacto con su abuelo y a él le gustaría que nos quedáramos con él.

—Qué agradable. Esperemos que sea mejor que… —Adrian se calló.

—¿Que su padre? —Christopher negó con la cabeza —. Sí. Dudo que pueda ser peor, y si no funciona, Florencia es una ciudad considerable y ciertamente podemos encontrar un hotel. Aún así, pensamos que era mejor comenzar de esta manera, al menos.

—Sin duda tienes razón —asintió Adrian, mojando su bolígrafo y firmando un papel de su propia pila.

～

La chica desnuda, con las manos atadas en un gancho en el techo, gimió bajo el látigo y luego gimió de placer, el sonido amortiguado por las exuberantes cortinas de terciopelo rojo en cada pared.

Giovanni echó el brazo hacia atrás y volvió a azotarla. «Aquí es mucho más difícil, menos satisfactorio». Tenía que controlar sus golpes, no solo dar rienda suelta a su rabia. El hecho de que ella lo estuviera disfrutando también redujo enormemente su alivio. «Qué zorra repugnante».

«Para mí, esto nunca ha sido sexual», argumentó vigorosamente en su mente, «pero con mi hija fuera, no hay otra opción. Por supuesto, resultó no ser mejor que la zorra frente a mí». Solo el otro día había mirado por la ventana del salón de la casa adosada que su hija compartía con su marido bastardo, solo para ver a la pareja abrazándose indiscretamente. «Asqueroso».

Volvió a bajar el látigo, más fuerte, y la chica chilló en protesta cuando su piel se rompió y una fina línea de sangre goteó.

—¡Señor, eso es demasiado!

—Silencio, puta.

—No. Sabe las reglas. Suavice sus golpes o llamaré al gerente.

—*Merda* —murmuró Giovanni en voz baja. «Esto es inútil». Hoy había deseado tanto tener a Katerina en sus garras, pero ese maldito lacayo fornido había atrancado la puerta, amenazando con llamar a la policía. Ahora la furia volcánica desgarró a Giovanni, y esa tibia liberación parcial no sería suficiente. «De alguna manera, la recuperaré y luego pagará como nunca antes».

El viernes siguiente, Katerina apretó la mano de su esposo mientras lo acompañaba a su fiesta de poesía en la casa de los Wilder. Esta vez, se sentía nerviosa pero con buena salud. Los moretones habían desaparecido hace días y los cortes en su espalda casi habían sanado por completo. Llevaba sus correas, no un corsé con cordones ajustados, y así podía respirar libremente. Ya sin mareos, se encontró capaz de contemplar la habitación y sus ocupantes con mayor atención de la que había prestado antes.

El señor Wilder se apoyó en la chimenea, fumando un puro grueso. Se dio cuenta de que Christopher lo miraba fijamente y hacía una mueca de disgusto.

James Cary se sentó en un sillón, pero esta vez tenía a la encantadora señorita Carlisle sentada a su lado con otro vestido verde menta que enfatizaba el verde de sus ojos. No se tocaban, sino que se miraban intensamente, inmersos en una conversación privada. Katerina pudo ver los labios de la pequeña rubia fruncidos levemente, aunque no precisamente haciendo pucheros esta vez. Mantuvo los ojos abiertos deliberadamente mientras intentaba asegurar el interés del joven y apuesto vicario. Su aventura parecía bastante exitosa.

Katerina miró hacia otro lado, otorgándoles privacidad. El pulgar de Christopher trazó el costado de su mano. Hubiera sido más apropiado sostener su brazo, pero el encanto de sus fuertes dedos la tentá más de lo que pudo resistir.

—Christopher —un joven de cabello castaño claro y arrugas alrededor de la boca y ojos que no encajaban con su falta de años se acercó a ellos diciendo—, ¿dónde diablos has estado? La Sra. Wilder dice que desapareciste de la fiesta la última vez con Cary y la Srta. Valentino, y nunca más se te volvió a ver. Estuve en tus habitaciones y te mudaste sin decir una palabra.

—Lo siento, Colin —respondió Christopher—. Me vi atrapado en una situación que requería atención inmediata.

—Bueno, debe haber sido una gran situación para que te mudes y no le digas a tu mejor amigo adónde habías ido. Están circulando los rumores más ridículos.

—¿Creo que ya conociste a Katerina? —Christopher cambió de tema.

—Sí. Señorita Valentino. —Él asintió con la cabeza cortésmente, pero sin mucha atención.

—Es bueno verlo de nuevo, Lord Gelroy.

Él se sobresaltó violentamente ante el sonido de su voz suave.

—Ella habla. ¡Cielos! ¿Caerá el cielo a continuación?

—Creo que ya se cayó —respondió Katerina, con un atisbo de sonrisa en los labios.

—¿Qué rumores? —preguntó Christopher con indiferencia.

—Dicen que te has casado con ella, todo por capricho. —Colin hizo un gesto descuidado en dirección a Katerina.

—Bueno, por una vez tienen razón, ¿eh, amor? —Christopher bromeó.

—Parece que sí. —Su sonrisa se ensanchó.

—¿Están casados? —Colin los miró boquiabierto a los dos.

—Sí —dijo Christopher simplemente, deslizando su brazo alrededor de su cintura.

Katerina asintió.

—¿Por qué?

La incredulidad en su inflexión hizo que las mejillas de Katerina se ruborizaran.

Christopher le dio a su esposa una mirada inquisitiva. «¿Debo contarle a mi amigo más antiguo y más cercano la historia oficial?», parecía estar preguntándole en silencio, «¿o puedo decirle la verdad?»

Katerina miró a su marido, sintiendo su conflicto. Quería facilitarle este momento.

—Estaba en una... situación difícil. Vino a mi rescate. Es un héroe. —Para enfatizar, apoyó la mejilla en su hombro en un cálido abrazo.

Colin la miró incrédulo.

—No, no ese tipo de situación —aseguró Christopher a su amigo.

—¿Qué? —preguntó Katerina, sus ojos patinando de un hombre a otro.

—Amor, cuando una mujer necesita ser rescatada de una "situación difícil", a menudo da a entender que está embarazada de alguien irresponsable —explicó Christopher.

—Oh. No, nada de eso. Lord Gelroy, mi padre, era... —miró a Christopher, con las mejillas encendidas.

—¿No te importa si se lo digo?

Los labios de Katerina se torcieron, mostrando que sí, le importaba, pero asintió con la cabeza.

—Él es tu amigo. Necesita saber por qué no se lo dijiste de inmediato. —Sus ojos oscuros se encontraron con los de Colin—. Mi Lord, preferiría que esto no se hiciera público, por favor.

Colin asintió.

~

—La estaba golpeando —dijo Christopher sombríamente. Regresó su atención a Colin, adoptando una expresión de asombro con la boca abierta—. No te puedes imaginar lo malo que era. No podría dejarla en ese tipo de peligro. —Le dio a Katerina una mirada intensa, el tipo de mirada que sabía que Colin nunca había visto en su rostro antes. Aunque su esposa se sonrojó como una rosa de verano ante las palabras contundentes, Christopher sintió una gran satisfacción al saber que, desde ese día, no había sufrido ni sufriría más. «El abuso pudo haber estimulado el matrimonio apresurado, pero quiero estar con esta mujer. Quizás ahora que su timidez ha disminuido un poco, la gente lo entenderá».

Colin negó con la cabeza.

—Casado. Ja. Bueno, supongo que alguien tenía que ser el primero en dar el paso. Mejor tú que yo.

Christopher esquivó el comentario.

—Entonces, ¿cómo fue la reunión?

Colin suspiró.

—No fue a ninguna parte. Nadie me extenderá ningún crédito porque saben que nunca podré reembolsarlo. Es terrible. Soy responsable de pagar miles de libras que no gasté, porque la *propiedad* las debe, pero nadie hará nada para aliviar la carga sobre mí. La tierra se agota más cada año, no era buena cuando la obtuve, pero *no* puedo plantar por las deudas y los impuestos. Es un nudo gordiano y no tengo espada. Casi deseo... —Colin tragó saliva—. Desearía que los inquilinos se mudaran a la ciudad por trabajo y yo pudiera abandonar toda la empresa... pero no puedo. Seguiría debiendo lo mismo y tendría menos medios para pagarlo.

—¿Qué vas a hacer? —preguntó Christopher.

—Maldita sea si lo sé, le ruego que me disculpe, señora Bennett. Quiero decir, voy a economizar de todas las formas que pueda y trabajaré tan duro como pueda y espero evitar el desastre por unos años más. Después de esta noche, dejaré mi alojamiento en Londres y me iré a casa. No hay nada más que hacer aquí. Haré un balance de lo que me queda. Quizás partes de las peores casas de inquilinos se puedan usar para mejorar las que aún tienen algo de vida en ellas, y luego, si podemos extraer otra cosecha este año… no lo sé. La tierra necesita descansar durante varios años, pero luego nadie ganará nada. Es un desastre imposible.

—Lo siento, Colin —le dijo Christopher a su amigo—. ¿Hay algo que pueda hacer?

—No, a menos que tengas unas treinta mil libras esterlinas que no necesitas y no vas a pedir que las devuelvan.

Era una suma asombrosa, y Christopher, aunque bastante acomodado, no tenía nada de eso a su disposición. Nadie lo tenía.

Katerina puso su mano sobre el brazo de Colin. Él la miró.

—Lo siento muchísimo, Lord Gelroy. ¿Puedo… decir una oración por ti?

—Puedes —respondió él, una esquina de su boca torciéndose en una mueca—. Creo que el Señor es el único que puede ayudarme ahora.

—Entonces haré eso —dijo ella con firmeza.

—Gracias, Sra. Bennett.

—Bueno, buenas tardes, amigos. —La Sra. Wilder se acercó, poniendo fin a la conversación personal.

—Buenas tardes, Sra. Wilder —saludó Christopher a la anfitriona.

—Señor Bennett, está en desgracia esta noche —bromeó ella.

—¿Por qué es eso? —Levantó las cejas, alerta a la oportunidad de bromear.

—Tú y el señor Cary se marcharon la última vez sin decir una palabra, tan temprano, y se llevaron sus poemas. Tuvimos que improvisar en el acto y no encontramos nada que nos interesara.

—Me disculpo. Yo... —consideró sus palabras—. Tuve una emergencia.

—Sí, lo sé. —El tono burlón de la Sra. Wilder se volvió serio.

—¿Lo sabe? —«Oh, Dios. Esto no puede ser bueno». Ella arqueó una ceja.

—Bueno, ciertas pistas quedaron abandonadas en mi habitación. Contaron una historia muy interesante. ¿Te gustaría oírlas?

~

Katerina palideció. En la crisis repentina, habían abandonado no solo su bata sino también, horrores, su corsé. Encontrar una prenda interior dejada atrás seguramente causaría un escándalo.

—No te preocupes, querida —le aseguró la Sra. Wilder, dándole palmaditas en el brazo—. Afortunadamente, la encontré primero y la escondí. Puedes recuperarla si lo deseas, pero tiene una gran cantidad de sangre.

—Estoy segura de que tiene. Yo... no hicimos... —tartamudeó Katerina, con la cara ardiendo.

La Sra. Wilder le apretó la mano con dulzura.

—Sé lo que hiciste y lo que no hiciste en mi habitación, querida. El comportamiento escandaloso generalmente no causa sangrado en el medio de la espalda.

—Claro. —Katerina se llevó la mano a la frente.

—Y el Sr. Bennett es un caballero —agregó la Sra. Wilder.

Una inclinación lateral de los ojos de ella reveló un

revelador oscurecimiento a lo largo de los pómulos de su esposo. «Bien. Un cambio de tema».

—Sí. Lo es. Soy la mujer más afortunada.

—¿Están realmente casados entonces? —preguntó la anfitriona, con los ojos muy abiertos.

—Sí. —Katerina se apoyó contra Christopher en un gesto de puro afecto.

La Sra. Wilder asintió.

—¿En serio quieres recuperar esa cosa? Si no, puedo deshacerme de ella.

«Puaj. ¿Un recuerdo de mi última paliza? Yo creo que no».

—Le agradecería mucho que la quemara.

La Sra. Wilder bajó la barbilla en reconocimiento a la solicitud de Katerina.

—¿Y tu chal?

—Ahora me gustaría tenerlo de nuevo —dijo Katerina—. Hará frío durante muchos meses.

—En efecto. Ahora bien, Sra. Bennett, ¿cree que podría convencerla de que toque en estas reuniones de vez en cuando?

—Ciertamente, si todos lo desean —asintió Katerina.

—Excelente. Creo que es posible que hayamos comenzado una nueva tradición. Podemos reunirnos para celebrar las artes, no solo la poesía. —La Sra. Wilder sonrió, pequeñas arrugas aparecieron alrededor de sus ojos.

Katerina sonrió tímidamente.

—Tendré que empezar a investigar y ensayar nuevas piezas, así también tendré algo nuevo que aportar.

—Amigos, tengo noticias. —La Sra. Wilder se dirigió a la habitación con voz cargada y todas las conversaciones cesaron—. Nuestro propio Christopher Bennett sabiamente no ha permitido que su adorable pianista se escapara, sino que la convirtió en un miembro permanente del grupo. A partir de ahora, la Sra. Bennett, y cualquier otro músico que tenga la habilidad, pueden ayudar con el entretenimiento antes de la cena.

Las palabras "Sra. Bennett" provocaron que un murmullo de sorpresa recorriera el grupo. Katerina, incómoda con todas las miradas atónitas, se aferró al brazo de su marido. Él le acarició los dedos suavemente mientras ella trataba de relajarse y sonreír.

—Excelente. —El caballero que había estado tan borracho la última vez, esta noche se sentaba sobrio en el sofá con una encantadora mujer de cabello castaño de unos treinta años—. Querida, no puedes imaginar el glorioso concierto que tuvimos la semana pasada. Bien hecho, Bennett.

—Gracias, Reardon. —Christopher le dio a su esposa un sutil apretón.

—¡Cena! —anunció un sirviente.

—No hay tiempo para tocar esta noche, por lo que veo —bromeó Christopher—. Bueno, amor, ¿tienes hambre?

—Sí, mucha —respondió ella. «No tiene sentido negar el retumbar de mi barriga».

Saciada y confortablemente cálida con la cena y el vino en su estómago, Katerina se reclinó contra el brazo de terciopelo del sofá en el salón de los Wilder, el amigable piano a su espalda, sus dedos entrelazados con los de su esposo una vez más.

Christopher abrió el folio en su regazo y levantó el menos controvertido y mucho más sutil de los dos poemas, "Mi última duquesa".

«Lee con tanta habilidad», pensó Katerina, incómoda con el contenido del poema. Su voz sonaba rígidamente controlada pero ocasionalmente teñida de rabia mientras intentaba retratar al loco duque de Ferrara. Katerina se estremeció. «Espero no saber nunca lo que es recibir una ira tan fría de mi precioso esposo.

—"Que Claus de Innsbruck fundió en bronce para mí" —declaró él, terminando el poema con una floritura maníaca. Luego, cerró el folio y lo dejó sobre la mesa, poniendo sus manos y las de Katerina en su rodilla.

Ella lo miró en silencio, ignorando la desconcertada conversación y concentrándose únicamente en Christopher. «Mañana nos vamos para nuestro viaje de bodas y no puedo esperar. Partimos en tren hacia Southampton a primera hora de la mañana y luego abordamos un barco hacia Livorno. Desde allí, otro tren nos llevará a Florencia, donde Nonno enviará un carruaje para recogernos».

La idea de viajar la aterrorizaba y la emocionaba. Ella nunca lo habría hecho sin Christopher. «Él me hace más grande y valiente de lo que soy. Es una criatura que nunca esperé encontrar... un buen hombre.

—"El amante de Porfiria" —anunció Lord Gelroy, recuperando el folio y apoyándose contra la pared cerca de la chimenea.

«No quiero escuchar este poema. Es demasiado visceral, demasiado gráfico y ninguna cantidad de relecturas ha suavizado el golpe». Cuando Colin comenzó a recitar, ella volvió su atención a la mano que sostenía.

«Christopher podría ser el copropietario de la fábrica de algodón, pero eso no le ha impedido trabajar con las manos. Tiene la fuerza de un trabajador, la mente de un ingeniero y el cuerpo de un dios. Es glorioso. ¿Cómo podría ser para mí, para la tímida Katerina? No tiene sentido. Una recompensa tan grande seguramente debe ser por algún colosal acto de bien, pero no he hecho nada, ni una sola cosa en mi vida para ayudar a otros. He estado demasiado aislada para eso, viviendo en un terror egocéntrico».

Pensó en su matrimonio. Había sido poco tiempo, pero ya lo estaba aprendiendo. Sabía lo que a él le gustaba desayunar y qué periódico prefería leer, y que prefería beber café que té, y conocía su toque. «Ah, es encantador, en sus brazos, en su cama». Como había prometido, cuanto más se juntaban, mejor se sentía. Él le ofreció afecto con el sexo, y ella lo tomó con avidez, sin darse cuenta de que un toque podía curar y agradar, no solo dañar y asustar.

Ella le acarició los dedos, sintiendo los callos del trabajo y la escritura y las cicatrices de las cosas salvajes que hacían los niños, como la vez que él había perseguido un pájaro y lo había atrapado. La marca del pico permanecería en su palma de por vida. Esas eran buenas cicatrices, las marcas de vivir una vida plena e interesante.

Ella también estaba estropeada permanentemente, pero no con las marcas de la vida. Llevaba las cicatrices de la vida media de esclavos y criminales. Con fiereza, se recordó a sí misma, «una espalda descuidada no es la desfiguración más horrible que una mujer puede soportar. La vanidad no sirve para nada. Déjalo ir. Nadie sabe lo mal que me veo allí, excepto mi esposo, y si hay un lado positivo, es que la vista de esas heridas lo impulsó a casarse conmigo».

«¿Cambiaría a mi marido por una piel suave? No, no lo haría». El matrimonio era mejor, mucho mejor. Cada día era sutilmente mejor que el anterior. Ya lloraba menos, se reía más, no porque estuviera tratando de forzarse, sino porque se sentía bien hacerlo.

Una dulce sonrisa apareció en su rostro. «Me estoy acercando a la comprensión segura e incluso feliz. Esta noche, le pediré a mi esposo que me haga sentir esos buenos sentimientos nuevamente. Sé que estará de acuerdo». Su cuerpo se estremeció al pensarlo.

Colin terminó el poema y tiró el folio a un lado como disgustado por su propia recitación, y la discusión estalló casi instantáneamente, las voces se superpusieron en un desorden tan vertiginoso que no pudo distinguir a un orador de otro.

—Qué cosa más espantosa.

—¿Es esto un poema o una pieza de propaganda de liberación femenina?

—¿Estás seguro de que Robert escribió eso y no su esposa? Suena como la escritura de una mujer.

—No realmente. Ninguna mujer escribiría algo tan poco elegante.

—Creo que es horrible. No quiero pensar en cosas así.

Katerina, en contra de su voluntad, encontró su voz hablando entre el estruendo.

—Qué conveniente poder no pensar en eso. Quienes lo soportan no tienen esa opción. La duquesa de Ferrara es ficticia, y también Porfiria, pero las mujeres y los niños reales son tratados con violencia en nuestra ciudad todos los días. El Sr. Browning quiere que seamos conscientes, para que podamos ayudar, ser buenos samaritanos, no cruzar la calle como fariseos.

La sala se quedó en silencio ante su comentario inesperado.

—Pero, señora Bennett, ¿cómo podemos ayudar? La ley dice que un hombre tiene derecho a disciplinar a su esposa —demandó Reardon en un tono amable, no sarcástico

La Sra. Wilder respondió bruscamente:

—¿Es una mujer una niña que necesita disciplina? Creo que la mayoría de las esposas son adultas y pueden tomar sus propias decisiones sobre su comportamiento. Si un marido tiene una queja, debería intentar *decirla*. Poder conversar con su cónyuge es sensato, pero muchos hombres se niegan, como lo hizo el duque de Ferrara.

—Incluso si la mayoría de los maridos tratan a sus esposas con amabilidad y la mayoría de los padres disciplina a sus hijos de manera apropiada, no tener una advertencia en la ley para lidiar con el abuso conduce a situaciones como estas, donde los hombres hambrientos de poder pueden torturar a sus dependientes e incluso matarlos —dijo Katerina mientras apretaba la mano de su esposo, agradecida de que fuera digno de confianza.

Él le devolvió el apretón y luego deslizó el brazo detrás de ella.

—Bueno, todavía creo que el poema es feo —dijo malhumorada la chica que había sido tan propensa a hacer pucheros la semana pasada.

—Señorita Carlisle —le dijo Cary a la chica—, dado lo que está tratando de hacer, un bonito poema no tendría mucho sentido.

—Supongo —suspiró la chica de cabello dorado—, y prometo dar un diezmo del dinero de mis gastos esta semana para ayudar… a alguien. Ahora, ¿podemos leer algo más bonito?

—Si quiere algo bonito, señorita Carlisle —respondió Cary, su voz cálida por la atracción, sus ojos urgiéndola a que lo notara—, tengo justo lo que necesita. —Se acercó a la estantería y tomó un volumen.

—"La dama de Shalott", de Alfred, Lord Tennyson. "A ambos lados del río se encuentran / extensos campos de cebada y de centeno…

Desde las primeras líneas elegantes, la señorita Carlisle suspiró con placer.

Katerina también escuchó. La triste y dulce belleza de las palabras la inundó, haciéndola sonreír. Se entregó a ello, amando la hábil manipulación de las palabras, el sonido de la voz bien modulada de James Cary mientras intentaba cortejar a la señorita Carlisle, el escalofriante placer de la mano de su marido sobre ella, acariciándola.

Un poema tan hermoso provocó más silencio que conversación, y al concluir los invitados comenzaron a alejarse, empapados en imágenes de la hermosa dama cantando mientras tejía un tapiz.

—¿Listo para irnos, amor? —preguntó Christopher mientras la escena se desvanecía de su imaginación.

—Oh, sí, vamos. —La sonrisa de Katerina se ensanchó. Al levantarse localizaron a su anfitriona—. Gracias por la hermosa velada, Sra. Wilder —dijo Katerina con dulzura.

—Gracias por venir, señora Bennett. Sus comentarios acertados fueron muy apreciados.

—Señora Wilder, no asistiremos hasta dentro de varias semanas —le informó Christopher—. Haremos un viaje a Italia, comenzando por la mañana.

Su anfitriona les sonrió.

—Bueno, espero que ambos se diviertan. Un poco de sol italiano en febrero suena encantador.

—Es cierto —asintió Katerina—. Estoy deseando ir.

Con sonrisas a juego, se despidieron y se dirigieron afuera. Al parecer, Katerina no era la única que se había emocionado con el último poema. Apenas el conductor del cabriolé saltó a su asiento detrás de ellos, Christopher la atrajo hacia sí y le plantó besos dulces y húmedos en la boca, uno tras otro.

—Dios mío, cariño —dijo ella mientras sus labios recorrían el delicado arco de su garganta—. ¿Todo está bien?

—Oh, sí. —Se apartó y la miró con ojos brillantes—. Estoy impresionado con lo que comentaste allá atrás. Hablaste frente a todos. Lo estás haciendo mucho mejor de lo que esperaba, amor. Tu coraje es… muy excitante.

—Me alegra que lo encuentres así —dijo, moviendo las pestañas con coquetería hacia él. Luego se puso seria —. No estaba tratando de ser valiente, sabes. Me molesta cómo la gente trata de ignorar las cosas porque los pensamientos son desagradables mientras otros sufren e incluso mueren a su alrededor. Bravo para el Sr. Browning por hacernos mirar y pensar.

—Así es como me siento yo también. Antes de leer los poemas, debo confesar que esas cosas no ocupaban mi mente tanto como ahora. —Le dijo más claramente lo que quería decir con besarla de nuevo—. Dulce dama —murmuró contra sus suaves labios—. Estoy muy contento de haberme casado contigo.

—Oh, yo también. Eres un marido maravilloso, Christopher.

—Gracias. Es tan bueno tener una esposa; alguien con quien pueda hablar, besar y hacer el amor cuando queramos. —Él mordió su labio inferior.

Ella gimió suavemente.

—Todo está bien. Mejor de lo que esperaba.

Él pareció tomar sus palabras como una invitación y lamió el borde de sus dientes, provocando otro sonido suave.

—Kat —dijo, alejándose como si se le hubiera ocurrido un pensamiento repentino.

Aunque la pérdida de su beso la hizo querer hacer pucheros, se concentró en sus palabras.

—¿Sí?

—Um, ¿alguna vez has escuchado a alguna de las otras matronas hablar sobre el matrimonio? —Le acarició la cadera con una mano mientras hablaba, claramente tratando de mantener el humor en su intimidad.

«Me pregunto a dónde se dirige con esto».

—Un poco, ¿por qué?

—Hay una especie de actitud ridícula sobre la intimidad matrimonial dando vueltas en estos días, y quería asegurarme de que no te confundiera.

—¿Qué sería eso? —«Ve al grano, amor, para que puedas besarme de nuevo».

—Bueno… —Hizo una pausa como si estuviera considerando sus palabras antes de continuar—. Un pequeño número de personas pone nerviosos a todos al decir, o insinuar, que una mujer decente no debería disfrutar en absoluto de hacer el amor, ni siquiera con su marido.

—¿Hay algo de verdad en ello? —Katerina arqueó las cejas

Sacudió la cabeza.

—Ninguna que yo sepa. Quiero decir, si los hombres quieren disfrutar de relaciones apasionadas con las mujeres y el adulterio es un pecado, ¿qué opción deja eso?

—Obviamente la mejor; un matrimonio feliz. —Pasó los dedos por su mandíbula, disfrutando del hormigueo del crecimiento de la barba del día—. Y como me recordaste una vez, las Escrituras no se avergüenzan de ensalzar las virtudes del amor conyugal apasionado.

Él sonrió, los dientes brillaron en la oscuridad, y ella pudo ver que le había dado la respuesta que quería.

—Exactamente. Sospecho que algunas familias, en un intento por evitar que sus hijas sean seducidas, les enseñan a temer la intimidad por completo, o tal vez incluso a sentirse disgustadas por ella.

—Eso es posible —dijo ella, reflexionando—. Además, tener esposas poco dispuestas les da a los hombres deshonestos la excusa que quieren para ser infieles.

Sus labios se torcieron.

—Quizás. Bueno, en cualquier caso, no es cierto, y no quería que te dejaras llevar por eso.

—No tienes que preocuparte por mí, Christopher —respondió ella, tocando su frente con los labios—. Incluso si fuera cierto, me preocupo más por ti que por las opiniones de aquellos a quienes mejor les serviría que se ocupen de sus propios asuntos. Preferiría pecar contigo, si es un pecado, que ser virtuoso.

—Pero no es pecado —le prometió, sus ojos plateados parecían mirar profundamente en su corazón—. Estamos casados, así que puedes estar segura de que nuestro amor no daña tu virtud de ninguna manera.

—Yo sé eso. —Ella le devolvió la mirada apasionada—. Puedo sentirlo.

—¿Y puedes sentir esto? —Deslizó su mano en su regazo, debajo de la manta, sobre su tensa erección.

—Sí. ¡Qué encantador! —Suspiró de felicidad.

—Y, afortunadamente, aquí estamos en casa. Ven, amor.

La empujó a través del frío helado hasta la puerta a una velocidad récord, y se apresuraron a entrar en su acogedor dormitorio donde se quitaron la ropa y se tumbaron en la cama, ansiosos por estar cerca de nuevo.

CAPÍTULO 13

Katerina nunca antes había estado cerca de un tren y miró con duda a la gigantesca bestia de metal que resoplaba y resoplaba siniestramente a través de su chimenea bulbosa. La carrocería negra y manchada de hollín del enorme vehículo relucía apagadamente incluso con el techo abovedado de la estación oscureciendo la débil luz del sol. «¿Cómo puede una máquina tan grande y pesada ser más rápida que un caballo?»

El silbido de vapor dejó escapar un chillido ensordecedor y ella se estremeció. No fue la única. Varios de los pasajeros que se agolpaban saltaron ante el ruido. Christopher abandonó el decoro y rodeó a su esposa con el brazo. Esto les valió varias miradas penetrantes de matronas de aspecto congestionado, pero las ignoraron. La guió escaleras arriba y les encontró un asiento, rápidamente colocó su equipaje en perchas sobre sus cabezas antes de unirse a ella en la raída tela roja.

—¿Cómo estas, amor? —preguntó él, la preocupación envolviendo su rostro.

—Bastante bien —respondió mientras se acomodaba en el asiento—. No tenía idea de que los trenes fueran tan ruidosos.

—Oh, bueno, cualquier cosa que funcione a vapor

seguramente será ruidosa —explicó—. Tiene que escapar, ¿sabes? Deberías escuchar la fábrica de algodón.

—¿Podría? —preguntó, curiosa por el trabajo que tanto disfrutaba su marido.

—Si deseas. No me importaría mostrártela alguna vez. —La pregunta lo hizo sonreír.

—He oído… cosas sobre esos lugares —dijo ella, haciendo una pregunta silenciosa con ojos suplicantes.

—Sin duda, todo es cierto —respondió con gravedad, reconociendo lo triste que era el trabajo en la fábrica para la mayoría de los empleados—, pero la nuestro no es así. Padre y yo nos aseguramos de que nuestro molino sea uno de los más agradables, mejor pagados y más seguros. Nuestros empleados parecen apreciarlo, pero aún así, es un lugar desordenado, caluroso y ruidoso para trabajar. —Sus ojos brillaron mientras hablaba.

—Te encanta estar allí, ¿no? —preguntó ella.

—Sí —admitió fácilmente—. Me gusta inventar cosas y una fábrica es un buen lugar para hacerlo.

—Bien. Creo que disfrutar de tu trabajo es bueno para ti. Las personas que odian lo que hacen parecen… gruñones.

—Bueno, amor, el trabajo ocupa una gran parte de la vida de una persona. Si lo odias, ¿qué queda? No quiero vivir de esa manera, y tampoco quiero que mis empleados lo hagan. No me gustaría pensar que temen despertarse por la mañana y venir a la fábrica.

—Con todo lo que tú y tu madre me han contado sobre el lugar —respondió Katerina—, lo han hecho mucho mejor de lo necesario. A menos que sus empleados odien el trabajo en sí, el ambiente no debería hacerlo.

Él sonrió ampliamente, los dientes brillando, y ella supo que había dicho lo correcto. «Pensar en los demás se está volviendo más fácil y realmente disfruto hacer que alguien más se sienta bien». Esta revelación desencadenó su propia sonrisa.

Katerina se volvió hacia la ventana cuando el tren partía de la estación. Las calles abarrotadas y los edificios abarrotados de la ciudad daban paso a campos marrones invernales y árboles desnudos. La primavera estaba todavía muy lejos.

Christopher también miró el paisaje.

—Esto es mucho mejor que viajar en carruaje.

—¿Lo es? —preguntó dubitativa, notando que el movimiento del vehículo la hacía sentir un poco de náuseas.

—Oh, sí. Imagina a una madre cansada y tres hijos saltando por un camino lleno de baches, el aburrimiento y los lloriqueos... era épico. —Se rió entre dientes al recordarlo—. A veces mi padre me dejaba sentarme con él en el asiento del conductor afuera. Eso era mejor.

—¿Dónde fuiste? —preguntó, tratando de apartar su mente de su vientre inquieto.

—A la orilla del mar para unas vacaciones de verano. Londres se pone un poco... rancio con el calor.

—Lo hace —asintió Katerina.

—¿Nunca te fuiste de vacaciones? —preguntó.

—No que yo pueda recordar —respondió ella. Ver el paisaje pasar rápidamente no ayudó a su barriga. Dirigió su atención a Christopher. «Así está mejor».

—Qué pena. —Le tocó la mano y ella aprovechó la oportunidad para entrelazar sus dedos—. Ir al océano siempre fue lo más destacado del año para nosotros. ¿Te gustaría ir este verano?

—¿Con tus padres? —preguntó ella.

—Sí —respondió, su expresión distante como si ya estuviera allí—, y mi hermano, Devin. Está estudiando para ser abogado. ¿Puedes imaginar? —Se estremeció—. Ha dicho desde la infancia que quiere mudarse a Brighton para vivir, no solo para ir de vacaciones.

—Eso sería bueno —respondió Katerina—. Me gustaría ver el océano y me encanta pasar tiempo con tu familia.

Él le sonrió y le apretó la mano. «Todos los días se crean nuevos recuerdos».

Katerina descubrió, mientras avanzaban traqueteando por el campo, que no tenía nada que decir. «Gracias al cielo, Christopher se siente cómodo con el silencio». Sus dedos entrelazados a través de los de él proporcionaron suficiente conexión por el momento.

Poco después del mediodía, llegaron a Southampton y se dirigieron directamente a los muelles para abordar su barco clíper con destino a Italia.

El océano no se parecía a nada que Katerina hubiera experimentado. Por encima del rugido de las conversaciones, podía oír los gritos de las gaviotas, el ruido metálico y el gemido de los barcos en sus amarres, los gritos de los marineros que hablaban decenas de idiomas. Los innumerables estímulos amenazaron con abrumarla, pero con el apoyo del brazo de su esposo alrededor de ella, se dio cuenta de que se sentía bastante segura. Respiró hondo, disfrutando de la brisa fresca después de la congestión del tren. El hedor de los cuerpos sin lavar flotaba espeso en el aire y debajo, el olor del océano, a sal y pescado, frescura y descomposición. La vida y la muerte se mezclan eternamente.

Salieron del débil sol de febrero a la sombra del clíper, que se elevaba muy por encima de ellos. Masas de velas blancas ondeando unidas a tres mástiles altos coronados con banderines de colores rodaban y se rompían con la brisa, como un niño pequeño que baila y se esfuerza al borde de una codiciada aventura.

—*Vamos* —el viento pareció susurrar a través de las cuerdas y líneas mientras las hacía tararear—. *Vamos* —susurró a través del susurro de la tela de las velas—. *La vida nos espera más allá del puerto. Veamos qué podemos descubrir.* —El mensaje tiró del corazón de Katerina. Sabía que el viaje duraría más de una semana, probablemente más cerca de dos, dependiendo de la cooperación de los vientos. Abrazarían la costa de Europa, rozando Francia, España y Portugal antes de pasar el Peñón de Gibraltar. Desde allí, cruzarían el Mediterráneo hasta Livorno.

«Quizás allí pueda entender cómo comenzó mi historia y por qué». Aunque nunca sería capaz de expresarlo con palabras, tenía la fuerte sensación de que saber cómo llegó a ser la ayudaría a dejar descansar a algunos de sus fantasmas.

Uniéndose a una fila interminable de pasajeros, subieron lentamente al barco y luego se dirigieron a su camarote. Una cama extendida debajo del ojo de buey de la pequeña habitación, confeccionada con una colcha de color azul oscuro. El revestimiento oscuro de las paredes inferiores contrastaba con el yeso pintado de blanco liso en la parte superior. Había una pequeña mesa empotrada y la silla a juego parecía pesada, lo que sin duda impedía que se cayera con mal tiempo. Katerina dejó caer su bolso en el suelo dentro de la puerta y se hundió en un asiento en la cama estrecha.

—Esto es mucho más pequeño de lo que estamos acostumbrados —dijo él.

—No me importa. La mayor parte de ese espacio no se utiliza de todos modos. —Ella se encogió de hombros.

Parecía imaginarlos entrelazados, de la forma en que normalmente dormían, y los pensamientos silenciosos que corrían por su rostro la obligaron a tirar de él más cerca, para que pudieran compartir un beso cálido y profundo, acariciándose el uno al otro con manos ansiosas.

—Suficiente, amor —finalmente le dijo Christopher a su esposa, con la respiración irregular—, deberíamos ir por encima de la cubierta.

—¿Por qué? —ella se contrarió, tratando de llevar su cabeza hacia abajo.

Él se soltó de su agarre.

—¿No quieres ver al barco salir del puerto?

—Oh, supongo. —Ella suspiró.

—Tenemos muchas noches para pasar en esta cabaña —le recordó.

—Cierto. Un beso más y luego subimos.

Christopher asintió, quizás demasiado de buena gana. Para cuando salieron a cubierta, habían pasado tantos minutos que todos los lugares a lo largo de la barandilla estaban llenos. Afortunadamente, Katerina era lo suficientemente alta como para mirar por encima de las cabezas de un grupo de niños pelirrojos y ver la partida.

La luz del sol le tocó la cara, trayendo un toque de calidez al frío del invierno. Ella respiró hondo otra vez. Aunque todavía estaba frío, el cielo parecía menos ominoso, el gris se volvió casi un plateado agradable, el tono de los ojos de su marido.

Gruesas oleadas de nubes, de un blanco puro y limpio, serpenteaban lentamente a través de los cielos, tan diferentes a la neblina que flotaba perpetuamente sobre Londres. Este lugar era más fresco y en él se sentía más limpia y más ligera. «Me voy de Inglaterra por primera vez en mi vida y no se sabe lo que traerá este viaje a Italia». Saludó a los extraños a través del agua gris acerada durante mucho tiempo, y luego la tierra desapareció de la vista y el vasto océano se extendió ante ellos. Detrás de ellos, una nube de tormenta solitaria flotaba siniestramente en el horizonte.

No podían verlo, pero Giovanni Valentino estaba en el muelle, maldiciendo vilmente. Había intentado arrebatar a su hija entre la multitud, pero no lo había logrado. Una horda de pilluelos se había interpuesto entre él y su presa, apresurándose por encontrar una buena posición desde la cual observar cómo el barco abandonaba el puerto, y cuando el grupo pasó, ella estaba fuera de su alcance.

«Esto no ha terminado, *puttana*. Te ataparé al final, y cuando lo haga, lamentarás el día en que me abandonaste».

CAPÍTULO 14

Christopher entró en la cabina con dos copas en una mano y una botella de vino en la otra. Abriendo la puerta con el hombro, se detuvo y suspiró.

—¿Enferma de nuevo, amor?

Katerina, que estaba sentada en el borde de la cama en camisón y bombachos, con la cabeza entre las dos manos, se dejó caer de espaldas, gimiendo.

Christopher dejó la botella y las copas sobre la mesa y se unió a su esposa, moviéndola para que su mejilla descansara sobre su hombro. Ella le acarició el cuello con la nariz.

—Al planificar este viaje, parece que nos olvidamos de tener en cuenta la posibilidad de mareos.

—Supongo que sí —dijo ella con una voz fina e incómoda.

—Entonces, quédate quieta. ¿Eso no ayuda?

—Lo hace. —Ya sonaba más fuerte—. Mientras esté inclinada, me siento normal, pero en el segundo en que me levanto…

—¿Tu barriga comienza a agitarse? —sugirió él.

La sintió asentir contra su cuerpo.

—Qué lástima que no se pueda hacer nada al respecto.

—¿Cuánto tiempo hasta Livorno? —preguntó ella.

—Unos días más —respondió—. Pasamos por Gibraltar anteayer y los vientos son favorables.

Ante la mención del viento, Katerina gimió y escondió su rostro en su cuello. Una sensación de suavidad húmeda sugirió sus labios sobre su piel.

—¿Amor?

—¿Mmm? —Su voz vibró contra su garganta.

—¿Me besaste?

—Hmmmm —tarareó de nuevo.

—Debo decir que tu enfermedad no ha atenuado tu ardor, ¿verdad?

Katerina no respondió. Segura por fin de que él apreciaba su pasión, volvió a tocarlo con los labios y le dio un mordisco coqueto, uno que podría dejar una marca.

—Oh, ¿es así como va a ser? —preguntó él.

—¿Por favor? —suplicó, inclinándose hacia atrás para coquetear con sus grandes ojos marrones.

«¿Quién hubiera imaginado que su corazón destrozado podría aprender a confiar en absoluto, y mucho menos tan rápido? Ella ha hecho un progreso tan maravilloso. Me siento contento», pensó Christopher mientras tiraba a un lado la ropa interior de Katerina para revelar sus delgadas curvas, ahora notablemente más llenas, ya que había aprendido a cuidarse a sí misma.

—Qué hermosa eres, querida —le dijo mientras se reclinaba a su lado en la cama, intentando otra seducción. Tenía plena confianza en su éxito mutuo—. Mira esta hermosa cara. —Él la alcanzó lentamente y, en lugar de alejarse de su mano, ella apoyó la mejilla. Su otro brazo se deslizó por debajo de ella, acercándola a él. Ella se inclinó hacia adelante y presionó con valentía sus labios contra los de él, besándolo tiernamente y dejando que su lengua saliera para saborear sus labios, luego se relajó entre ellos.

Christopher la dejó explorar, disfrutando de lo cómoda que se había vuelto en la cama con él. Ella le mordió el labio inferior y luego se apartó, mirándolo profundamente a los ojos. Él acarició la piel desigual de su espalda.

—No hagas eso, amor —dijo ella, tomando su mano y poniéndola en su cadera.

—¿Por qué no? Quiero abrazarte. —Deslizó su mano de debajo de la de ella y se dirigió hacia ella de nuevo.

—No es muy agradable allá atrás —insistió—. Esta piel es mucho más suave. —Ella lo guió hacia su frente, plantando sus dedos errantes directamente sobre su pecho—. Hmmm —tarareó mientras él acariciaba sus pezones—, pruébame aquí.

Christopher se permitió distraerse con una de sus partes favoritas de su cuerpo, bajando la boca y tirando de un dulce pico y luego del otro.

Katerina se retorció y suspiró mientras Christopher jugaba con sus pechos. «Es tan bueno en esto. Todavía me siento como una pícara, pero ¿cómo puedo quejarme?» Ella se recostó, disfrutando de las oleadas de placer mientras pasaba sus manos arriba y abajo por sus brazos, sus hombros y su espalda.

Su mundo se redujo a su alrededor hasta que solo Christopher pareció real. Solo su toque la conectaba con el mundo.

Abriendo los muslos para su marido, le hizo saber dónde quería que la tocaran. Acarició los rizos oscuros y luego los abrió con cuidado, introduciendo los dedos en los pliegues húmedos y, habiendo encontrado la abertura de su cuerpo, se deslizó profundamente.

—Ahhh —suspiró ella.

—Estás muy mojada y ansiosa esta noche, ¿no, cariño? —preguntó, retrocediendo para poder empujar hacia adentro de nuevo.

—Oh, sí —gimió.

—¿Te gustaría un clímax?

—¿Solo uno? —Ella hizo un puchero.

Él rió.

—¿Te he consentido tanto? Maravilloso. ¿Qué hay de dos, uno ahora, uno más tarde?

—Perfecto. —Ella le rodeó el cuello con los brazos mientras él deslizaba los dedos suavemente hacia adentro y hacia afuera, aumentando su placer. Encontró la perla hinchada de su clítoris y la rodeó con el pulgar.

Ella se arqueó con entusiasmo ante sus caricias, deseando la liberación que él había prometido.

Christopher no defraudó. Trabajó la pequeña protuberancia hasta que Katerina gimió de placer y apretó con fuerza sus dedos invasores.

La besó dulcemente mientras el placer se desvanecía.

—Bueno, amor —dijo él, deslizando los dedos hacia afuera—, ¿te apetece una nueva posición esta noche?

—¿Cómo qué? —ella jadeó.

—Me gustaría que te acostaras boca abajo y me dejaras entrar de esa manera. —Le acarició la mejilla y la luz en sus ojos lo decía todo.

Ella se alejó.

—Oh, Christopher, preferiría no hacerlo.

—¿Por qué no?

Ella apretó los labios.

—Es mi espalda. Simplemente no me siento cómoda con eso.

—Te dije que no me molesta —le recordó.

Con un suspiro, admitió:

—Me molesta a mí. De atrás, me siento rota. No me gusta eso. No tiene sentido mirar hacia atrás. Las cicatrices no me molestan, sabes. Están mucho mejor ahora. Son tan mejores como pueden estar. —Su voz había adquirido un tono tenso por la batalla entre su deseo de expresar su opinión y su creciente excitación.

—Lo sé —respondió él—. Mientras no sean un peligro para ti, déjalas serlo. No te preocupes, amor. No estoy disgustado por ninguna parte de ti. Esas cicatrices son un símbolo de tu fuerza. Algún día, amor, tendrás que integrar tu pasado y tu futuro.

Ella tragó saliva y rompió el contacto visual.

—Lo sé, pero todavía no. Es demasiado pronto. ¿Por favor?

—Muy bien. —Christopher rodó sobre su espalda—. Vamos a ponerte arriba entonces.

Él la alcanzó. Katerina todavía estaba aprendiendo a creer en la seguridad, pero al menos en la cama, Christopher nunca la había defraudado. Con mucho gusto puso su mano en la de él y se sentó a horcajadas sobre su cintura con sus largas y delgadas piernas.

—Vamos, amor, agárrame. —Guió su mano hacia su erección. Ella se sonrojó pero obedeció, jugando con él sin gracia pero con gentil entusiasmo. Sus tiernos toques lo llevaron al borde de la finalización en unos momentos. Él tomó su mano para levantarse y la instó a bajar con fuerza, por lo que se deslizó a casa de un solo golpe.

Los ojos de Katerina se abrieron de par en par ante la entrada brusca. «No dolió exactamente, pero ¿dónde está el tierno amante que se mete en mí con tanta dulzura noche tras noche?»

Él retrocedió y condujo profundo de nuevo y esta vez ella lo entendió. «Está loco de deseo… por mí. Me desea tanto que ha perdido el control». Se mordió el labio para contener una sonrisa halagada. «Este hombre sofisticado y mundano me desea tanto. ¡A mí!»

Ella se relajó ante la arremetida apasionada. El tercer empujón fuerte la hizo sentir un cosquilleo. El cuarto la hizo morderse el labio y gemir. El quinto chisporroteó como fuego. Uno más fue todo lo que hizo falta, y Katerina gritó cuando un orgasmo profundo se estrelló sobre ella. Fue una suerte que llegara tan rápido porque Christopher solo tenía una estocada más en él. Él se estrelló hasta la empuñadura dentro de ella y explotó con un rugido mientras ella se retorcía y apretaba a su alrededor.

~

Cuando la conciencia de Christopher regresó lentamente, notó que la cabeza de Katerina descansaba sobre su pecho. Sintió un destello de preocupación. «Ella todavía es tan nueva en hacer el amor, tan apretada e inocente, y esa no era forma de tomar a una dama. Espero no haberla lastimado».

No debería haberse preocupado. Ella se incorporó rápidamente, sus ojos oscuros brillaban con satisfacción y diversión.

—¿Estás bien? —preguntó él, todavía sin estar muy seguro.

—Sí, cariño. Fue exquisito. —Ella le tocó la cara como para tranquilizarlo.

—¿En serio? ¿No te lastimé? —presionó.

—No. Bueno, podría sentir esto mañana… o la semana que viene, pero no estoy herida. Fue encantador. —Ella se rió.

—¿Qué? —preguntó, aliviado de verla sonreír y oírla reír.

—Ahora conozco tu secreto —bromeó.

«Si está bromeando, debe estar bien», se dio cuenta, relajando los hombros.

—¿Qué secreto?

—Debajo del verdadero caballero de clase media acecha un hombre salvaje que espera una invitación. —Ella le arrugó la nariz.

Él besó la punta.

—Amor, eso no es ningún secreto. Todos los hombres son así. El comportamiento caballeroso se aprende, no es innato.

—Ya veo.

—Me sorprende que no estuvieras asustada —comentó distraídamente.

—Para nada. No estabas enojado. Me estabas amando. Es una gran diferencia.

—Ah, ya veo. —Él se retiró suavemente de su cuerpo, rodó hacia un lado y los cubrió a ambos con las mantas. La atrajo hacia sí para darle un largo beso que la recompensó dulcemente por su coraje y por su sexualidad honesta y desinhibida.

«Estar casado es mucho mejor de lo que esperaba», reflexionó mientras su esbelto cuerpo se relajaba en sus brazos. «Ella es tan valiente, tan indeciblemente dulce». Lo desconcertaba cómo había escapado de su infancia con su ternura, afecto y sentido del humor intactos. Día tras día, mientras intentaba ayudarla a sanar, era recompensado con un derramamiento de lo mejor del corazón de una mujer. «Ya está cerca el amor por ella. Tan cerca. No estoy seguro de si ella lo reconocerá en sí misma, pero yo lo hago».

En cuanto a Christopher, había estado al borde del abismo durante días. Esta noche había inclinado la balanza. «Cualquier mujer que pudiera tomar un amor rudo como ese y salir sonriendo vale su peso en oro. La amo. Realmente lo hago. Amo a mi esposa».

La besó en la frente y lentamente se durmió una siesta, asombrado por la inesperada belleza de su relación.

~

En total, el viaje duró nueve días. Por fin, navegaron sin problemas hacia el puerto de Livorno y, en un breve espacio de tiempo, emergieron por la pasarela sobre las relucientes aguas turquesas del Mediterráneo y llegaron a tierra firme.

—Entiendo muy bien por qué algunos viajeros besan la tierra después de un viaje por mar —le dijo Katerina a su esposo con fervor—. La idea de hacer esto de nuevo me hace sentir débil.

—No será pronto —le recordó—. Estaremos aquí hasta mediados de marzo.

—Gracias al cielo. Sabes, hace solo un poco más de calor aquí que en Inglaterra. —Se acurrucó más en su chal.

—Tienes razón —estuvo de acuerdo—. Supongo que el invierno es invierno.

—Supongo, y esta tampoco es la parte más al sur de Italia —dijo ella. Aunque lejos de ser cálida, la luz que goteaba sobre ellos parecía más fuerte que cualquier cosa que pudiera recordar, como si este clima más al sur le diera poder. Besaba su rostro de una manera burlona.

Sus palabras podrían haber sonado tranquilas, pero sus entrañas se agitaron al ver edificios tan poco ingleses, de colores brillantes y agrupados cerca, uno detrás del otro, en la cima de una colina. Barcos grandes y pequeños flotaban en el puerto detrás de ellos, esperando su próxima aventura en el Mediterráneo.

—Es cierto —dijo Christopher, sacándola de su ensueño—. Bueno, amor, ¿te sientes valiente?

—Quizás. ¿Por qué?

—No hablo italiano —le recordó Christopher—. Si vamos a llegar a algún lado, dependerá de ti manejar las conversaciones.

—Oh, es cierto. —La timidez la hizo retorcerse, pero se armó de valor—. Creo que puedo arreglármelas.

El mes pasado ella no habría podido, lo sabía, pero Christopher era como el sol italiano, todo calidez y brillo vivificante, y en sus brazos, se sentía florecer como una flor primaveral. «No tomó tiempo para que el afecto y la gratitud del día de nuestra boda se profundizaran y fortalecieran. Esta… cosa que siento será buena para nuestra vida. Espero explorarla todos los días».

Llamó un taxi y ella se las arregló para que los llevara a la estación de tren. El conductor, un hombre al borde de la mediana edad y anciano, cargó rápidamente el equipaje. La pareja tomó asiento en el interior y miró por la ventana a la vista de su primera ciudad italiana. «Qué diferente es esto de Londres; colorido y bañado por el sol, el cielo invernal de un azul deslumbrante».

Dentro de la estación, detrás de un mostrador de mármol, un joven de patillas rizadas y algunos granos salpicando sus mejillas la miró con expresión aburrida.

Katerina respiró hondo y pidió en italiano:

—Dos boletos para Firenze, por favor.

—Pensé que era inglés. —Él levantó las cejas.

No era asunto suyo, por lo que Katerina ignoró el comentario.

—¿Cuando sale el tren?

—Dos horas —respondió, enfurruñado porque su curiosidad había sido rechazada. Él recogió su dinero y la envió a su camino.

Katerina obsequió a su esposo con el relato mientras caminaban hacia un restaurante cuya fachada estaba cubierta con yeso color crema. Se sentaron afuera en una mesa de hierro forjado, disfrutando del paisaje de los edificios de piedra dorada con sus techos de color rojo brillante. El aroma del ajo asado se apoderó de ellos. Los cuencos de sopa que devoraron contrarrestaron perfectamente el frío del viento, aunque la expresión de desconcierto de Christopher demostró que encontraba extraño el sabor. Parecía preferir los triángulos acompañantes de pan plano bañado en el mejor aceite de oliva.

Katerina encontró la comida reconfortante. La sabrosa mezcla de verduras y frijoles blancos recordó una infancia que se sintió… mejor que su adolescencia, aunque todavía tensa y llena de incertidumbre.

Hicieron que ese simple almuerzo durara mucho tiempo, examinando afanosamente la plaza.

—Te ves feliz, amor —le dijo Christopher a su esposa.

—Creo que lo soy —respondió ella.

—¿No estás segura? —La miró con curiosidad.

—Bueno, tengo un buen presentimiento —dijo, tratando de explicar lo que ella misma no entendía completamente—. Si esto es feliz, entonces sí. Lo soy. Algo en este lugar me habla, aunque nunca antes había estado aquí. Estoy muy contenta de explorarlo y tenerte aquí hace que sea lo mejor de todo.

—Qué dulce. —Él tomó su mano y le besó los nudillos—. Gracias amor. Esta es una gran aventura para un tipo británico acérrimo como yo.

—Ja —respondió ella—. En una generación pasada, te habrías hecho a la mar como corsario.

—¿Por qué lo dices? —Las cejas de Christopher se juntaron.

—No lo sé exactamente —respondió ella, apartando un mechón de cabello castaño oscuro del rostro de él—. Usas los atavíos de un caballero de clase media, pero hay un aventurero romántico salvaje en tu alma. Quiero decir, mira lo que hiciste por mí.

Sus labios se curvaron en una media sonrisa y se encogió de hombros.

—Quizás. En cualquier caso, también me alegro de estar aquí contigo. —Le acarició los dedos. Ella los arrastró por su mejilla—. Bueno, querida, ¿volvemos a la estación y esperamos nuestro tren?

—Sí, eso creo.

El viaje en tren a Florencia duró el resto de la tarde y, cuando llegaron a la estación, el sol estaba bajo en el cielo. Cuando salió la pareja, un caballero italiano se acercó de inmediato a ellos. Parecía tener unos sesenta años, pero con una salud robusta, con un cabello blanco brillante que contrastaba con sus pobladas cejas negras.

—¿Katerina? —Se abalanzó sobre ella con el paso torpe de un búfalo de agua.

—*Sì*. —Ella le dio a su esposo una mirada preocupada. Entrelazó sus dedos con los de ella.

Siguió una conversación en un italiano melodioso,

de la que Christopher no pudo entender nada. Sus años de estudio de francés le sirvieron de poca ayuda porque los sonidos de los idiomas eran muy diferentes.

Luego, el caballero arrastró a su esposa en un fuerte abrazo, aplastándola. Ella sonrió.

—Christopher, este es mi nonno, mi abuelo.

Christopher extendió la mano y estrechó la mano del otro hombre. El nonno de Katerina tenía un agarre poderoso. «Aquí hay otro hombre que trabaja con sus manos». Christopher le devolvió el apretón, no para desafiar al viejo león, sino para demostrar que no era un dandy.

Las pobladas cejas negras se alzaron y luego una sonrisa desenfrenada atravesó el rostro bronceado y áspero.

—Nonno, este es mi esposo, Christopher Bennett —dijo Katerina mientras se soltaban, aparentemente sin darse cuenta de la evaluación silenciosa que pasaba entre los hombres.

—Encantado de conocerle, signore, soy Alessandro Bianchi. La madre de Katerina era mi hija. —A pesar de su fuerte acento, Christopher podía entenderlo con bastante facilidad.

—Un placer, señor. Tenía muchas ganas de conocer al resto de la familia de mi esposa. Admito que no me impresionó su padre. —Apretó los labios con desprecio.

—*Bastardo* —murmuró Alessandro en voz baja, el significado era obvio incluso para Christopher.

Katerina se sonrojó y rió.

—Suban a mi carruaje y vayamos a casa. Es un gran viaje y nos espera una deliciosa cena caliente.

—Suena maravilloso —asintió Christopher—. No hemos comido nada desde el plato de sopa en Livorno, y no sé mi esposa, pero para mí, una comida caliente me parece muy prometedora.

—Sí, estoy de acuerdo —secundó ella—. Gracias, Nonno.

Él asintió con la cabeza en reconocimiento y los envió al carruaje. Una vez que todos estuvieron cómodamente sentados, Alessandro retomó la conversación.

—Entonces, signor Bennett, ¿qué hace?

—Mi padre es dueño de una fábrica de algodón. Hacemos telas —respondió Christopher, deslizando su brazo detrás de la espalda de su esposa.

—¿Fábrica de algodón? —Las pobladas cejas se juntaron en una inconfundible expresión de desaprobación.

—No, Nonno, no ese tipo de fábrica —defendió Katerina a su marido—. Christopher y su padre tienen una fábrica progresista. Tienen garantías para los empleados y pagan salarios dignos. Hacen todo lo posible para que su fábrica sea un lugar agradable para trabajar. Son tan generosos que algunos reformadores sociales no les compran telas a nadie más.

Las pobladas cejas volvieron a su posición normal.

—Ah, ya veo. Bueno, señor Bennett, ¿supongo que sabe dónde puedo conseguir tela de algodón de buena calidad?

—Veré qué puedo arreglar —estuvo de acuerdo. «Exportar a Italia. Ahora eso sería nuevo. Me pregunto qué pensaría mi padre de la oportunidad».

—¿Ofrecen un descuento familiar? —preguntó Alessandro con una sonrisa maliciosa.

—Quizás. Tendré que hablar con mi padre, pero parece probable. —Christopher sonrió.

—*Buono* —respondió Alessandro, recostándose contra la tapicería de terciopelo azul.

—¿Y usted, señor? —Christopher pidió continuar la conversación.

—Nuestra familia ha sido propietaria de un gran olivar durante generaciones. Exportamos aceite a todo el mundo. También tenemos un pequeño viñedo. No es tan extenso como el huerto, pero hacemos un vino tinto encantador para que lo use nuestra familia. Los habitantes de Firenze también compran un poco para los restaurantes. ¿Estarían interesados en una copa con su cena?

—Eso suena maravilloso, Nonno —le aseguró Katerina.

Christopher asintió con la cabeza.

—Después de tanto viaje, una buena copa de vino sería muy relajante.

~

Los tres se quedaron en silencio. La mirada de Katerina revoloteó hacia el paisaje que pasaba por la ventana del carruaje donde la densa ciudad se reducía a campo abierto. Una extraña sensación creció gradualmente dentro de ella, y se volvió para ver a Alessandro mirándola con una expresión considerada.

—Cara —le dijo finalmente en italiano—, ¿Cómo murió tu madre?

Ella lo miró, sintiéndose angustiada.

—Tenía fiebre —respondió finalmente Katerina, en el mismo idioma, olvidando por completo que su marido no entendía.

—Entonces, ¿fue una enfermedad natural? —presionó él.

—¿Estás seguro de que quieres que responda esa pregunta? —Ella se mordió el labio.

—*Sì*.

Katerina cerró los ojos para evitar un escozor.

—La fiebre sin duda la mató, pero la fuente de la fiebre no fue una enfermedad natural.

—¿Ese *figlio di puttana* lo causó? —Alessandro gruñó.

—*Sì*. —El dolor brotó de su alma.

Christopher tomó la mano de su esposa.

«No tiene idea de lo que estamos hablando y, sin embargo, sabe que necesito consuelo». Ella le dedicó una sonrisa triste.

Alessandro continuó su interrogatorio.

—¿Y tú, cara? ¿Tú también estabas en peligro?

—*Sì*. —Ella miró su regazo, alisando la tela de su falda con dedos nerviosos.

—¿Te lastimó?

—*Sì*. —Ella levantó los ojos para encontrarse con los de él.

Alessandro gruñó.

Katerina agregó rápidamente:

—Pero Christopher me rescató.

—¿Casándose contigo?

—Él es mi héroe. —Ella asintió.

—Entonces me alegro de conocerlo.

Ella inhaló por la nariz, tratando de calmarse. El pulgar de Christopher acarició sus dedos. Otra pregunta surgió en la mente de Katerina.

—Nonno, ¿por qué mi madre se casó con mi padre?

—Ella insistió. No queríamos que lo hiciera. No importaba el escándalo, la habríamos apoyado. Entiende, Katerina, tu madre era una buena chica, pero muy joven. Tu padre… la manipuló.

«Pobrecita. De alguna manera, no me sorprende».

—¿Estaba ella… *incinta*?

—*Sì*.

—¿Conmigo?

—*Sì*.

—Entonces, soy responsable. —Cerró los ojos ante la oleada de agonía.

Alessandro se inclinó sobre el asiento y tomó su mano libre.

—No, nadie piensa eso. Eras solo una bebé. *Él* era el responsable.

—Claro. Nonno, hubiera preferido haber nacido bastarda. —Ella sonrió con tristeza.

Sus cejas se juntaron y su boca se volvió hacia abajo. La pérdida de su brillante sonrisa lo hacía parecer viejo y triste.

—Estoy seguro, pero ahora estás a salvo, y tienes un esposo amable que te cuida.

—Lo hago. —Se acurrucó contra Christopher y apoyó la mejilla en su hombro.

—Estoy tan feliz. —Apartó la mirada por un largo momento.

—¿De qué fue todo eso? —le preguntó Christopher a su esposa en voz baja.

—Quería estar seguro de que estaba a salvo. Sabía sobre el comportamiento de mi padre.

Al ver que la atención de Alessandro se desviaba, Christopher abrazó a su esposa suavemente. Ella se inclinó sobre él. Se volvieron juntos para mirar las colinas fuera de la ventanilla del carruaje. Un río corría paralelo a la carretera. El Arno, les había dicho su investigación. Al otro lado, un enorme olivar estremecía sus innumerables ramas con la brisa del atardecer.

Después de que pasó un rato, Alessandro volvió su atención a sus invitados, sorprendiéndolos acurrucados juntos. Levantó las cejas, pero ambos lo miraron fijamente, reacios a soltarse el uno al otro.

—Bueno, esto trae a colación otra pregunta —se dirigió Alessandro a ambos en inglés—. En el pasado, cuando recibía visitas de Inglaterra, los esposos y las esposas exigían habitaciones separadas.

—Una servirá —le dijo Katerina a su abuelo con firmeza.

—Lo sospechaba. —Les guiñó un ojo—. Eso estará bien. Bueno, niños, aquí estamos. Vengan.

Bajaron al aire frío de la tarde y caminaron rápidamente hacia una elegante casa con techo de tejas construida con piedras doradas. Había caído una oscuridad total que ocultaba los olivos de la vista, pero el resplandor dorado de los letreros iluminaba la casa y complementaba el cálido sol amarillo de las piedras y la espesa y cremosa argamasa entre ellas.

Era una construcción de forma irregular, encantadora en su excentricidad; un rectángulo de dos pisos, con una pared exterior que sobresalía bruscamente a la derecha y un área empotrada en el centro. Todas las alas tenían techos inclinados que parecían, como los edificios de Livorno, ser de tejas rojas llenas de baches, aunque en la oscuridad, el detalle era difícil de discernir.

Cuando se acercaron a la entrada principal con su enorme puerta doble arqueada, Katerina notó que a la izquierda, lo que parecía ser una torre cuadrada de piedra se elevaba dos pisos por encima del techo normal de la casa.

El frío se había vuelto mordaz, así que se apresuraron a cruzar la puerta y cruzaron un pasillo revestido con paredes de yeso color crema. Un antiguo suelo de madera relucía a la tenue luz de las lámparas alimentadas con aceite de oliva.

Entraron en el comedor y se sentaron a una mesa tosca. Allí, como había prometido, esperaba una comida caliente. Parecía una especie de estofado o cazuela de frijoles y salchicha, apilados en gruesos platos amarillos.

Los tres comieron con entusiasmo. El rico vino tinto de mesa sabía tan delicioso como había prometido Alessandro. Mientras devoraban la comida, Katerina le hizo una pregunta a su abuelo.

—Nonno, ¿dónde está mi abuela?

—Ella falleció hace unos seis años. —Los ojos de Alessandro se entristecieron.

—Oh, nunca lo supe. Lo siento. —Su mano revoloteó alrededor de su boca.

—Gracias, querida. —Se inclinó sobre la mesa y le tomó la mano—. Todavía la extraño.

—¿Cómo se llamaba ella? —preguntó Katerina.

—Caterina, igual que tí, pero con una C — respondió.

—No es normal usar la K, ¿verdad? —preguntó Christopher antes de tomar un buen bocado de pan casero caliente.

—No. Fue idea de tu madre. Dado que la niña, tú, cara, nació en Inglaterra, la K parecía más fácil de entender para los lugareños —explicó Alessandro.

—Ya veo —respondió ella.

—Oh, y cara, signor Bennett, he organizado una fiesta en honor a su visita.

Katerina se movió con nerviosa incomodidad.

—Por favor, somos familia. Solo dígame Christopher —instó su esposo, desviando la atención de los nervios de su esposa.

—*Buono*. Entonces debes llamarme Alessandro —respondió su abuelo, que parecía no notar la reacción de ella.

—Ciertamente —respondió Christopher con una sonrisa fácil.

«Ya se llevan muy bien, estas dos personas de corazón abierto. Todavía quiero esconderme como un conejo. Ahora es el momento de elegir. Optar por aceptar lo que no estoy segura de querer complacer a otra persona. Nonno desea tanto que yo esté bien para poder sentirse mejor con todo lo demás. Por lo tanto, tengo que *ser* mejor de lo que realmente soy».

—¿Qué pasa, cara? —preguntó Alessandro.

—Nada —dijo ella rápidamente.

Christopher habló por ella.

—A ella no le gustan las fiestas. Es muy tímida, pero si tiene un piano, eso le ayudará enormemente.

«Oh, Christopher, ¿tenías que hacerlo?» Se dio cuenta de que estaba tratando de protegerla, pero sin la oportunidad de hablar en privado, ella no tenía forma de decírselo.

—Por supuesto, tengo un piano. —Una luz extraña brilló en los ojos del hombre mayor—. También tengo una música.

—¿Sí? —preguntó Katerina, arqueando las cejas en interrogación.

—Su nombre es Aimée St. Jean. Es una soprano francesa y la he contratado para que nos divierta en nuestra pequeña *festa*.

—Qué agradable. ¿No es agradable, Katerina? —presionó Christopher, apretando su mano.

Ella le dio una mirada penetrante. «No soy estúpida». Ella le apretó la mano en un gesto que carecía de su afecto habitual.

Él hizo una mueca de disculpa, pareciendo darse cuenta de que había estado hablando con ella como un tonto.

Ella arqueó una ceja en señal de reproche antes de volverse para dirigirse a Alessandro.

—Oh sí, muy agradable. Gracias, abuelo. Estoy deseando escucharla.

—Bueno —dijo bruscamente Alessandro, cambiando de tema—, veo que ambos terminaron. Sus maletas ya deberían estar en su habitación, e imagino que ambos están cansados de sus viajes. ¿Les importaría ir a su habitación?

—Sí, gracias, Nonno. Eso es justo lo que esperaba. —Katerina bostezó.

—Por la mañana, les daré un recorrido por la casa y la finca.

—Perfecto. *Grazie*. —Ella sonrió, con la esperanza de disipar cualquier sombra que hubiera suscitado su conversación.

—Sí, gracias —repitió Christopher.

CAPÍTULO 15

*L*a mañana amaneció brillantemente soleada pero con un frío invernal que se podía detectar incluso a través de las paredes de la casa. Christopher y Katerina tomaron un desayuno rápido de panecillos dulces calientes y café potente antes de encontrarse con Alessandro en el salón de su espaciosa mansión.

Era una habitación preciosa, con delicadas paredes azules y varias ventanas del suelo al techo decoradas con marcos y molduras de madera de color crema. El piso de madera estaba cubierto con una alfombra mayormente roja acentuada en azul que complementaba las paredes.

Había muebles de madera color crema y oscura en varias áreas para sentarse, y en el espacio abierto entre los muebles, una pequeña multitud de personas uniformadas estaban rígidamente en posición de firmes.

Alessandro se levantó de uno de los sillones oscuros cuando se acercaron.

—Todo el mundo —tronó con una voz cordial y llena de emoción—, mi nieta perdida hace mucho tiempo y su esposo, finalmente han regresado a casa. ¡Puedo presentarles a Katerina y Christopher Bennett!

El personal aplaudió, con ojos curiosos y felices. Una

mujer de barril particularmente redondo se acercó a Katerina, parloteando rápidamente en italiano. La besó en ambas mejillas y se alejó pesadamente, secándose los ojos con una mano regordeta.

—¿Quién era ella? —preguntó Christopher.

—Oh, ella es la cocinera —respondió Alessandro, con los ojos iluminados por la risa—. Conoció a mi hija cuando era niña. Eran… amistosas, supongo.

—Pensó que yo soy demasiado delgada y actualmente planea cocinar algo exquisito para engordarme. —Katerina sonrió—. Podría tener éxito.

—¿Crees que podrías compartir? —preguntó Christopher, mirándola con ojos plateados burlones.

—Depende —le respondió ella en broma.

—Muy bien ustedes dos —gruñó Alessandro—, no sorprendan a mis sirvientes. —Despidió al personal con una palabra y llevó a la pareja a un recorrido por la casa. En el primer piso, salieron del espacioso salón, pasaron el comedor y se asomaron al estudio de Alessandro, ubicado en una biblioteca cavernosa con libros apilados del piso al techo en estantes de madera engrasada.

A continuación, llegaron a la cocina. El techo de tablas grises toscamente talladas y desgastadas atrajo la atención hacia arriba, donde colgaban relucientes cacerolas de cobre. El tamaño del espacio hizo que Katerina respirara hondo, llenándose del aroma del ajo y el aceite de oliva. La cocinera les sonrió y les dio a cada uno un pastel. El dulce regalo hizo que los ojos de Katerina se volvieran hacia atrás en su cabeza. «No será difícil ganar peso en este lugar».

Por último, exploraron la sala de música. Comparado con el diminuto espacio de la casa londinense de los Bennett, esta era enorme. Contenía un piano bellamente tallado y un clavecín junto con varios otros instrumentos exhibidos en mesas y colgados en la pared. En particular, un pequeño instrumento que se parecía a una guitarra atrapó la mirada de Katerina. De origen claramente español, tenía adornos ornamentados con incrustaciones de madera. Ella lo miró por un momento antes de ser atraída por el tirón magnético del piano.

Deslizándose en el banco, tocó una serie de escalas ultrarrápidas y sonrió. «Tono encantador». Luego, con los dedos ansiosos por tocar, añadió una alegre melodía de Chopin.

—Muy bien —le dijo Alessandro cuando terminó—, eres bastante experta.

—Gracias, Nonno. Me encanta la música. —Cambió a Handel y tocó los lentos acordes iniciales de "Sé que mi redentor vive". Luego cantó.

Christopher recordó que ella le había dicho que sabía cantar bastante bien, y él había hablado con ella sobre la ópera, pero después de su rápida y traumática boda, se había olvidado de la conversación. «Realmente no es una soprano de ópera», se dio cuenta. «Ella es mejor».

La voz de Katerina, delicada y suave, sonó como campanillas. Tocó cada nota con precisión milimétrica y sus hábiles dedos nunca vacilaron en el teclado. Justo cuando subió la escala a una nota alta, que tocó con la ligereza del ala de una mariposa, su concierto improvisado fue interrumpido.

—Brava —dijo una mujer extraña, su voz un poco desagradable mientras miraba el piano con aire propietario—. Signor Bianchi, ¿quién es esta *ingénue*? ¿Me estás reemplazando?

La piel bronceada de Alessandro se oscureció.

—Claro que no, Madame St. Jean. Esta es mi nieta, Katerina Bennett. ¿Recuerdas que vamos a celebrar una *festa* en su honor?

—Oh, es cierto. Qué dulce. ¿Y el caballero? —Recorrió con ojos hambrientos el cuerpo de Christopher.

—Su esposo, el signor Christopher Bennett.

Katerina sintió una punzada de ansiedad. «Esta cantante es mucho más vistosa y hermosa que yo». Su cabello dorado brillaba, y sus labios de capullo de rosa se curvaron en una sonrisa coqueta mientras miraba al joven. Su vestido de mañana escotado mostraba su voluptuosa figura casi hasta el punto de la indecencia, y agitaba los hombros de una manera que podría haber sido una simple inquietud… pero no lo era. «Sabe cómo atraer la atención masculina, esta».

Katerina miró a su abuelo. Estaba mirando a la belleza curvilínea mirar a su nieto político, y una expresión de ira cruzó su rostro gruñón.

Con la esperanza de romper el incómodo silencio, Katerina se levantó del banco del piano y tomó el brazo de su esposo. Él la palmeó para tranquilizarla.

—Encantado de conocerla, Madame St. Jean. Espero escucharla cantar. Estoy segura de que le gustaría estar sola en la sala de música para poder practicar. Abuelo, me encantaría ver tu olivar ahora, si tienes tiempo.

Alessandro negó con la cabeza como para aclararla.

—Sí, en un momento. ¿Pueden ustedes dos volver al salón y esperarme? Tengo algo que hacer. Se acuerdan del camino, ¿no?

—Lo hacemos —le aseguró Christopher, y acompañó a su esposa fuera de la habitación.

Una vez que la puerta se cerró detrás de ellos, Katerina suspiró… y luego se rió.

—¿Qué, amor? —preguntó él mientras caminaban por el pasillo.

—Creo que Madame Aimée St. Jean fue elegida por algo más que su habilidad musical —dijo, sintiéndose traviesa incluso por sugerir tal cosa.

—¿Oh?

—Si no me equivoco mucho, ella parece ser su amante. —Las mejillas de Katerina se calentaron.

Christopher se rió entre dientes.

—Sí, tuve esa impresión. ¿Te molesta?

Ella rió.

—Por supuesto que no. Ha estado viudo durante mucho tiempo, y ella es muy hermosa y muy joven. Dudo que haya visto cuarenta años. Bien por él.

—Sí, bueno, ella tiene un ojo errante. No estoy seguro de cómo piensa quedársela.

—Quizás no lo hará —respondió ella, imperturbable—. Puede que simplemente esté disfrutando el momento. Sin embargo, no me gustó cómo sus ojos se desviaron hacia ti.

—No te preocupes, amor. Tengo todo lo que necesito aquí. —La llevó al salón y la besó.

Christopher sabía que la visión de la rubia coqueta inquietaría a Katerina, pero, sinceramente, ella no lo había conmovido en absoluto.

«Madame St. Jean tiene un atractivo sexual evidente, y alguna vez esas cosas me tentaron, pero no más. Amo a mi esposa. Necesito decírselo, pero quiero encontrar el momento adecuado. Todas las demás partes de nuestra relación se han llevado a cabo en una oleada de pánico, pero esto es demasiado importante». Mientras tanto, le aseguró con besos largos y tiernos, acunándola en sus brazos como el tesoro invaluable que era.

Como siempre, ella le devolvió el afecto con entusiasmo.

—Ejem. —El carraspeo interrumpió el abrazo. El abuelo de Katerina los estaba mirando con una mirada divertida en su rostro.

—Oh, hola, Nonno —dijo Katerina, tratando de mostrarse indiferente, pero sin lograrlo.

—Hola, tortolitos.

Katerina se sonrojó y se rió de su comentario.

«Ella es tan adorable cuando está nerviosa». Christopher alisó un mechón de cabello en el peinado de su esposa.

—¿Recorremos mi propiedad?

—Oh, sí, por favor —asintió ella con entusiasmo, y Christopher asintió con un movimiento de cabeza.

—Es mejor cubrirse —sugirió Alessandro—. Hace frío esta mañana, aunque debo decir que ustedes dos parecen lo suficientemente cálidos.

CAPÍTULO 16

*L*os días de la visita transcurrieron gratamente, llenos de deliciosa comida y excelente conversación. Tanto Christopher como Katerina disfrutaron conociendo a Alessandro, quien demostró ser un caballero amable y divertido con unos modales brutos que contradecían un corazón tierno.

También estaba peligrosamente enamorado de su música francesa. Ella jugaba con él, manteniéndolo alerta.

Solo Aimée dificultaba la visita. Bromeaba y coqueteaba con Christopher, lo que hacía que Katerina se volviera loca de celos y que Alessandro se enfureciera.

También tenía la habilidad de saber cuándo Katerina quería tocar el piano o el clavecín en la sala de música y perseguirla. El primer impulso de Katerina fue evitar la sala de música por completo y evitarse el acoso interminable, pero después de una cuidadosa consideración, decidió que no debería ser necesario hacerlo. Katerina quería tocar, y buscaba la habitación en momentos aleatorios, buscando un momento en el que pudiera hacerlo sin ser molestada.

Aproximadamente dos días antes de la fiesta, estaba sentada en el banco del piano a las seis de la mañana, trabajando en una partitura que había encontrado.

—¿Tú otra vez? —Aimée irrumpió en la sala de música, deteniéndose tan cerca de Katerina como pudo y flotando sobre donde estaba sentada—. Sal de aquí. Necesito practicar.

—¿Desde cuándo practica a las seis de la mañana? —preguntó Katerina con una voz tranquila que contradecía los latidos de su corazón.

—La fiesta es pasado mañana. Necesito estar lista. —La mujer hizo movimientos de espanto con las manos.

—Entiendo la importancia de eso —respondió Katerina, sin moverse del banco—. Si pudiera avisarme cuando vas a practicar, puedo trabajar alrededor de eso.

—No. —Aimée asomó la nariz al aire—. Trabajaré cuando quiera. No te debo un horario. Yo soy la profesional. Eres solo una invitada. Mi necesidad es mayor que la tuya.

—No estoy en desacuerdo con usted —dijo Katerina, forzando su voz a la calma—, pero, Madame St. Jean, no practica todo el día. ¿No podría yo estar aquí cuando usted no?

—No. —La rubia se cruzó de brazos sobre su amplio pecho y la fulminó con la mirada.

—Entonces, ¿no está dispuesta a hacer ni siquiera un intento simbólico de ser razonable? —Un hilo de ira se encendió por encima del nerviosismo de Katerina—. ¿Por qué no?

—Porque no tengo que estarlo. Tendré los derechos exclusivos de este piano y tu abuelo me lo permitirá. No hay nada que él me niegue. —Aimée sonrió.

—Sin duda es cierto —dijo Katerina con sarcasmo—, pero no eres la única música de la casa.

—Sí, lo soy —se burló Aimée—. No eres más que una diletante. Vete.

—No lo haré. Tengo tanto derecho a estar aquí como tú. —Se sorprendió a sí misma al decirlo y respiró sobresaltada.

Su rival parpadeó, el labio de un capullo de rosa caído, pero se recuperó rápidamente.

—Será mejor que se ocupe de sus propios asuntos, señora Bennett. Si estás ocupada en el piano, quizás decida divertirme pasando tiempo con tu marido. Es muy apuesto.

—¿No eres un poco mayor para él? —respondió Katerina.

Los ojos de Aimée se entrecerraron ante el comentario desagradable.

—No hace ninguna diferencia. Además, eres un ratón, podría quitártelo en un instante. Él estaría encantado de irse.

Katerina luchó por mantener su actitud confiada, pero la amenaza la golpeó en un punto débil.

—Improbable. No cree en el adulterio.

—Tal vez, pero podría hacer que deseara que lo hiciera.

«¿Tiene que decir eso? ¿Y si ella tiene razón?» Katerina se levantó del banco, aprovechando por una vez su altura para intentar parecer intimidante.

—Mantente alejada de mi marido.

Aimée se negó a retroceder.

—Nerviosa, ¿verdad? Deberías estarlo. Elija sabiamente, Sra. Bennett. Tu marido o el piano.

El miedo de Katerina desapareció bajo una ola de pura ira.

—Dios mío, eres repugnante. ¿Qué pasa contigo?

—Nada —gritó la mujer—. Sé lo que quiero y lo tomo. No me escondo en las sombras, ratón.

—Oh, cállate —dijo Katerina con un extravagante gesto con la mano.

—*Non* —se burló la cantante.

—Madame St. Jean —dijo Katerina, luchando por mantener la calma—, no te he hecho nada. No te estoy pidiendo nada. Todo lo que quiero es tocar el piano de mi *abuelo* cuando no lo estés usando. ¿Qué problema podría plantearte eso? ¿Qué quieres?

—Quiero que te vayas. No me agradas —dijo Aimée brutalmente.

Katerina se encogió de hombros.

—No tengo que agradarte. Tienes al abuelo. ¿No es suficiente?

Un destello de algo... más suave apareció por un momento detrás de los ojos de la cantante.

«Ella se preocupa por él, a su manera», se dio cuenta Katerina, aunque no entendía muy bien cómo integrar ese conocimiento con las amenazas de Madame St. Jean hacia Christopher.

La expresión de Aimée se endureció.

—No te quiero en mi espacio. Esta habitación es mía. Pertenezco aquí. Estás de entrometida. No eres una música de verdad.

—Estoy en desacuerdo. —Katerina miró a Aimée a los ojos con una mirada entrecerrada.

—¿Crees que eres mejor que yo? —Aimée la desafió, hinchada de indignación.

—No tengo forma de saberlo —espetó Katerina, cada vez más molesta por la continua rudeza de la mujer—. Nunca te he escuchado actuar. Además, no es una competencia. Solo quiero compartir este espacio de vez en cuando. No puedo imaginar por qué tienes tanto problema con eso.

—¿Competencia? —Los ojos azul marino de la francesa se volvieron pensativos—. Sí, muy bien. Una competencia. La desafío, Sra. Bennett, a una competencia musical. Puede tener lugar durante la fiesta. Cada una de nosotras cantará tres canciones y luego todos elegiremos quién es la mejor música, tú o yo. La ganadora obtiene derechos exclusivos sobre la sala de música durante el resto de tu visita.

—Prefiero tocar que cantar —pidió Katerina, arrastrada por la emoción de la conversación y aceptando algo que no se había tomado el tiempo de considerar.

—*Non*. Un concurso de canto. No será justo si no estamos en el mismo instrumento.

Katerina se sintió atrapada. «¿Cómo puedo negarme? Quizás en el piano tendría una oportunidad, pero ¿cantando?» En voz, se sentía muy parecida a la diletante que había sido nombrada. Buscando cualquier objeción lógica, soltó:

—¿Quién acompañará?

—Nos acompañamos.

«Si puedo tocar también, podría tener una oportunidad». Con el corazón latiendo con fuerza, respiró hondo y lo liberó en una oleada de náuseas que casi rivalizaba con lo peor de su mareo. Tragó saliva.

—Muy bien. Acepto tu desafío, con dos condiciones.

—¿Sí? —Una ceja rubia se disparó hacia arriba.

—*Tienes* que dejarme practicar —respondió Katerina con toda la firmeza que le quedaba.

—Supongo. —Madame St. Jean puso los ojos en blanco—. Tienes una hora por la mañana, de seis a siete y una por la noche.

Katerina asintió. «Espero que sea suficiente».

—Y mantente alejada de Christopher.

La sonrisa de la mujer se volvió salvaje.

—Preocupada, ¿verdad? ¿Cómo sabes que cumpliré mi palabra?

Katerina no respondió y Aimée no se lo prometió. En cambio, salió de la habitación.

Katerina se volvió hacia el piano y comenzó a practicar con todo lo que valía. «¿Qué es lo que he hecho? ¿Estoy atrapada en una pelea tonta por un instrumento musical? ¿Me permití enojarme tanto que tomé una decisión tonta? ¿Qué pasa conmigo? El piano no es tan importante, pero Christopher sí lo es. No puedo permitir que esa pequeña mujerzuela seduzca a mi precioso esposo».

Era un sentimiento como Katerina nunca había imaginado; agudo, doloroso y desconcertante. «Christopher es mío, y ninguna mujerzuela francesa atrevida amenazará lo que tenemos».

~

En la suite principal, Alessandro se despertó con la placentera sensación de las deliciosas curvas desnudas de Aimée presionadas contra él. La había conocido hace más de un año cuando estaba planeando la fiesta de cumpleaños de su hijo. Encantado por su belleza dorada y sus modales coquetos, él la invitó audazmente a compartir su cama y se sorprendió cuando ella estuvo de acuerdo. En los años transcurridos desde la muerte de su esposa, había sido bastante casto, pero Aimée apartó todos esos pensamientos de su mente.

Su aventura había progresado desde encuentros ocasionales cuando él la contrataba para cantar, hasta ahora, cuando casi vivía con él. No albergaba ilusiones de que sería capaz de quedársela. Ella era joven, no llegaba a los cuarenta, y él había cumplido los sesenta hacía solo un mes. Ella debería casarse, tener un bebé y dejar atrás sus días salvajes. Alessandro difícilmente podría ofrecerle esas cosas, pero la disfrutaría mientras ella quisiera.

«Nunca pensé que me enamoraría de ella, y ahora, un joven apuesto ha captado su atención». Aunque había esperado eso, dolía más de lo que se había imaginado. Sin mencionar que el hombre que ella había elegido estaba casado con su nieta, una chica a la que rápidamente estaba empezando a adorar. No es que estuviera preocupado. A Christopher parecía no importarle, ni siquiera notar, el flagrante coqueteo de Aimée. El joven adoraba a su esposa, pero el punto era que Aimée había sido influenciado por otra persona, lo que seguramente significaba que su relación estaba casi terminada. «*Dannazione*. No estoy listo para dejarla ir».

«Bueno, no tengo que hacerlo ahora». Comenzó a acariciar su hermoso y redondo cuerpo, complacido de que todavía tuviera suficientes espíritus animales para hacer el amor con una mujer bonita y satisfacer a los dos.

Momentos después, Madame St. Jean se estiró en los brazos de su amante y se acurrucó contra él.

—*Cheri* —dijo ella—, acabo de hacer el plan más emocionante para la música de tu pequeña fiesta.

—¿Qué es? —preguntó, sintiéndose indulgente con su saciedad.

—Una competencia amistosa entre Madame Bennett y yo. Ambas cantaremos y tocaremos para los invitados para ver quién es la mejor música. —Dijo esto con indiferencia, como si fuera una broma.

—¿Estuvo de acuerdo con esto? —preguntó Alessandro, sorprendido. «Katerina parece muy tímida y mansa, no una persona que competiría con un músico profesional en un lugar público».

—Lo hizo. —La estudiada inocencia de Aimée despertó aún más sus sospechas.

—Suena interesante. ¿Cuáles son las reglas? —preguntó él, tratando de llegar al fondo de la historia.

—Sabes, no lo sé —respondió ella, agitando una mano en el aire—. No llegamos a esa parte, excepto que cada una hará tres canciones. Vas a ser el juez, por supuesto, así que tal vez deberías establecer las reglas.

—Mmm. Déjame pensar en eso. Les haré saber a ambas un poco más tarde.

—Maravilloso. ¿No será divertido?

«Ella se está esforzando demasiado. Hay más en esta historia».

—Espero que lo sea. —Todavía tenía sus dudas sobre la voluntad de Katerina, pero hablaría con ella y vería de qué se trataba.

~

Dos días más tarde, cuando la puesta de sol se volvió escarlata en el horizonte toscano, un gran grupo de italianos se reunió en la finca Bianchi, ansiosos por conocer a la nieta perdida del respetado terrateniente.

Katerina pintó una sonrisa falsa y alegre y saludó cálidamente a cada recién llegado mientras se aferraba al brazo de Christopher, temblando de nervios. «Todo esto podría salir muy mal».

—Señoras y señores —dijo Alessandro en voz alta en italiano—, gracias por venir esta noche. Me complace presentarles a mi nieta Katerina, y su esposo Christopher Bennett, que finalmente vinieron a visitarnos. Para nuestro entretenimiento de esta noche, Katerina ha aceptado cantar y tocar el piano.

Esto provocó un murmullo que demostró que el romance de Alessandro con su música no era un secreto.

—Ella y Madame St. Jean competirán por el título de experta musical. Todos seremos jueces. Estas son las reglas. Cada dama cantará tres canciones, acompañándose en piano o clavecín. Una canción estará en italiano, otra en español y la tercera será a elección de la dama. Entonces decidiremos quién es la mejor música. Madame St. Jean, ¿está lista?

«Ir al último me da una pequeña ventaja», pensó Katerina. Aún así, su corazón latía tan fuerte que temía estar enferma.

—Sí, estoy lista —respondió Aimée en italiano con acento francés. Haciendo una reverencia a la multitud, se sentó al clavecín y anunció—: Me gustaría comenzar con "Greensleeves".

Tocó unos simples acordes en el teclado, ajustando la clave, y luego respiró hondo y silenciosamente y comenzó a cantar.

Al instante, Katerina supo que estaba en un grave

problema. Una verdadera profesional, la voz de Aimée era flexible, rica y cautivadora a pesar de que no tocaba el clavecín particularmente bien. Su acompañamiento consistió en una serie de simples acordes para ayudarla a mantenerse afinada. Su pronunciación en español también era bastante mala, pero no importaba. La madurez de su tono convertiría esta competencia en una entre un órgano de tubos y un flautín. Luego, para aumentar la dificultad, dejó de tocar y cantó *a capella* durante el verso medio. Cuando volvió a tocar en el tercer verso, todavía estaba perfectamente afinada. Los invitados murmuraron apreciando el truco. Ella terminó lastimeramente:

—¿Quién sino mi señora, Greensleeves?

La audiencia aplaudió. Ella se levantó y se dirigió a su asiento. El guantelete de apertura había sido bien lanzado. «No es una actuación de la cual quiero seguir», admitió Katerina para sí misma mientras arrastraba los pies, con las rodillas débiles, hacia el banco del clavecín. Tragando saliva, miró el instrumento durante un largo momento, suplicando en silencio que la ayudara.

—"Feria de Scarborough" —dijo ella al fin. Luego colocó los dedos sobre las teclas y comenzó una complicada serie de notas. Nunca había sido tan consciente de que la gente la miraba fijamente. Se sintió vulnerable, expuesta y miró hacia arriba.

Los cálidos ojos grises se encontraron con los de ella alentadores. «Christopher. Christopher me apoyará». Calmada por su dulce mirada, volvió su atención y comenzó a cantar.

—"¿Vas a la feria de Scarborough? / Perejil, salvia, romero y tomillo / Dale recuerdos a alguien que vive allí. / Aquella que una vez fue mi amor verdadero".

Cantó las letras sin sentido a la ligera. No podía igualar a Aimée en profundidad y riqueza, así que no lo intentó. En cambio, se centró en la ligereza como una pluma de su voz de diecinueve años, cantando dulce y bellamente, acompañada de notas llamativas en el clavecín. «Es lo mejor que puedo manejar. Rezo para que sea suficiente para un espectáculo agradable».

A medida que se acercaba el final de la canción, tuvo un destello de comprensión sobre su mensaje. «El amor verdadero puede superar obstáculos insuperables, realizar tareas imposibles. ¿No hemos hecho eso Christopher y yo? Lo hemos hecho. Hemos hecho lo imposible. Significa algo».

La comprensión amaneció al final del último verso.

«Significa que lo amo. Realmente lo amo». Ante la asombrosa comprensión, su voz vaciló y se volvió ronca. Hizo un interludio elegante para cubrir el error y, cuando empezó a cantar de nuevo, fue solo para los oídos de su marido.

—"Cuando por fin haya terminado su trabajo. / Perejil, salvia, romero y tomillo. / Vendrá a reclamar su camisa de lino. / Y será siempre mi amor verdadero".

Terminó con un movimiento de dedos y respiró hondo, solo para saltar de alarma cuando los aplausos retumbaron a su alrededor. Sintiéndose inestable, Katerina permaneció sentada al clavecín.

Aimée se trasladó al piano y empezó de inmediato. Como era de esperar, la segunda canción de la otra mujer estaba en francés, otra canción popular, llamada "Jeune Fillette". Este número bromista y coqueto describía el enamoramiento en la primavera, con referencias puntiagudas a amantes inconstantes, masculinos y femeninos.

Fue una invitación clara, y le dio a Christopher una mirada mordaz mientras tropezaba levemente con las notas de coloratura, demostrando que una voz madura no necesitaba ser pesada o lenta. Podía vencer a Katerina en su propio juego, y en su propio matrimonio, su mirada descarada parecía reclamarlo.

Nuevamente, la tensión aumentó. «¿Cómo puedo afrontar este desafío?» No en el idioma de su rival, sin duda. Katerina también tenía la intención de cantar en francés, pero abandonó el plan y realizó una sustitución en el último minuto. «No puedo engañar a Madame St. Jean, pero quizás pueda ofrecer algo más conmovedor».

Permaneciendo en el clavecín, tocó algunos acordes simples y luego comenzó con "Brindame solo con tus ojos", una canción de amor melancólica. Una vez más, era un mensaje para Christopher, como si no hubiera nadie más en la habitación. La pareja podría haber estado en su casa adosada por toda la atención que le prestó a cualquier otro miembro de la audiencia. Pudo ver por su expresión intensa que él entendía que ella le estaba cantando… y le gustó.

La última fue la canción italiana de cada mujer. Aimée había practicado mucho para dominar el complicado acompañamiento, por lo que podía tocarlo con la memoria muscular y dirigió toda su atención hacia Christopher cuando comenzó a cantar "Se Tu m'Ami" de Paolo Antonio Rolli. Todos en la sala excepto él sabían italiano y entendían lo que estaba haciendo esta mujer. La canción envió un mensaje descarado; una muchacha de virtud fácil ofreciéndose a un hombre, pero dejando claro que él no debe esperar fidelidad.

Desde su asiento en el banco del clavecín, Katerina pudo ver que Christopher permanecía ajeno, pero Alessandro no. Tampoco la mayoría de sus invitados. «Qué golpe tan triste de recibir en un lugar tan público», pensó Katerina, mirando a su abuelo con simpatía.

Sin darse cuenta, concentrada en socavar la confianza de su rival, Aimée continuó coqueteando con Christopher a través de la canción, prometiéndole todo menos su corazón. Aunque actuó con habilidad superior, la audiencia aplaudió tibiamente.

«No les gustaron sus modales», Katerina se dio

cuenta. «La encontraron inapropiada». El descubrimiento le importaba menos que cómo reaccionaría su marido.

Él no reaccionó. Sus encantadores ojos plateados permanecieron fijos en ella, y eso la calentó hasta la médula.

Por fin, llegó el momento de la última canción de Katerina. Caminó lentamente desde el clavecín al piano. Una vez más, eligió regalar a su marido su corazón desvelado: "Per la Gloria d'Adorarvi" de Bononcini de la ópera *Griselda*.

Ella le suplicó en una canción que ignorara a Aimée y le prestara atención a su esposa, a su corazón, que ella le estaba ofreciendo sin reservas. Su emoción, su adoración vibraron palpablemente en la habitación. Desafortunadamente, él no tenía idea… «o tal vez es una suerte. Me avergonzaría si entendiera».

Después de una nota alta delicadamente brillante, la canción terminó y la sala estalló en aplausos, sobresaltándola de nuevo. Con el rostro enrojecido y tembloroso, se arrastró hacia su asiento junto a Christopher. Él tomó su mano y la sostuvo indiscretamente.

Alessandro se levantó de su asiento, su rostro enrojecido pero su voz falsamente alegre.

—Gracias, damas, por esas adorables actuaciones. Daremos nuestro veredicto después de la cena. Y ahora, amigos, ¿nos vamos al comedor?

Hubo un éxodo general, y no fue hasta más tarde que los invitados notaron que su anfitrión no se les había unido.

~

Cuando Aimée se dirigió hacia la puerta, Alessandro la agarró del brazo con fuerza y tiró de ella hacia atrás.

—¿Qué fue eso exactamente? —le preguntó él, su expresión atronadora.

—Música, *chérie* —respondió ella con su habitual ligereza coqueta.

—No. Sabes a lo que me refiero. ¿Por qué te lanzabas contra el marido de mi nieta? —La sacudió.

—Solo estaba tocando. No me importa en lo más mínimo el señor Bennett. —Ella entrelazó sus brazos alrededor del cuello de Alessandro, tratando de distraerlo de su ira.

—Entonces, ¿por qué demonios estabas coqueteando con él? —Su agarre en su brazo se apretó con una fuerza contundente, y tiró de ella lejos de él—. Me avergonzaste. Todo el mundo sabe que soy tu protector, Aimée.

Intentó aplacarlo acariciando su mejilla.

—No, no te enojes, *chérie*. No quise decir nada con eso.

—Si no estabas tratando de seducirlo, ¿qué estabas tratando de lograr? ¿Esperabas molestar a Katerina socavando su relación con su esposo? —Él retiró sus brazos.

—No, fue una broma —se quejó, su voz suplicante.

—Bueno, a mí, por mi parte, no me divierte. Estoy seguro de que a Katerina tampoco. Sabes, creo que ya tuve suficiente de ti. Ve a empacar tus pertenencias y vete. No quiero volver a verte. Adiós, Aimée.

Dio media vuelta y se fue.

La hermosa soprano lo miró conmocionada. No se había detenido a considerar las consecuencias de sus acciones, decidida como había estado a ver humillada a su supuesta rival. No había pensado ni un momento en cómo se reflejaría su comportamiento en Alessandro. Y ahora estaba furioso… y se había ido.

Ella se dio cuenta de que había ido demasiado lejos y se merecía su enfado. Ninguna parte de su comportamiento había sido aceptable. Había sido cruel con Katerina y ridícula con el marido de la chica. «Qué estúpida».

Con lágrimas rodando por su rostro, caminó lentamente hacia la habitación que había estado compartiendo con Alessandro. No estaba lista para dejarlo. Quizás nunca lo estaría, pero sería un milagro que él la perdonara ahora.

En la mesa, Katerina estaba sentada entre Christopher y un caballero italiano de unos treinta y tantos años, cuyo nombre no recordaba.

—Excelente espectáculo —le dijo, sus ojos oscuros brillando.

—Gracias —respondió ella. Después de la estresante e incómoda velada, una simple conversación ya no podía hacerla sonrojar—. Lo siento, señor, pero ¿cómo se llamaba?

—¿Yo? Soy Carlo Bianchi —respondió.

—¿Un pariente? —Ella arqueó las cejas—. He conocido a tantos esta noche, no puedo recordar quién es quién.

—Tu tío. Tu madre era mi hermana gemela.

—Oh. —Su rostro ardía—. Lo siento.

—No te preocupes, querida. —Él le sonrió.

Ella sonrió, contenta de que él no estuviera enojado.

—Me recuerdas a ella. Le encantaba la música, aunque no tenía tu… habilidad. —Los ojos de Carlo se pusieron tristes—. La he echado muchísimo de menos. Eramos muy cercanos. ¿Alguna vez… me mencionó?

—Lo siento. Nuestra vida no fue una para alentar la conversación ociosa. —Katerina miró su plato.

—Supongo que no. —gruñó—. Odié que se haya casado con él. ¿Alguna vez… se ablandó?

—No —respondió Katerina sin prevaricaciones.

—¿La mató? —Carlo cerró los ojos.

—Más o menos —admitió ella con tristeza.

—Mi culpa. —Carlo maldijo en voz baja.

—¿Cómo?

La tristeza arrugó su expresión, haciéndolo parecer mayor de lo que era.

—Él se la llevó por mi culpa. La vi después de la boda, tan delgada, tan angustiada y cubierta de magulladuras. Solo teníamos dieciséis años, ¿sabes? Me acerqué a él y le mostré cómo se sentía ser golpeado. Se fue al día siguiente.

—Es una tragedia. Lo siento mucho. —Katerina negó con la cabeza.

—¿Era una buena madre? —preguntó.

Katerina asintió.

—La mejor. La extraño muchísimo, pero ahora está en paz, tío Carlo. Finalmente está libre de él.

—¿Y tú, Katerina? ¿También estás libre de él? —Su mirada se volvió aún más intensa.

—Lo estoy, gracias a mi marido. —Miró a Christopher y sonrió.

—Parece un buen hombre —comentó Carlo.

—Sí —respondió ella—, le debo la vida.

—No pienses de esa manera, cara —instó su tío—. Le debes tu corazón.

—Él lo tiene —respondió ella simplemente.

—*Buono*. Tú también tienes el suyo.

Ella sonrió. «Es un sentimiento agradable, aunque no hay forma de que pueda ser verdad».

Después de la cena, los invitados regresaron al salón. Alessandro se quedó mirando por la ventana hacia su finca, con expresión triste. Aimée no estaba a la vista. Varios de los invitados se acercaron al maestro y hablaron con él en privado. Por fin, se los quitó a todos y buscó a su nieta.

—Cara, ¿por qué aceptaste esa competencia? —demandó él.

—¿Qué quieres decir, Nonno? —respondió Katerina, no queriendo causar problemas.

—No lo querías. Podía darme cuenta. —Su boca se torció en una expresión irónica.

—No —estuvo de acuerdo.

—Entonces, ¿por qué?

Ella lo consideró y luego admitió la verdad con un suspiro.

—Fue el piano. Quería tocarlo. Madame St. Jean se negó a dejarme. Dijo que la ganadora del concurso podría tener los derechos de la sala de música. No la quería toda para mí, solo quería usarla a veces.

—¡Dios mío! —Alessandro alzó las manos al aire—. ¿Quieres decir que todo esto fue sobre el piano?

—*Sì*.

—Debiste haber hablado conmigo. Es mi piano Por supuesto, puedes usarlo. —La abrazó gentilmente.

Ella le dirigió una mirada suplicante.

—No estaba segura. Puedo ver que ella tiene cierta influencia sobre ti.

—Tú también —le recordó.

Katerina sonrió.

—Ella te ha estado atormentando, ¿no es así?

Katerina inclinó la cabeza en lugar de una respuesta.

—Bueno, no te preocupes. Ella ya no estará aquí. Después de su comportamiento escandaloso esta noche, la he despedido.

—Oh, no hagas eso —suplicó Katerina.

—¿Por qué no? —Su expresión se volvió atónita.

—Sé que te preocupas por ella. No la hagas irse por mi cuenta. —Ella tocó su manga.

—No lo hago. Ella me hizo ver como un tonto —gruñó.

—Oh. —«Eso hizo, y qué lío. Casi me siento mal por ella»—. Bueno, tal vez fue un error. Ya sabes, las cosas se salieron un poco de control. Odiaría verte infeliz.

—Trató de robarte a tu marido —le recordó.

—Ella no pudo. No creo que él ni siquiera la haya notado. Incluso si lo hubiera hecho, es un hombre que honra sus votos.

—¿No importa que ella lo haya intentado?

—No sé si realmente lo estaba intentando —objetó Katerina, mordiéndose el labio—. Lo más probable es que solo intentara molestarme.

—Qué hostigadora. —Alessandro hizo un gesto con los dedos de su mano levantada—. Lamento que tuvieras que conocerla.

—Es cierto —admitió finalmente Katerina, resistiendo el impulso de estremecerse—, pero aún así... ella es importante para ti. Ojalá hubiéramos sido amistosas.

Él sacudió la cabeza.

—Bueno, eso es entre Aimée y yo. En cuanto a ti, puedes usar mis instrumentos cuando quieras —juró, con la mano en el corazón.

—Gracias, Nonno.

La abrazó de nuevo. Ella le rodeó el cuello con los brazos. «Amo a mi abuelo. Me alegro mucho que Christopher sugirió venir aquí».

La soltó y se volvió, dirigiéndose a la habitación de nuevo.

—He tenido noticias de muchos de ustedes y creo que todos estamos de acuerdo. Elegir entre dos músicas tan superiores sería imposible. Una tiene más formación y experiencia, la otra más dulzura y pasión. Por lo tanto, declaro que la competencia es un empate. Nadie pierde y todos ganamos porque todos tuvimos el privilegio de escuchar un concierto tan bueno.

Las cabezas asintieron con aprobación, y una ronda de aplausos hizo que las mejillas de Katerina se iluminaran. Luego, su tío la tomó del brazo y la llevó a conocer a su esposa y sus hijos.

～

Alessandro se acercó a Christopher, que conversaba tranquilamente con una pareja británica de mediana edad.

—Signor, signora —se dirigió a la pareja—, ¿puedo pedir prestado a mi nieto político por un momento?

La pareja accedió y Alessandro acompañó a Christopher a un rincón tranquilo.

—¿Todo está bien? —preguntó el joven.

—Sí. Solo quería agradecerte.

—¿Por qué?

—Por Katerina —explicó Alessandro—. Por rescatarla, mantenerla a salvo. A menudo deseaba hacer lo mismo. Temí por ella, especialmente después del fallecimiento de su madre.

—Tenías un motivo —dijo Christopher con gravedad.

—Debe ser muy gratificante que lo que comenzó como una buena acción se haya convertido en un amor tan profundo —comentó Alessandro.

—Lo es —respondió, sin avergonzarse de poner su corazón claramente en su manga—. Quizás algún día ella se recupere lo suficiente como para amarme. Espero ese día.

—No. Ella ya lo hace —insistió el hombre mayor.

—¿Qué? —Christopher se quedó boquiabierto—. ¿Por qué lo dices?

—Por su última canción. ¿Pudiste entender algo de eso?

—No, ¿qué decía?

—Pregúntale. Me di cuenta de que hablaba en serio. —Alessandro le guiñó un ojo.

—Sí, parecía muy sincera. —Christopher asintió.

—Definitivamente. Eres un hombre afortunado, Christopher Bennett.

—Lo sé. Gracias. —«Y ahora necesito averiguar lo que me estaba cantando mi esposa».

~

A pesar de sus preocupaciones, Katerina disfrutó de la fiesta una vez que encontró a su esposo y lo tomó del brazo. Estar cerca de Christopher hacía que todo pareciera posible, incluso conversar cómodamente con extraños en un país extranjero. Se quedó tan cerca de él como pudo, hasta que pudo sentir el calor de su cuerpo, y sonrió dulcemente a las personas que la rodeaban.

«No soy un ratón, ni un conejo. Me enfrenté a una hostigadora, la desafié y gané. No el concurso. Nunca me preocupé por ganar eso. Gané la batalla de voluntades. Soy más valiente que nunca. Aimée nunca volverá a molestar a mi marido, y si lo hace, le daré una parte de mi mente que no olvidará pronto».

Pasaron las horas, ni volando ni arrastrándose, pasando hasta que por fin llegó la hora de finalización señalada. Los invitados que vivían cerca regresaron a casa y los de más lejos se retiraron a las habitaciones. Finalmente, Katerina suplicó que estaba exhausta, le dio un beso de buenas noches a su abuelo y llevó a su esposo a su habitación.

~

Alessandro esperó a que los últimos asistentes se marcharan antes de irse finalmente a la cama. Poner fin a su relación con Aimée lo había dejado infeliz. «Su comportamiento fue inconcebible, y todavía estoy enojado, pero maldita sea, amo a esa mujer».

Se desnudó y se deslizó entre las sábanas, sabiendo que dormir sería difícil. Respiró con dificultad. La cama se sentía fría y vacía sin que su cálida y vital mujer la llenara.

El colchón se hundió. Brazos familiares se deslizaron a su alrededor.

—Alessandro, mi amor —la voz dulcemente acentuada se apoderó de él—. Lo siento. Lo siento mucho. Fue tan malo de mi parte. Por favor, perdóname. Por favor, no me eches. Nunca quise lastimarte o avergonzarte.

—Aimée. —Le sacudió—. ¿Por qué reclamar mi piano era tan importante para ti que hiciste pasar a mi nieta por todo eso?

—¿Por qué crees? —exigió ella, ardiente como siempre—. Tienes tan poco para mí. La sala de música es un lugar donde siempre he podido complacerte, donde siempre has estado orgulloso de mí. Sin eso, solo soy la *putain* con la que te acuestas. Si ella me reemplaza, ¿qué soy sino una puta?

—Eres una artista, no una puta —protestó.

—Lo sé. También sé lo que tú y todos los demás piensan de mí. ¿De verdad crees que me acuesto contigo porque no tengo moral? ¿Sabes cuántos otros hombres he tenido en mi cama? —exigió ella.

Él se dio la vuelta para mirarla, asimilando su expresión.

—¿Cuántos?

—Solo uno. Solo mi marido.

—¿Así que realmente había un Monsieur St. Jean? —Levantó las cejas.

Ella asintió con la cabeza, su mano se levantó como para tocar su rostro, pero vaciló y dejó que sus dedos se deslizaran hacia la cama.

—Realmente lo hubo. Nos casamos jóvenes y él murió joven, pero me dejó un poco de dinero y lo usé para estudiar música.

—Nunca lo supe —dijo Alessandro.

—Nunca preguntaste —replicó ella.

—Pero si eso es cierto, entonces ¿por qué yo? —preguntó él—. Soy lo suficientemente mayor para ser tu padre. ¿Por qué estás aquí, Aimée?

—No lo sé exactamente —respondió ella, hablando

lentamente mientras lo consideraba—. Cuando empezamos, eras tan... reconfortante, tan seguro. La vida es dura y aterradora, y para sobrevivir sola, una mujer tiene que ser fuerte. Contigo, podría volver a ser suave, ser mujer. Te quería, y luego, después de que nos juntamos, y todavía me querías y respetabas, nunca quise irme. Tengo miedo, Alessandro.

—¿De qué? —preguntó él.

—De lo que viene después. Si nos separamos, mi corazón se romperá, pero si no... ya he enterrado a un marido...

—Y yo ya he enterrado a una esposa. Pase lo que pase, la vida es dura, Aimée. Dime que quieres.

—Lo que no puedo tener. Tú. Todo para mí, siempre. Yo me... —Se interrumpió, sus mejillas regordetas sonrojadas, sus ojos azules desviados.

—¿Tú qué? —Alessandro le puso un dedo debajo de la barbilla y levantó su cara para que ella pudiera mirarlo.

Lo que sea que vio en sus ojos debe haber fortalecido su determinación.

—Me casaría contigo si me aceptaras. Desearía que pudieramos. Sería mucho mejor.

—¿Mejor para quién? Como has dicho, existe un impedimento real para que estemos juntos.

Ella asintió lentamente.

—Lo hay, pero creo que todavía te elegiría, incluso sabiendo lo que viene. Preferiría tenerte mientras pueda. —Una nota extraña en su voz le hizo detenerse.

—¿Qué no me estás diciendo, cara? —preguntó, buscando respuestas en un rostro cuya expresión nunca había visto antes.

—Me has dado más que un piano, Alessandro. —Ella lo miró intensamente, instándolo a que entendiera.

Comprensión combatida con incredulidad.

—*Dio mio*, ¿estás bromeando?

—No.

—Pero… —farfulló él—. ¿Es esto algún tipo de estratagema para obligarme a perdonarte?

—Para nada. Mírame y compruébalo por ti mismo.

Apartó las mantas y miró su cuerpo desnudo. Sus curvas parecían más redondas que nunca, sus pechos enormemente hinchados, su vientre lleno.

—¿Cuánto tiempo?

—Casi cinco meses, creo —respondió ella.

—¿Por qué no dijiste nada? — demandó. «¿Y por qué no te diste cuenta, hombre?»

—Estaba esperando el momento adecuado. Pensé que tenía tiempo.

—Entonces, ¿por qué me lo dices ahora?

—Porque cometí un error tan terrible. No quiero perderte. A pesar de mi mal comportamiento, te quiero a ti, solo a ti. Te amo, Alessandro. ¿No puedes perdonarme por favor?

—Quizás, pero no te lo voy a poner fácil. Primero, tendrás que hacer algo por mí.

—Lo que sea —juró.

—Discúlpate con Katerina y su esposo. Hiciste que su visita fuera incómoda. —Él frunció el ceño. «No seas arrogante, mujer. Tienes mucho camino por recorrer».

—Sí. Lo haré de inmediato. —Su expresión se tornó contrita.

—Y no más coqueteo —rugió—. Eso me doliá más de lo que puedes imaginar. Nos vemos bastante raros juntos. Si pareces insatisfecha, parezco un viejo tonto.

—Tienes razón. No pensé. —Sus ojos se apartaron de los de él y la vergüenza en su rostro le dijo lo que necesitaba saber.

—Eres una chica muy mala, Aimée —dijo, incapaz de permanecer enojado con ella.

—¿Me vas a castigar? —preguntó ella con los ojos muy abiertos.

—Sí, eso creo.

—¿Cómo? —La mujer parecía preocupada.

«Bien».

—Veamos qué tan fuerte puedo hacerte gritar.

Resultó muy fuerte. Ella tuvo que cubrirse la cara con la almohada para amortiguar el ruido de su orgasmo.

CAPÍTULO 17

imée y Alessandro no fueron la única pareja que hizo el amor esa noche. En el dormitorio de invitados, Christopher desnudó tiernamente a su esposa en preparación para una noche completa.

Ella participó de buena gana, abriéndole los botones. A pesar de lidiar con ropa de fiesta complicada y sus múltiples capas, se desnudaron en poco tiempo. Katerina se acercó a Christopher y le bajó la cabeza para darle un beso sin fin. Los brazos de él rodearon su espalda baja, presionando sus cuerpos juntos.

—Amor, ¿qué decía la última canción? —murmuró él contra sus labios.

—¿La italiana? —Ella retrocedió una fracción.

—Sí.

Ella se sonrojó, no quería responder.

—Dime, Kat —instó—. Sabes que puedes confiar en mí. Lo sabes, ¿no?

—Nunca antes había querido confiar en nadie. —Ella lo miró a los ojos con ternura.

—¿Y ahora?

—Este es el lugar más seguro de la tierra, aquí en tus brazos. Sí, Christopher. Confío en ti. —Ella se acercó más a él.

—Estoy tan feliz. Por favor, amor, dime lo que decía la canción. —Él le quitó las horquillas del cabello.

Ella apartó la mirada y respiró hondo y tembloroso. Luego levantó los ojos hacia su rostro.

—Habla de alguien que es tan maravilloso, tan perfecto, que merece ser amado aunque no haya esperanza de reciprocidad. Para él, incluso el dolor de la adoración no correspondida es una especie de gloria.

—¿Estabas… cantándome? Parecía como si lo estuvieras.

—Sí. —Sus mejillas se pusieron aún más rosadas, pero su voz permaneció sincera y firme.

Él asintió con la cabeza y bajó su boca hacia la de ella de nuevo, acariciando con sus dedos la carne desigual a lo largo de su columna. Ella se retorció, tratando de apartarse, pero él la sujetó con fuerza.

—¿De verdad crees, niñita tonta, que tu amor no es correspondido? Lo es. Te amo, Katerina. Amo tu hermoso rostro, tu tierno corazón y tu hermoso cuerpo. Incluso amo tus cicatrices.

Ella no respondió en absoluto mientras pasaban los largos momentos. Una lágrima se deslizó por su mejilla y luego otra. Su respiración se volvió irregular.

Él puso sus manos sobre sus brazos y la giró, pasando su largo cabello oscuro sobre su hombro y dándose una vista sin obstrucciones de la piel arruinada. Ahora que todas las heridas habían sanado, pudo ver el efecto de rompecabezas de las marcas de látigo superpuestas cortadas indeleblemente en su piel, desde los omóplatos hasta las rodillas.

—Dios mío, Kat. ¿Cómo sobreviviste?

—No lo sé —se atragantó—. Estoy muy contenta de haberlo hecho.

—Yo también. Pobre cariño.

—No me compadezcas, Christopher. Por favor, no lo hagas. —La calidad de su voz se agudizó.

Él sacudió la cabeza.

—No. Te admiro. Eres tan fuerte, tan valiente.

—Me haces valiente —respondió ella.

—Elegiste el coraje para poder venir conmigo y ser mi esposa —le dijo, trazando una cicatriz en su espalda de lado a lado—. Me siento honrado.

—Me rescataste a mí del mar de mujeres maltratadas —respondió—. Yo soy la que está bendecida.

—¿Sabías que la palabra francesa para daño es *blessée*? —preguntó, su voz demasiado despreocupada.

—Sí. Siempre me ha parecido irónico.

—Encaja. —Su tono vaciló.

—Sí, supongo que sí —concedió ella, preguntándose qué estaba haciendo él.

—Ven aquí, amor. —La condujo hasta la mesita de noche y la instó hacia adelante, de modo que sus manos se posaron en la madera.

Ella jadeó y se quedó completamente quieta.

Christopher no tenía forma de saber cuán profundamente arraigada era esta postura para ella, cuántas veces había estado inclinada sobre una superficie sólida en preparación para una brutal paliza. Casi todas las marcas de su cuerpo habían sido recibidas en esa posición. La única forma de evitar que el ataque se volviera aún más violento era someterse en silencio a cada golpe. En el instante en que sus manos tocaron la mesa, Italia se desvaneció, Christopher se desvaneció y Katerina estaba de regreso en la casa de su padre, temblando mientras esperaba que cayera el látigo.

Algo caliente y húmedo tocó una marca profunda y gruesa, trazándola suavemente. La delicada caricia, despertando a pesar del efecto silenciador de las cicatrices, la confundió. «¿Qué es esto?»

Las manos se deslizaron por su torso y ahuecaron sus pechos mientras los besos llovían sobre su espalda, tocando una cicatriz tras otra. Sus pechos hormiguearon con un placer familiar, y su respiración se contuvo, antes de soltar un grito ahogado. Tocó los tiernos picos mientras sus labios se deslizaban más abajo por su espalda, dejando caer beso tras beso en su carne arruinada. Su cuerpo se relajó y se humedeció, pero su mente permaneció confusa, atrapada entre el pasado y el presente; el miedo al dolor y el placer de las caricias.

Manos trabajaron sus pezones mientras los labios besaban su trasero. Se arrodilló detrás de ella. Una lengua jugueteó con sus pliegues.

Aspiró aire a través de los dientes en un siseo audible. El toque de labios y lengua en sus lugares íntimos apretó su vientre. La tensión placentera se enroscó en sus recovecos más profundos, esperando el toque que la liberara.

Él le pasó las manos por los costados. Una se apoyó en su cadera. La otra serpenteó alrededor de su trasero y entre sus piernas. Dedos largos y directos se deslizaron profundamente dentro de ella, haciéndole cosquillas en los lugares secretos que solo él sabía tocar, y ella explotó. La belleza del orgasmo rompió su terror y la despertó a un nuevo nivel. Por fin, Katerina cobró vida, ardiendo de placer que arrancó gritos irregulares de su garganta.

Christopher se levantó detrás de ella, cubriendo su cuerpo con el suyo para poder sumergirse profundamente.

«El miedo se ha ido», ella se dio cuenta. «Él está detrás de mí y no tengo miedo ni vergüenza». Ella se inclinó hacia adelante, dejándolo empujar y tirar hacia atrás mientras disfrutaba que la tomaran.

—Dilo, Katerina —gruñó él mientras la llenaba.

—Oh, Christopher —gimió.

—Dime —instó.

—Te amo. Oh, Dios, te amo, te amo. Oh, si. —Su cabeza cayó hacia adelante cuando su placer volvió a alcanzar su punto máximo. Él vino con ella a toda prisa, gimiendo mientras empujaba profundamente y se soltaba.

Él se liberó y la tomó en sus brazos, llevándola a la cama y uniéndose a ella para poder acercarla más. Besó sus labios suavemente.

—¿Lo dijiste en serio, Kat? —preguntó, de repente sonando vulnerable.

—Sí. ¿Y tú? —Ella entrelazó sus brazos alrededor de su cuello.

—Por supuesto. —Sus labios tocaron su frente.

—Bien. Entonces todo es como debería ser.

—Lo es. —Trazó su labio inferior con la punta del pulgar antes de inclinarse y besar su boca de nuevo—. Buenas noches, dulce niña.

—Buenas noches mi amor.

Por la mañana, Christopher se despertó temprano. Su encantadora esposa yacía profundamente dormida de costado en sus brazos, de espaldas a él. Estudió las devastadoras cicatrices a la luz del amanecer. «Ella es mi fénix, mi pájaro de fuego, forjado en el infierno y, sin embargo, capaz de llevarme al cielo». Repentinamente avergonzado de sus intensos sentimientos, se deslizó de la cama y se vistió. Garabateando una nota breve y afectuosa, se dirigió a dar un paseo.

Un toque de calidez en el aire invernal traía la sensación de la próxima primavera. Caminó a través del olivar y más lejos en la niebla de la mañana, sobre la colina tachonada de árboles que separaba la propiedad de la familia Bianchi de la tierra no reclamada más allá.

El sol rompió el horizonte, coloreando el paisaje de oro y escarlata y resplandeciendo sobre las aguas del Arno. Christopher sintió una esperanza naciente. Oh, había esperado antes, esperado contra toda esperanza, pero ahora se atrevió a creer. «Quizás ella realmente estara bien. No solo sobrevivir, sino prosperar, ser feliz, vivir el tipo de vida que siempre soñó».

La amaba con una pasión feroz y ella lo amaba a él. Ella lo había dicho y cantado, y lo decía en serio. Él le creyó.

Una ráfaga de viento atravesó el abrigo de Christopher y lo hizo temblar.

—Genial. —La brisa trajo consigo una voz cercana, así como un papel arrugado cubierto de escritura desordenada y errores tachados. Christopher lo recogió. Cerca, otra hoja pasó rodando, y luego otra. Comenzó a recopilarlas, siguiendo el rastro de papeles hasta la fuente. En el otro extremo, encontró a un caballero, un poco mayor que él, con una barba castaña espesa y tupida, pero sin bigote. El hombre recogía frenéticamente las sábanas esparcidas a medida que avanzaba. En silencio, Christopher se inclinó para ayudar, y finalmente devolvió una gran pila al extraño.

—¿Son todas ellas? —preguntó el hombre barbudo en un inglés perfecto y sin acento.

—Eso creo, señor —respondió Christopher.

—Excelente. Gracias por su ayuda. —Reunió los papeles en un folio y lo dejó, manteniéndolo cerrado contra el viento con una piedra. Luego extendió su mano.

—De nada. —Le dio la mano—. Soy Christopher Bennett, por cierto.

—Bienvenido a Florencia. ¿Se va a mudar? —preguntó el extraño.

—No, estoy aquí en mi luna de miel. La familia de mi esposa es dueña de la finca cercana —explicó Christopher.

—¿Los Bianchi? —Cuando asintió Christopher, el hombre comentó—: Son buena gente.

—Lo son —estuvo de acuerdo—. ¿Y su nombre, señor?

El hombre sonrió y pareció darse cuenta de que había olvidado sus modales.

—Oh, mi nombre es Robert Browning.

La mandíbula de Christopher cayó.

—¿El *poeta* Robert Browning?

—¿Ha oído hablar de mí? —Los ojos del hombre se agrandaron en estado de shock.

—Sí —respondió Christopher con fervor—. He leído sus poemas. Dios mío, no tenía idea de que viviera aquí.

—Bueno —dijo Browning con voz ronca—, el padre de mi esposa no es muy entusiasta conmigo. Pensamos que era mejor vivir lejos.

—Me puedo identificar con eso. Es un honor conocerlo. —Christopher sonrió.

—Gracias. La mayoría de la gente conoce mejor a mi esposa.

«Qué incómodo ser menos conocido en su campo que su esposa».

—Estoy seguro, pero mis amigos y yo descubrimos sus poemas. Nos hizo pensar.

—Bien. Ese era el objetivo. Es una pena que a nadie más le importe. Estoy tentado a dejarlo. Probablemente excepto… la musa es una amante terrible.

—Me alegra saber que está perseverando —dijo Christopher—. Es difícil luchar por una causa impopular, especialmente en ausencia de reconocimiento, pero vale la pena. Sabe, mi padre es dueño de una fábrica de algodón.

Browning arqueó una ceja.

—Es una fábrica progresiva. Obtendríamos más ganancias si explotáramos a nuestros trabajadores, pero no lo hacemos. Siempre hemos intentado ser conscientes de las necesidades de nuestros trabajadores.

Browning parecía perdido.

—¿Por qué me dice esto, Sr. Bennett?

—Porque si algo que mi padre y yo hemos hecho ha marcado la diferencia para una persona necesitada, me gustaría saberlo —explicó Christopher—. Me recuerda las razones por las que hacemos lo que hacemos. Entonces, quería que supiera que... hizo una diferencia.

—¿Qué quiere decir?

—Bueno, era consciente de la violencia contra las mujeres antes de leer "El amante de Porfiria", pero nunca pensé mucho en ello. Quizás fue providencia, pero al día siguiente de leerlo, conocí a una joven en una situación peligrosa. No podía soportar la idea de que ella terminara como la pobre Porfiria, así que me casé con ella. Nunca le habría dado un segundo pensamiento, y ciertamente no habría hecho lo que hice, excepto que el asesinato en ese poema estaba tan fresco en mi mente. Me hizo consciente. Ese poema le salvó la vida.

Browning sonrió.

—Ah, bueno, gracias por decírmelo. ¿Su matrimonio?

. —Es muy bueno. Somos felices. —Christopher sonrió.

Browning asintió.

—Entonces me alegro por usted. Sin embargo, ella es como un grano de arena.

—Lo sé. Es tristemente cierto. Hay demasiadas víctimas inocentes, pero hasta que se modifiquen las leyes, solo podemos hacer lo que podamos. No puedo salvarlas a todas, pero salvé a esta. Eso importa. Su papel en eso es importante. Gracias, Sr. Browning, por tener el valor de escribir lo que hizo.

—Todo el mundo lo odia. —La boca del hombre se volvió hacia abajo.

—Por culpa —sugirió Christopher.

—Quizás.

—Y tal vez aún no sea el momento adecuado para que la sociedad en general lo acepte, pero sé que su poesía seguirá marcando la diferencia. Tengo la intención de seguir compartiéndola y seguir hablando. Por favor, no se rinda. Su trabajo es muy importante.

—No lo haré. Es difícil nadar contra la corriente, pero perseveraré. Debo hacerlo.

—Buena suerte para usted entonces. —Christopher sonrió.

—Gracias, Sr. Bennett.

—Gracias a *usted*, Sr. Browning.

Los hombres se dieron la mano y luego Christopher se apresuró a volver a casa. Su esposa lo estaba esperando, y de repente quiso verla.

Dentro de la mansión Bianchi, Katerina estaba sentada en la sala de desayunos, bebiendo una taza de café y haciendo una mueca por el sabor. Se dio cuenta de un movimiento detrás de ella, pero por una vez, no saltó de ansiedad nerviosa. Simplemente se volvió para ver. «Qué refrescante. Otro signo del progreso que he hecho». Su placer se desvaneció a un ceño fruncido al ver a Aimée St. Jean.

—¿Qué quieres *tú*? —le preguntó a la otra mujer con frialdad.

Antes de que Aimée pudiera siquiera abrir la boca, Katerina continuó.

—Puede que tengas el maldito piano, puede que tengas al abuelo, pero te mantendrás alejada de mi marido, ¿está claro? Es mío y no te quiere de todos modos. Déjalo en paz.

—Sí, por supuesto, lo haré. Tienes razón. Yo tampoco lo quise nunca. Como dijiste, es demasiado joven para mí. —Su tono escarmentado hizo que Katerina sospechara aún más.

—Entonces, ¿qué estabas haciendo? —demandó Katerina, con los ojos entrecerrados. Escupió las palabras como pequeñas llamas de una hoguera.

—Tratando de ponerte nerviosa —respondió Aimée, pareciendo apropiadamente herida.

—¿Por qué?

—Celos insignificantes. Estaba celosa de tu talento y de la atención de tu abuelo. Fue mezquino y pido disculpas. —Aimée sonaba increíblemente sincera.

—¿Por qué? —exigió Katerina de nuevo, sin dar cuartel.

—Porque soy lo suficientemente mujer para admitir cuando me equivoco —respondió Aimée—. Nunca debí haberte tratado de esa manera.

—No tienes por qué estar celosa de mi talento —comentó Katerina, dando el más mínimo centímetro de libertad—. El tuyo es mayor.

—No. Mi experiencia es mayor, pero creo que tú tienes una habilidad musical más natural.

—¿Sigue siendo una competencia, madame? —Katerina puso los ojos en blanco.

—No. No lo es. —Aimée aventuró una tímida sonrisa.

Katerina continuó, haciendo un gesto con una mano.

—Quiero decir, eres una artista talentosa. Yo también. ¿Por qué no podemos compadecernos ya que compartimos tantas cosas en común?

—No sé. Me he estado sintiendo muy… mal últimamente, como… —Se inclinó y le susurró al oído.

La boca de Katerina se abrió.

—No es excusa —continuó Aimée—, pero estaba tan preocupada de que estuviera perdiendo interés en mí por tu culpa.

Katerina negó con la cabeza.

—No hay comparación. Eres la mujer que ama. Soy su nieta. Allí tampoco hay competencia.

—Tienes razón —concedió Aimée—, pero no estoy pensando con claridad estos días.

Katerina frunció los labios.

—Puedo ver eso. Bueno, supongo que será mejor

que se casen. Qué extraño pensar que su hijo tendrá una sobrina desde el primer momento de su vida, una sobrina veinte años mayor que él.

—Eso es divertido. —Se rió Aimée—. Entonces, Sra. Bennett, ¿podemos empezar de nuevo, por favor? Quiero decir, vas a ser mi nieta.

—¿Lo seré? —Katerina enarcó una ceja.

—Oh, sí —respondió Aimée, moviendo la cabeza para que su cabello dorado rebotara—. Lo resolvimos anoche.

—Muy bien. ¿Cuándo?

—Pronto —explicó la mujer—. Probablemente antes de que te vayas. ¿Vendrás?

—Con una condición. —Katerina aprovechó su ventaja.

—¿Cuál es? —preguntó Aimée, con una pizca de sospecha en su rostro.

—Déjame tocar en la boda —respondió Katerina.

Las dos mujeres se miraron, cada una tomando la medida de la voluntad de la otra.

Aimée inclinó la barbilla por fin en concesión.

—Por supuesto. ¿Cantarás también?

Katerina sonrió, sabiendo que había ganado.

—Si quieres.

—¿Conoces el Ave María de Schubert?

—Sí.

—¿Por favor?

—Por supuesto.

Las mujeres se sonrieron y, momentos después, llegó Christopher.

Sin preocuparse por la presencia de Aimée, tomó a su esposa en sus brazos para darle un beso largo y con sabor a café.

—Te amo —le dijo él en voz baja.

—Qué dulce eres, Christopher. Yo también te amo. —Ella miró a su esposo, dejando que su adoración se reflejara en sus ojos.

—Bien. Está hermoso afuera. ¿Quieres ir a dar un paseo?

—Eso sería de lo más agradable —coincidió ella.

—Vámonos entonces. Madame St. Jean. —Él hizo una reverencia y la dejaron.

mediados de marzo, Alessandro los llevó de regreso a Livorno, renunciando al tren en favor de pasar unas cuantas horas más juntos.

Demasiado pronto, los viajeros llegaron a los muelles. Alessandro abrazó y besó a Katerina y luego a Christopher antes de que los recién casados abordaran el barco para su regreso a Inglaterra.

El viaje de regreso parecía ser una repetición de su viaje anterior, con Katerina terriblemente mareada. En todo caso, era peor esta vez. Su pobre estómago apenas podía contener la comida, y cada inmersión de cada ola provocaba una inmersión correspondiente en su vientre. Ella reprimió esto lo mejor que pudo, no queriendo alarmar a su esposo, pero todavía tenía arcadas frecuentes y miserables.

Mientras navegaban más allá de Gibraltar hacia el Atlántico, el capitán invitó a todos los pasajeros de primera clase a unirse a él para una cena especial y una hora de socialización. Contentos de una distracción por la incomodidad de Katerina, los Bennett aceptaron de inmediato.

Después de la cena, Katerina se aferró al brazo de su esposo para mantener el equilibrio mientras se mezclaban en el comedor del barco, bajo un techo pintado de blanco dividido en cuadrados con tiras de madera dorada. Vagaron entre filas de sillas con tapizado color crema alrededor de pequeñas mesas redondas con manteles blancos y charlaron. Un trío de cuerdas tocaba tranquilamente de fondo.

—¿Te gusta la música, amor? —preguntó él mientras se detenían en su recorrido por la habitación cerca de un pilar de soporte.

—Es bastante buena —respondió ella, sonriendo aunque su estómago se encogía y se agitaba.

—Estoy de acuerdo —dijo un hombre, acercándose con una copa de champán en una mano. Su acento sonaba americano—. Dr. Peter James. —Extendió su mano libre, de la que colgaba una bolsa negra compacta, y Christopher le tomó la mano con firmeza.

—Christopher Bennett, fabricación. Esta es mi mujer.

—Encantado de conocerlo, doctor —dijo Katerina—. ¿De qué parte de Estados Unidos es?

—Buen oído —dijo el doctor—. Nueva York. Estado, no ciudad. Vine a Europa en busca de técnicas médicas tradicionales que pudieran adaptarse para un uso moderno.

—Interesante —respondió Christopher—. Escuché un rumor en mi fábrica de que uno de nuestros tintes tiene la capacidad de reducir el dolor. ¿Quiere que se lo enseñe?

—Seguramente —dijo el doctor.

El barco se sumergió y Katerina se inclinó, chocando su hombro contra el pilar. Christopher apretó su agarre.

Cuando el movimiento disminuyó, Katerina de repente se dio cuenta de que se sentía... extraña. No con náuseas, sino mareada. Trató de ignorarlo, de enfocar su atención en la conversación, pero se volvió más insistente. Los puntos negros empezaron a flotar en su campo de visión.

—Christopher. —Sus labios entumecidos apenas podían formar su nombre.

Su rostro nadó ante ella, distorsionado.

—¿Qué pasa, amor? ¿Estás enferma de nuevo?

—Yo… —Y luego la inconsciencia se precipitó sobre ella y se hundió en un desmayo.

Christopher la agarró antes de que pudiera caer y la llevó a un asiento, acunándola contra su pecho.

En su mayor parte, las conversaciones continuaron sin cesar. No era nada inusual que las jóvenes se desmayaran.

El médico se acercó con cautela mientras Christopher acariciaba suavemente el rostro de su esposa, tratando de despertarla.

—¿Ella está bien?

—No tengo ni idea —respondió Christopher—. No se ha desmayado en mucho tiempo.

—¿Qué tan apretada está atada? —preguntó el hombre, de repente cada centímetro de un profesional.

—No lo está. No tiene lazos en absoluto. No los necesita. —«Seguramente, no hay problema en admitir un detalle tan privado. Después de todo, el hombre es médico».

—Bueno, si no está atada y dices que no es propensa a desmayarse, me pregunto qué está pasando. ¿Está enferma? —preguntó el doctor.

—Está mareada por el mar —respondió Christopher.

—Quizás se haya deshidratado —postuló el médico—. Eso puede suceder cuando uno tiene náuseas. ¿Muestra signos de deshidratación?

—¿Cómo podría saberlo? Usted es el médico.

—¿Quiere que la revise?

—Sí, eso creo.

—Llevémosla de regreso a su cabina.

Salieron de la fiesta y se dirigieron a la habitación de los Bennett, donde Christopher acostó suavemente a su esposa en la cama. Le dio al doctor una mirada dura. «Bajo ninguna circunstancia saldré de la habitación».

El Dr. James ni siquiera preguntó.

—¿Me puede aflojar un poco su vestido?

Christopher abrió el vestido, demostrando que, ciertamente, no había corsé debajo. Solo las cortas suspensiones que sostenían su figura naturalmente esbelta sin aplastarla.

El médico comprobó el pulso y la respiración de Katerina.

—No detecto ninguna amenaza inmediata —dijo, sacando algunas sales aromáticas de su bolso. Agitándolas bajo su nariz, la despertó con el potente aroma.

—Uf —gimió ella, haciendo un gesto con la mano para alejar la mezcla picante—. ¿Qué está sucediendo?

—Te desmayaste, amor —le informó Christopher.

—¿Lo hice?

—Sí.

—Ahora recuerdo. Me mareé. Fue tan desagradable. Oh, doctor James, ¿por qué está aquí? —Miró de un hombre a otro, parpadeando.

—Estaba preocupado por ti —respondió Christopher—. Se ofreció a ayudarnos a entender por qué te desmayaste, en caso de que el mareo te haya deshidratado.

El médico levantó el rostro de Katerina y la miró a los ojos. Le bajó el labio inferior.

—Ella no tiene la apariencia. No, no sospecho deshidratación. Acaba de llegar de cenar. Los vi comer, así que no fue el hambre lo que te desmayó. ¿Ha estado mareada?

—Sí —admitió ella, su voz era un leve gemido.

—¿Vomita con frecuencia?

—Sí. ¿Es esa la razón?

—Lo dudo. El vómito puede ser un mecanismo de desnutrición o falta de líquidos, lo que puede causar desmayos, pero es poco probable que lo haga en sí mismo. Mmm. ¿Puedo hacerle una pregunta muy personal?

—Sí, supongo que sí —respondió Katerina.

—¿Cuánto tiempo ha pasado desde su última menstruación?

Ella se sonrojó furiosamente y luego comenzó a pensar... y pensar... y pensar. Sus labios se abrieron con sorpresa.

—Año Nuevo.

El doctor arqueó las cejas.

—¿Qué? —preguntó Christopher, sin seguir la conversación.

El Dr. James lo ignoró.

—¿Cuándo se caso?

—Mediados de enero.

—Bueno, eso responde a la pregunta, ¿no?

—¡Oh, no puede ser! —gritó Katerina—. No estoy listoa.

—¿Qué está sucediendo? —preguntó Christopher, con más insistencia. Las preguntas rápidas e inexpresivas del médico y las respuestas cada vez más aterradoras de su esposa lo ponían nervioso.

—Su esposa está embarazada, Sr. Bennett —dijo el médico con suavidad.

Christopher miró a Katerina, sorprendido.

—¿Es eso cierto?

—Debe ser —respondió ella, y las esquinas de sus ojos se tensaron—. Oh, Dios, ¿casi tres meses?

—Sí —respondió el doctor.

—Pero... ¿cómo? —preguntó Christopher.

—Sr. Bennett —dijo secamente el médico—, ¿supongo que comprende cómo funciona el proceso?

—Por supuesto. —Las mejillas de Christopher se calentaron.

—Bueno, entonces ya sabe lo que pasó —respondió el Dr. James, hablándole como a un tonto—. Se casó con esta dama, la llevó a la cama y ahora está embarazada.

Así es como funciona esto. Ese es el propósito del matrimonio.

—Oh, Dios.

Pareciendo sentir su angustia, el médico abandonó su tono de sermón e intentó tranquilizarlos.

—No es motivo de preocupación. Se supone que las mujeres casadas quedan embarazadas.

—Lo sé —respondió Christopher—, pero parece demasiado pronto.

—Siempre que la concepción se lleve a cabo *después* de la boda, no existe tal cosa como demasiado pronto —señaló el Dr. James.

—Así que quizás el mareo de mi esposa…

—Se vio agravado por las náuseas del embarazo temprano.

—Pero no me he sentido mal en otras ocasiones. Solo en el barco camino a Italia, y ahora, de regreso a casa —intervino Katerina, todavía pareciendo no creerlo.

—Bueno, si solo te sientes enferma cuando estás en el mar, tu embarazo temprano va mejor que algunos. Por supuesto, hasta donde está, es probable que casi haya terminado con la parte desagradable de todos modos —le informó el Dr. James—. Alrededor del cuarto mes, la mayoría de las mujeres comienzan a sentirse mejor. Ahora que estoy convencido de que está sana, los dejo en privado. Asegúrese de seguir comiendo y bebiendo normalmente. Y felicitaciones.

—Gracias, Dr. James —dijo Christopher con dureza cuando el médico salió de la cabina.

Katerina miró a su marido con asombro y horror. Él miró hacia atrás, su expresión reflejando la de ella. Se inclinaron hacia adelante y se abrazaron en un feroz silencio. No había nada que decir, así que se mantuvieron firmes mientras el mundo entero cambiaba y cambiaba a su alrededor.

CAPÍTULO 19

El viaje avanzó más lentamente esta vez, con vientos menos cooperativos, y el barco no zarpó hacia Southampton hasta finales de la primera semana de abril.

Después de tantos días de viaje, entrar a la casa se sintió como un sueño hecho realidad.

«Hogar», pensó Katerina, admirando cómo de repente se veía y se sentía perfecto. En su ausencia, los muebles que habían pedido habían llegado y sus empleados los habían colocado. La sala de música ahora contenía dos cómodos sillones y una mesa. Cuadros colgaban de las paredes y cortinas escarlatas en las ventanas calentaban el espacio. Katerina sonrió y se hundió en el banco del piano, calentando sus dedos oxidados en un instrumento que le pertenecía a ella sola.

«Bienvenida a casa», parecía decir la curva sonriente del instrumento. «Estoy aquí para ti».

Cerró los ojos y tocó la Sonata Claro de Luna sin pensarlo dos veces. Las notas parecían expresar sus sentimientos confusos, que iban desde la tristeza hasta la desesperación.

Christopher se acercó con cuidado, asegurándose de permanecer en su línea de visión, y la abrazó, instándola a que se alejara del piano y subiera las escaleras.

—Descansemos, amor, en nuestra propia casa. En nuestra propia cama.

Ella asintió con la cabeza, lo que le permitió llevarla escaleras arriba. Entre su dormitorio y la habitación de invitados amueblada al final del pasillo, una tercera permanecía vacía.

Katerina miró las paredes en blanco y los pisos desnudos durante un largo y silencioso momento.

Christopher deslizó su brazo alrededor de su cintura. No dijo que sería una guardería ideal. No tenía que hacerlo. Era obvio. Él podía sentir su malestar y no le sorprendió. «Esta es una carga pesada para una mujer que todavía está tan insegura de sí misma».

Por la mañana, Christopher se fue al trabajo, tarde como de costumbre.

Katerina, después de un largo baño y un abundante desayuno, garabateó una breve nota para su suegra, haciéndole saber que estaban en casa y la envió por mensajero. Julia llegó para una visita dos horas después.

—Oh, qué hermosa es esta casa —exclamó, reclamando un lugar en el sofá mientras Katerina llamaba para el té.

—Gracias —respondió Katerina, su tono sereno.

—¿Y cómo estuvo Italia? —Como de costumbre, Julia bullía de entusiasmo. Parecía no darse cuenta de la falta de entusiasmo de Katerina.

En lugar de estropear la visita con su estado de ánimo sombrío, Katerina pegó una sonrisa falsa y dijo efusivamente:

—Maravilloso. Conocimos a mi abuelo. Ha estado

viudo durante varios años, pero recientemente se volvió a casar con una encantadora cantante de Francia.

—Me alegra oír eso. No es bueno estar solo. —Julia sonrió.

—No. Supongo que no. ¿Madre?

Su tono no debe haber sido tan neutral como pretendía porque Julia de repente se centró en ella.

—¿Sí, amor?

—Quería pedirte un favor. —Katerina tragó saliva..

Su suegra se inclinó hacia adelante con un asentimiento alentador.

—¿Qué necesitas?

—Bueno —dijo Katerina lentamente—. Recuerdo que estabas hablando de hacer una fiesta para nosotros, por nuestra boda…

—Sí. Quería hacer eso.

Se mordió el labio y pensó un momento más.

—Mi cumpleaños se acerca a fines de abril y me preguntaba si tú…

Julia pareció comprender su desgana y no la obligó a completar la pregunta.

—Sí. Por supuesto. Solo dime cómo quieres que sea: qué tan grande, a quién deberíamos invitar. No quiero abrumarte.

—Gracias —dijo Katerina, relajándose—. Te lo agradezco.

—Pareces… mejor —comentó Julia.

—¡Oh! Lo estoy. Mucho mejor. —Ella sonrió.

—Y también preocupada.

«Maldita sea, se dio cuenta».

—Bueno, sí, eso también.

—¿Te importaría hablar de eso? —preguntó Julia con ojos amables.

—Si quieres —respondió Katerina. «Pero, ¿cómo podré expresarme esta vez?»

—Por supuesto que escucharé todo lo que quieras compartir, querida. Primero, dime qué es bueno.

Esa parte, al menos, fue fácil.

—Amo a Christopher. Él también me ama. Lo descubrimos en Italia.

—¡Excelente! —exclamó Julia, su amplia sonrisa mostrando los dientes frontales ligeramente abiertos—. ¿Y la parte preocupante?

Un dolor agudo llamó la atención de Katerina sobre el hecho de que se había mordido la uña hasta la médula.

—Estoy… esperando.

—¿Esperando? —Julia la miró con curiosidad.

—Sí. Esperando un bebé.

—Oh, querida. Eso sucedió rápido, ¿no?

«Ella lo entiende. Gracias a Dios.

—Sí. No estoy lista. No sé cómo voy a manejar esto.

Julia le dio unas palmaditas en la mano.

—Bueno, afortunadamente, los bebés nacen con necesidades simples. Les da a las madres la oportunidad de crecer para cuidarlos. ¿Cuándo nacerá el bebé?

—A finales de septiembre o principios de octubre, según un médico que conocimos en el barco.

Julia lo consideró por un momento.

—Entonces, ¿esto debe haber sucedido de inmediato?

—Eso parece. —Sus mejillas ardieron. La evidencia de que su sexualidad hambrienta se presentaba sin rodeos de esta manera la avergonzaba.

Julia le dedicó una sonrisa indulgente, pero afortunadamente permaneció concentrada en el tema en cuestión.

—Permíteme asegurarte que todas las madres primerizas están nerviosas al principio. Es abrumador. Difícilmente eres la primera en estar preocupada por eso.

—Pero esto es diferente —dijo Katerina, su voz casi un quejido.

—¿Cómo es eso? —preguntó Julia.

—Sabes de lo que vengo. ¿Qué pasa si lo transmito? ¿Qué pasa si lastimo a mi bebé? —Le picaban los ojos.

—No lo harás. —Julia meneó la cabeza lentamente de un lado a otro.

—¿Cómo puedes estar segura?

—¿Quieres hacerlo?

—Por supuesto que no. —Katerina frunció el ceño.

Julia volvió a palmearla.

—Entonces no lo harás. No te preocupes, Katerina. Todos te ayudarán. No tendrás que lidiar con esto sola.

—No quiero lidiar con eso en absoluto. No quiero estar embarazada. No quiero un bebé. —No había querido decirlo en voz alta. Miró a Julia, esperando ver enojo o desaprobación en la expresión de su suegra.

No vio ninguna de esas cosas.

—Eso es bastante normal, querida —dijo Julia en voz baja con un tono de voz neutral—. No te enojes contigo misma por sentirte así. Yo no fui diferente la primera vez y, como tú, concebí rápidamente después de la boda. A menudo pasa. Incluso si nunca te sientes completamente cómoda con la maternidad, es posible hacer lo mejor que puedas por el hijo que tienes y luego no tener más.

—¿Eso es lo que hiciste? —espetó sin pensar, y luego se encogió. «Qué cosa tan terrible de preguntar».

Julia no se ofendió. Su rostro y su tono se mantuvieron amables.

—No. Algunos de mis amigas lo hicieron. Después de un tiempo, hacia la mitad del embarazo, mis sentimientos cambiaron. Me alegré, pero ninguna de las dos cosas está mal. Sientes lo que sientes. Son las acciones las que cuentan.

—Es bueno saberlo. —Katerina se estabilizó con una respiración profunda.

—¿Cómo está Christopher? —preguntó Julia, cambiando de tema.

—Emocionado y feliz. No he podido decirle lo perturbador que es esto.

—Quizás sea mejor si no lo hace —sugirió su suegra—. Él no sabrá qué hacer al respecto, y es posible que tus sentimientos cambien en el futuro, una vez que te adaptes un poco.

—Eso espero —admitió Katerina—. En este momento, estoy aterrorizada.

—No es algo malo, querida. Significa que estás pensando en tus responsabilidades. Un niño podría tener algo mucho peor que una madre considerada.

—Como consuelo, me temo que se queda un poco corto.

—Estoy segura. —Julia la abrazó. Los brazos cálidos y maternales la tranquilizaron más que cualquier palabra—. Intenta no entrar en pánico, Katerina. No estás sola. Tienes muchas personas que te quieren y quieren que seas una madre exitosa.

—Gracias. —Se atragantó, deshecha por la avalancha de apoyo. «Amo a mi esposo, pero su familia hace que todo sea perfecto».

—¿Sabes lo que necesitas, querida? —preguntó Julia, retrocediendo para mirarla a la cara.

—¿Qué?

—Necesitas hablar con la Sra. Turner sobre esto. Se formó como partera antes de su primer matrimonio y dio a luz a todos mis hijos. También es alguien que sabe lo que es sufrir por relaciones difíciles. ¿Hablarías con ella?

«Oh bien, más ayuda».

—Sí, me gustaría eso. Creo que sería muy tranquilizador.

—Bueno, entonces planeémoslo. Tiene hijos pequeños, por lo que lo más probable es que tengas que ir con ella.

—Eso no es un problema —le aseguró Katerina.

—Bien. Hagamos un plan para visitarla esta semana.

—Sí, hagámoslo.

~

Unos días después, Katerina se encontraba sentada en un cómodo salón en un sofá color chocolate con una taza de té y una galleta de azúcar, una niña pequeña jugando cerca de sus pies. Le asombró que, a pesar de que las dos mujeres tenían la misma edad, los hijos de Julia eran adultos. Christopher de veinticuatro años, su hermano menor Devin todavía estaba en la universidad, pero estaba cerca de completar su curso de estudios legales. Elizabeth Turner también era madre de un hijo adulto; sin embargo, su segundo matrimonio había comenzado cuando tenía más de treinta años y, además de Colin, tenía tres hijos mucho más pequeños.

Era una matrona tan relajada y cómoda que Katerina instantáneamente se sintió mejor en su compañía. Siempre lo había hecho, desde que la esposa del coronel y la suegra de Katerina habían tomado a la tímida música bajo sus alas colectivas más de un año antes.

—Ahora que estás cómoda con té y dulces, Julia dijo que querías hablar conmigo. ¿Qué pasa, querida? —preguntó la Sra. Turner.

Katerina tragó un bocado de galleta, que de repente se sintió seca en la garganta.

—Bueno, estoy… *enceinte*. No esperaba esto tan pronto y estoy terriblemente nerviosa por eso.

—Esa es una reacción perfectamente normal —respondió la Sra. Turner.

—¿Conoces mi… historia? —preguntó Katerina, por una vez feliz de que el secreto no fuera tan secreto. No tenía ganas de explicarse.

—Lo hago. ¿Es esa parte de la razón por la que te sientes nerviosa? —preguntó la partera.

—Sí. Odiaría perpetuar el legado de violencia.

La Sra. Turner la miró a los ojos y asintió.

—Es una preocupación legítima. Una clave para una crianza exitosa es conocerse a sí mismo. Has recibido abuso y tienes esas semillas dentro de ti. Honestamente, querida, todo el mundo las tiene. Cualquiera puede gritarle a un niño con frustración. Es por eso que debes ser honesta contigo misma acerca de cómo obtener ayuda cuando la necesites. No te permitas agravarte excesivamente.

—Mi padre no necesitaba frustración para volverse violento —dijo Katerina sombríamente.

—Lo siento cariño. Algunas personas son simplemente malvadas —respondió la Sra. Turner.

—¿Cómo sé que yo no lo soy? Soy su hija. —Katerina tragó salive. «No creo que sea malvada... pero mi padre tampoco cree que él lo sea. ¿Cómo se siente el mal?»

—¿Has hecho daño a otros? —preguntó la Sra. Turner, cortando los pensamientos en espiral de Katerina.

Ella sacudió su cabeza.

—No. No tuve oportunidad, pero no dudé en aprovechar la oferta de Christopher, aunque sabía que no sería bueno para él.

—Katerina, detente —dijo Julia con suavidad—. Necesitabas ayuda desesperadamente, y no estoy de acuerdo con la idea de que has sido mala con él. ¿No lo amas?

—Sí —respondió Katerina con firmeza. «Pero eso no significa que sea buena para él».

—Y él te ama. Él no es estúpido. No te amaría si fueras un monstruo violento y malvado.

Dicho de esa manera, el punto de Julia tenía perfecto sentido. Katerina sonrió un poco.

—Quizás no.

La Sra. Turner se hizo cargo de la conversación de nuevo.

—Ten la seguridad de que, a pesar de tus difíciles circunstancias, eres capaz de ser una buena madre si decides que quieres serlo. ¿Cuánto tiempo tienes?

—El médico del barco calculó unos tres meses. Creo que más cerca de las cuatro ahora.

—¿Cómo te estás sintiendo? —preguntó, volviéndose profesional.

—¿Perdón? —respondió Katerina, no muy segura de lo que estaba preguntando.

—¿Náuseas? ¿Fatiga? ¿Dolor?

«Oh, eso».

—Las náuseas finalmente han pasado, gracias a Dios. Fatiga, definitivamente. Es difícil levantarse por la mañana. Solo estoy adolorida en… dos lugares.

—Sé lo que quieres decir —dijo la Sra. Turner, mirando las mejillas rosadas de Katerina—. Eso es normal. No dejes que te preocupe. Ah, y aquí hay otra cosa que no debería preocuparte. Puedes estar… cerca de tu esposo tantas veces como desees. No hay nada de malo en ello.

—Bueno saber. —Katerina se llevó las manos a la cara ardiente.

La partera se rió entre dientes.

—Desafortunadamente, no se permite la modestia para las mujeres embarazadas, Katerina. Te las arreglarás. ¿Entiendes el proceso del nacimiento?

—Mmm, no. Ni siquiera entendía el proceso de concepción hasta que Christopher me lo explicó en nuestra noche de bodas.

La Sra. Turner hizo un sonido que se parecía a una risa ahogada.

«Debe haber estado imaginando cómo fue esa conversación. Creo que tendré que esconderme debajo del sofá».

Incluso si la ignorancia de Katerina divirtió a la partera, todo lo que dijo fue:

—Ah. Bueno, hay algunas cosas que debes saber sobre lo que viene. Deberíamos discutir eso ahora, para que tengas tiempo de prepararte. Ah, y estaré feliz de poder ayudar a dar a luz a tu bebé si lo deseas. Los médicos son cada vez más populares y, si lo prefieres, puedo recomendarte uno bueno, pero la mayoría de las veces no son necesarios.

—Oh, no. Preferiría tenerte. Es mejor. Lo último que quiero es que un hombre extraño me mire en un momento tan íntimo. La maternidad es asunto de mujeres.

—Sí. Así es como me sentí yo también. —Julia estuvo de acuerdo.

—Bueno, entonces estamos todas de acuerdo —dijo la Sra. Turner, sonriendo—. Y estaré feliz de responder cualquier pregunta que tengas mientras tanto. Ven a verme o envía una nota en cualquier momento.

—Haré eso. Gracias.

La visita resultó ser un punto de inflexión para Katerina. Aunque la idea de la maternidad todavía la aterrorizaba, estaba dispuesta a confiar en que sus amigas la ayudarían a superarla. En la privacidad de su mente, admitió para sí misma que preferiría no estar haciendo esto, pero ya era demasiado tarde. Ahora solo tenía que hacer lo mejor que pudiera por su pequeño.

A finales de abril, la parte inferior de su vientre tenía una curva visible. Mientras observaba cómo su cuerpo cambiaba, la realidad de la pequeña persona dentro de ella amanecía con más claridad cada día. También comenzó a experimentar sensaciones extrañas en sus entrañas. Curiosa de lo que podría significar, invitó a la señora Turner a tomar el té.

—Bueno, mírate, querida —dijo la partera—. Estás empezando a mostrarte bien.

—Se supone que tengo una fiesta de cumpleaños el mes que viene. —Se preocupó Katerina—. Espero no ser demasiado grande. No quiero ser grosera y mostrar mi barriga.

—Creo que, con el vestido adecuado, podrías salirte con la tuya —respondió la Sra. Turner—. No estoy segura de por qué el embarazo se considera de mala educación. Una mujer encinta es algo hermoso.

—Es lo que Christopher sigue diciéndome. Tendré que hablar con Madame Olivier al respecto. Ella es una genio. Podrá crear algo adecuado, estoy segura.

—Sin duda —estuvo de acuerdo la Sra. Turner—. Ahora bien, puedo ver que tienes algo en mente. ¿Qué te preocupa?

—Tengo una sensación extraña en mi barriga —dijo Katerina—. Espero que no signifique que algo esté mal.

—¿Cómo se siente? —preguntó la partera.

—Es difícil de describir. Hace cosquillas.

—¿Se siente como si fueran burbujas?

—Se sintió así por un tiempo. Ahora es más como un golpe suave, como si alguien estuviera tocando con un dedo. Oh, ahí va de nuevo.

—¿Dónde? —Puso su mano sobre el vientre de Katerina. Katerina la guió hasta el lugar donde se repetía un pequeño impacto rítmico.

—Oh, qué lindo. —La partera se rió.

—¿Qué es? —preguntó Katerina.

—¡Tu bebé tiene hipo! —exclamó.

—¿Qué? ¿Ese es el bebé? —Katerina jadeó.

—Sí, cariño. Estás en tu cuarto mes. No es de extrañar que puedas sentirlo.

—Dios. —Katerina puso su mano en el lugar.

Todavía estaba asombrada cuando la Sra. Turner se fue. Sola en su salón, experimentó una creciente conciencia de una sensación que no había esperado esta vez hace un mes. Era un sentimiento de… emoción. «El pequeño bulto en mi vientre es mi hijo, mío y de Christopher. Pronto, solo dentro de unos meses, daré a luz a esta personita y será nuestra, nuestro hijo o nuestra hija. Experimentaré la alegría de ver a Christopher ser padre. Será maravilloso en eso».

Como si sus pensamientos lo hubieran convocado, llegó Christopher, con el cabello oscuro alborotado por la brisa primaveral.

—Hola, amor —dijo él, besando su frente.

Ella envolvió sus brazos alrededor de él y lo atrajo hacia ella para darle un beso mucho más largo, aplastando sus labios con los de él y apretándolo con fuerza.

—Bueno, bueno —dijo él—, parece que te sientes bien.

—Sí, maravilloso. Dame la mano. —Ella presionó sus dedos contra su vientre.

—¿Qué, Kat?

—Calla. Solo espera.

Él esperó. Momentos después, una pequeña sensación de retorcimiento revoloteó bajo sus dedos. Sus ojos se agrandaron.

—¿Qué fue eso?

—Nuestro bebé.

—Oh, Dios.

—Lo sé. ¿No es asombroso?

Su sonrisa se hizo enorme y hermosa.

—Sí. No lo puedo creer. Oh, amor, deberías verte a ti misma. Tan feliz. ¿Estás feliz, Katerina?

—Sí. Creo que finalmente lo soy. Aquí hay un bebé. —Ella presionó su mano sobre la de él—. Un bebé que es parte de ti y parte de mí.

—Sí. Me encanta eso. —Bajó los labios a su frente.

—¿Alguna vez ha habido tanto amor?

—No que yo sepa —respondió él—. Bueno, probablemente todas las parejas se sientan así, pero es especial porque somos nosotros.

—Sí.

Él tomó su mejilla con los dedos de su mano libre y bajó su boca hacia la de ella, besándola de nuevo.

—Te amo tanto, Kat.

—Y yo te amo a ti, Christopher.

—¿Y ya no estás tan preocupada? —preguntó.

—¿Sabías sobre eso? No pensé que te habías dado cuenta. —Ella apartó la mirada.

Él tomó su barbilla y la atrajo hacia su mirada.

—¿Crees que hay algo sobre ti que no me doy cuenta?

—¿No estabas molesto? —Ella se mordió el labio.

—No. Lo entendí. Me alegro de que lo aceptes ahora. Ella sonrió.

—Sabes, creo que lo hago.

CAPÍTULO 20

La noche de la fiesta del vigésimo cumpleaños de Katerina comenzó cuando ella se sentó frente al espejo con Katie detrás de ella cepillándole el cabello. El vestido amarillo con ramitas verdes que había pedido para el evento le quedaba como un guante, desde la caja torácica hacia arriba y se alejaba flotando de la hinchazón de su vientre debajo, ocultando el hecho de que había pasado la mitad de su embarazo.

—Su vestido se ve precioso, señora —comentó Katie.

—Gracias, estoy bastante de acuerdo —respondió Katerina—. Madame Olivier es realmente una genio. Aún así, después de esta fiesta, no tendré más remedio que entrar en el encierro y no asistir a ningún otro evento público hasta que me recupere del nacimiento. Suena bastante aburrido, en general, aunque mi madre prometió hacerme compañía.

Katie pasó un cepillo por su cabello y comenzó a retorcerlo en un chongo pesado en la parte de atrás de su cabeza.

—También le haré compañía, señora, y tal vez pueda ayudar con el pequeño. Tengo muchos hermanos y hermanas. —Comenzó a meter alfileres en el grueso peinado.

—Gracias —dijo Katerina en voz baja.

—Ahí tiene, señora. Todo listo. Que tenga una agradable velada.

Katerina sonrió y se puso de pie, lista para salir a la casa de sus suegros.

—¿Estás listo, amor? —llamó a Christopher, que se estaba afeitando—. Prefiero no llegar tarde a mi propia fiesta.

—Casi —respondió.

Katerina suspiró resignada.

Dos horas más tarde, después de la cena, Christopher y Katerina, junto con los Bennett mayores, Colin y su madre y padrastro, James Cary y su nueva esposa Eliza, procedieron a los juegos, comenzando con una entusiasta ronda de charadas.

Los Cary ganaron hábilmente, lo que les valió el derecho a elegir el próximo juego.

—Juguemos al escondite —propuso Eliza—. La cumpleañera debería buscar.

—Muy bien —asintió Katerina, fingiendo decepción.

—Creo que me quedaré fuera de este —dijo Julia, prefiriendo una taza de té. Su esposo se unió a ella, al igual que los Turner.

Katerina se tapó los ojos y empezó a contar hasta cien. Telas se agitaban mientras sus invitados se apresuraban a salir de la habitación. «Me estoy… divirtiendo», se dio cuenta mientras se abría camino a través del sesenta. «Habría parecido imposible hace seis meses».

Les dirigió a los ancianos una rápida sonrisa antes de salir del salón para buscar a sus invitados. «Quizás pueda encontrar a mi esposo primero, en algún rincón oscuro donde pueda dejar que robe un beso antes de seguir buscando a nuestros amigos». Se sintió maravilloso poder relajarse y ser ridícula.

Con ese pensamiento en mente, entró al pasillo principal, donde una amplia escalera de madera oscura con un corredor escarlata conducía al segundo piso. «Empezaré aquí».

—Katerina —habló una voz dominante con un acento italiano melodioso.

Se quedó paralizada como una pequeña presa, entre un paso y el siguiente. «No, no me acobardaré. No soy un conejo. Soy mujer y esposa, rodeada de amigos. Nadie puede lastimarme ahora». Con lenta deliberación, enderezó la columna y se volteó.

—Padre —respondió ella con frialdad en italiano—, ¿qué estás haciendo aquí?

—Obviamente, hubo algún error —dijo arrastrando las palabras, haciendo un gesto con las manos—. Escuché que ibas a dar una fiesta, pero mi invitación no llegó.

Ella arqueó una ceja.

—No hubo ningún error. No fuiste invitado. No te quiero aquí.

—Soy tu padre, Katerina. Eso nunca cambiará —dijo sombríamente.

—Más es una lástima —respondió ella, el sarcasmo goteaba de su tono—, pero no importa. No necesito un padre.

Giovanni entrecerró los ojos con una mirada de desaprobación.

El estómago de Katerina se apretó y su corazón comenzó a latir con fuerza, pero se negó a retroceder. Ella encontró su mirada severa con la suya propia.

Él apretó más fuerte, tratando de ganar la partida.

—No puedo creer que te escapaste con ese… tejedor de algodón. ¿No tienes orgullo, niña?

Ella resopló con una risa burlona.

—No puedo creer que te sorprendería que lo tuviera. Sinceramente, padre, me habría escapado con un gitano si hubiera aparecido en el momento oportuno. Qué suerte tuve de encontrar a Christopher. Es muy bueno conmigo, aunque dudo que estés preocupado por *eso*. — Su mano revoloteó alrededor de su vientre en un gesto revelador aunque inconsciente.

Él notó.

—¿Estás *incinta*? ¿Ya? ¡Qué zorra! Eres como tu madre.

Ella sacudió su cabeza.

—No padre. No una zorra, una esposa. Es mi deber proporcionarle hijos a mi esposo. —Entonces ella sacudió la cabeza—. ¿Sabes algo? No deseo hablar más contigo. Esta no es tu casa y no fuiste invitado. Sal. — Ella lo despidió con un extravagante gesto con la mano.

—*Puttana* —gritó.

—*Bastardo* —respondió Katerina.

No había nada peor que pudiera haberle dicho a su padre. Sensible al hecho de que descendía de un linaje ilegítimo, por real que pudiera ser, cualquier duda sobre su legitimidad lo volvía loco. Si ella lo hubiera abofeteado, habría sido igualmente efectivo.

Girándose, ella subió las escaleras lejos de él, segura de que finalmente estaba a salvo.

Estaba equivocada.

Con un grito de rabia, Giovanni saltó a la habitación y subió las escaleras.

Debido al hábito de protegerse a sí misma, Katerina tardó demasiado en reaccionar ante el movimiento repentino, dándole tiempo para agarrar el grueso mechón de cabello de la parte posterior de su cabeza y tirar con fuerza.

Gritó mientras caía, bajó tres escalones y aterrizó en el suelo de madera de la entrada. Su cabeza cayó con fuerza. Un crujido reverberó dentro de su cr´sneo y las estrellas florecieron en su campo de visión. Inconsciencia amenazada.

«Espera. No sucumbas. ¡Si te desmayas, estás muerta!» Rodando dolorosamente sobre su costado, se acurrucó en una bola, protegiendo a su bebé.

Una bota pesada se conectó con su columna. Ella gimió.

La pateó de nuevo. Las gruesas cicatrices la protegían un poco de los golpes, pero estaba muy magullada. Más patadas llovieron, chocando con su espalda, sus brazos. Obstinadamente se aferró a su postura protectora… y a la conciencia.

Una mano le agarró el cabello de nuevo, tirando de su cabeza hacia atrás, y un puño grande conectó sólidamente con su nariz. La sangre salpicó y de nuevo la oscuridad amenazó. La dejó caer y su cráneo herido chocó contra el suelo.

Esta vez, no había escapatoria. Su última visión cuando la conciencia se desvaneció fue una bota que descendía inexorablemente hacia su vientre desprotegido…

~

Christopher dio un paso hacia la sombra cerca de las escaleras. «Me gustaría que me encontrara rápidamente». Era una tontería, pero el potencial para divertirse más llevando a su esposa a la esquina con él resultó irresistible. «No es que necesite más, por supuesto. Nos besamos un gran tiempo antes de salir de casa. Con Katerina, no existe demasiado».

Escuchó su voz suave flotando desde la sala.

—Noventa y ocho, noventa y nueve, cien.

«Bien, vendrá pronto». Se preparó para tirar de ella hacia el ángulo sombrío de la escalera. «Es un riesgo agarrarla sin previo aviso», pensó, «pero creo que está lo suficientemente bien para intentarlo. ¿Dónde está? Debería estar ya aquí».

Una voz masculina baja se filtró hasta él, pero no

pudo distinguir las palabras. «No suena a mi padre... ¿quizás coronel Turner?»

Katerina respondió, sus palabras duras y frías.

«Nunca hablaría con el coronel en un tono tan sarcástico. Sigo sin entender lo que está diciendo... espera...» El familiar ritmo ondulante de la rosa italiana.

«¡Oh, Dios, no!»

Solo una persona en todo Londres podía hablar italiano con su esposa y recibir una respuesta tan dura.

Christopher corrió a lo alto de las escaleras, horrorizado por un rugido de furia masculina, un chillido femenino y luego un ruido sordo. Mirando hacia abajo, pudo ver a su esposa caer al suelo, su cuerpo fuertemente encorvado mientras su padre la pateaba una y otra vez con sus pesadas botas.

—¡Ayuda! —gritó él, pero no tenía idea de si alguien más podía oírlo. A pesar de descender las escaleras a una velocidad imprudente, no pudo alcanzarlos antes de que su suegro echara hacia atrás la cabeza de Katerina para darle un golpe masivo a su rostro desprotegido. Cuando ella perdió el conocimiento, él la estiró, preparándose para pisotear su abdomen, a su bebé.

—¡No! —rugió Christopher, empujando al hombre mayor en el pecho y tirándolo hacia atrás al suelo.

—Christopher, ¿qué pasa? —Julia asomó la cara por la sala.

—¡Madre, busca ayuda, rápido! — gritó.

—Oh, Dios. —Julia huyó.

Atraídos por el ruido, los invitados entraron en la habitación.

Giovanni se puso de pie, su rostro áspero era una máscara de pura rabia. Se acercó a Katerina de nuevo, pero esta vez Christopher estaba listo para él. Pasando por encima del cuerpo tendido de su esposa, se colocó entre ella y su padre. La ira fría lo llenó hasta que su sangre se sintió como hielo en sus venas.

Por el rabillo del ojo, vio a la señora Turner, custodiada por su marido, abriéndose paso a través de la habitación.

—¡Aléjate de mi esposa! —gritó Christopher mientras daba un paso adelante, acortando la distancia entre él y Giovanni para poder alejar al otro hombre de Katerina.

—Ella es mía —rugió el hombre de cabello oscuro.

—No lo es —gruñó Christopher entre dientes.

—Me la robaste —acusó Giovanni, señalando con el dedo el pecho de Christopher.

—La salvé de ti —corrigió Christopher, apartando la mano y acercándose aún más a su adversario. Podía escuchar su sangre palpitando en su cabeza.

—¿Por qué? —Giovanni se burló.

—¡Porque la amo, miserable bastardo! ¡Podrías haberla matado! —Se atrevió a mirar hacia atrás hacia su esposa y su estómago se apretó. «No pierdas el control, Christopher. No puedes ayudarla si no piensas con claridad. Abraza el frío».

—¡No soy un bastardo! —chilló Giovanni. Y ella es mía. Mi niña. Mi propiedad. Mía para disciplinar.

—Ya no. Ahora ella es mía para defender. Heriste a mi esposa. Dios mío, podrías haber lastimado a nuestro bebé. —Christopher se acercó de nuevo a su adversario. No dijo una palabra más. En lugar de eso, clavó un furioso puño en la mandíbula de Giovanni, seguido rápidamente por otro golpe, esta vez en el estómago.

Giovanni se dobló.

—El hermano de tu esposa luchó contigo cuando tenía dieciséis años y ganó. Era un niño, fuerte, pero seguro, que no tenía entrenamiento ni experiencia. Veamos cómo te va contra alguien que sabe lo que está haciendo.

La fría rabia de Christopher se convirtió en calor, un fuego que buscaba consumir a su enemigo hasta que su sangre se escurrió por el suelo. Sin decir una palabra más, puso en práctica cada una de sus habilidades e infligió a su suegro la paliza de su vida.

Siguió golpeando al anciano mucho tiempo después de que cayera al suelo rindiéndose, sometiéndose aterrorizado a una lluvia de golpes de los que no pudo escapar.

Sin duda, habría matado a golpes a Giovanni si James y Colin no lo hubieran hecho retroceder finalmente.

—Ya es suficiente, Chris —dijo Colin en voz baja—, lo matarás.

—Se lo merece —gruñó Christopher, retorciendo sus brazos contra el agarre de sus amigos.

—Lo sé, pero tienes que parar —instó James.

—¡La lastimó!

—Lo hizo —coincidió Colin—. Es terrible. Nunca debería haber sucedido, pero no lo mates. No te conviertas en un asesino. Ven, necesitas ver a tu esposa.

—¿Qué pasa con este pedazo de mierda? —Christopher golpeó a su suegro con el pie.

—Yo me ocuparé de él —se ofreció James—. Vamos, Chris. Katerina te necesita.

—Escucha ahora, Valentino. —De pie amenazadoramente sobre el cuerpo tembloroso de su suegro, Christopher habló con una voz lo suficientemente fría como para congelar una caldera de vapor—. Si vuelvo a ver tu lamentable trasero, aunque sea por accidente, morirás.

Dejó que su amigo se lo llevara.

James miró al hombre golpeado y negó con la cabeza.

—Bueno, señor Valentine —dijo sarcásticamente, pronunciando mal intencionadamente su nombre—, sin duda está en un mundo de problemas ahora. Nunca lo había visto tan enojado. Será mejor que te largues de Inglaterra mientras puedas y reces a Dios que

Katerina y el bebé estén bien, o estoy seguro de que te perseguirá hasta los confines de la tierra y te destripará vivo.

Se dio cuenta de que tenía sangre en los pantalones. «Repugnante».

—Sabes… hay un barco que sale hacia América por la mañana. Tal vez deberías planear estar en él. Porque estoy seguro de una cosa: no estaba exagerando. Te *matará* si tiene la oportunidad, y Londres no está tan grande que la gente no pueda encontrarse por accidente.

Levantó al hombre golpeado. La sangre brotó de la nariz y la boca de Giovanni, y escupió un diente al suelo. Miró a James en silencio.

—Me ofrecería orar por tu alma —dijo el joven vicario—, pero no podría hacerlo. También vi lo que le hiciste a ella. Vete ahora.

James abrió la puerta de un tirón y empujó a Giovanni con fuerza, enviándolo a tropezar por las escaleras para aterrizar en un montón arrugado en la acera de abajo.

Cerró la puerta de un portazo y se apresuró a entrar en el salón, donde le esperaba un cuadro lastimero. Katerina yacía inconsciente en el sofá. Christopher se arrodilló a su lado y se llevó su mano a la mejilla. El coronel Turner tocó con cautela la cabeza de Katerina con la yema de un dedo.

—Odié moverla, sin saber cuán gravemente está herida.

—Lo sé, pero no era seguro allí, no con esa pelea —respondió su esposa, aunque parecía tan alarmada como su esposo. Puso una mano sobre el vientre de Katerina, su atención se apartó de la conversación.

—¿Alguien ha llamado a un médico? —preguntó James.

—Sí. Tu esposa acaba de enviar al ama de llaves a buscarlo —dijo el Sr. Bennett.

—Bien —dijo el coronel Turner—. Estoy preocupado por su lesión en la cabeza.

Christopher miró hacia arriba, las lágrimas corrían por sus mejillas.

—¿Por qué no se despierta?

—Me temo que tiene una fractura de cráneo —dijo el coronel, con el rostro contraído por la preocupación.

El rostro de Christopher se puso pálido, lo que oscureció los moretones en la mejilla y la mandíbula por los dos golpes que Giovanni había logrado conectar.

—Oh, Dios mío. ¿Vivirá?

—Depende de lo mal que esté —respondió Turner con gravedad—. He visto a muchos de estos en la caballería… gente arrojada de caballos o pateada. Algunos sobrevivieron pero no todos. ¿Viste lo lejos que cayó? ¿Solo estaba de pie?

—Ella estaba en las escaleras —dijo Christopher—. Debe haber caído tres, tal vez cuatro pasos antes de caer al suelo.

—Entonces tenemos otro problema —dijo la Sra. Turner—. Las caídas durante el embarazo pueden provocar un parto prematuro. Con solo cinco meses, si el bebé nace ahora, no hay forma de que sobreviva. ¿Le hizo algo más?

—Él la pateó por todas partes. —La voz de Christopher se quebró y se hizo añicos.

—¿Su barriga? —preguntó ella.

—No. Lo detuve antes de que pudiera hacer eso.

—Bien. Escucha, Christopher. —Le tomó la mano libre y le hizo mirarla—. Katerina y el bebé pueden salir adelante. Ahora está en manos de Dios. Te sugiero que ores como nunca antes. Es serio pero hay esperanza.

—Mi trabajo era protegerla. Fallé. —Volvió a bajar la cara, como si no pudiera apartar la mirada de su esposa.

—¿Cómo sabíís que vendría aquí? —exigió Adrian.

—Debería haberlo adivinado —gruñó Christopher —. Le dije a nuestros sirvientes en casa que lo rechazaran a toda costa, pero no se lo dije a nadie aquí. Pensé que se había rendido, que ella finalmente estaba a salvo.

—Bueno, ahora está a salvo —dijo James desde la puerta.

Todas las cabezas se volvieron en su dirección.

—¿Cómo lo sabes? —preguntó Christopher.

—¿Después de la paliza que le diste? No es estúpido. Le sugerí que tomara el próximo barco a América. Lo comprobaré por la mañana para asegurarme de que esté en él.

—¿Qué? —exigió Christopher, consternado—. ¿No llamaste a la policía?

—Piensa, Christopher. Lo golpeaste hasta convertirlo en una pulpa sangrienta. Si llegara la policía, ¿a quién arrestarían? No solo a él. No los llames. Creo que ahora te respetará y se marchará.

—O te pondrá una bala en la espalda —comentó Colin sombríamente.

Christopher no dijo una palabra. Se inclinó y apretó los labios contra el rostro de su esposa. Su sangre manchó sus labios.

«Si su nariz no está rota, sería un milagro», pensó James.

Nadie habló. Simplemente se quedaron parados, apoyando a la pareja lo mejor que pudieron. James puso una mano sobre el hombro de Christopher. Con la otra, acercó a su esposa. Eliza lloró suavemente en su camisa.

Aproximadamente media hora después llegó el médico. Christopher apenas podía asimilar los detalles de un hombre pequeño de cabello oscuro con traje negro, pero los dedos blancos que comprimían la cabeza de su esposa permanecieron grabados en su memoria para siempre.

—Cráneo fracturado —dijo al fin, y Julia dejó escapar un gemido bajo. El doctor suspiró—. Es una ruptura significativa, pero no necesariamente fatal. El hueso está agrietado pero no roto y no hay depresión.

—¿Vivirá? —preguntó Christopher.

—Es posible —admitió el médico—, pero no puedo garantizarlo. Verá, no es tanto la rotura lo que presenta un peligro. Su cerebro golpeó su cráneo, no una sino dos, por lo que me ha dicho. Seguro que se hinchará. Si se hincha un poco y luego desaparece, vivirá. Si se hincha más, morirá. —Aunque las palabras pudieron parecer brutales, las pronunció con simpatía y bondad.

Christopher apretó los dientes.

—¿Cuánto tiempo ha pasado desde el ataque? —preguntó el doctor.

—Aproximadamente tres cuartos de hora —respondió el coronel Turner, sorprendiendo a Christopher. Entre la furia de la batalla y el miedo absoluto, el tiempo había cambiado de curso en la mente de Christopher. «Pensé que era menos... o más. No estoy seguro». Confundido, parpadeó mientras los hombres seguían hablando.

—Su mejor resultado será moverla lo menos posible. Lo último que queremos es agravar la hinchazón —les informó el médico.

—Bueno, ciertamente puede quedarse aquí todo el tiempo que necesite —se ofreció Julia voluntariamente, y su esposo asintió con la cabeza.

El médico aceptó su oferta con un gesto de la barbilla.

—Esperen un momento. Al menos una hora. Luego, si nada ha cambiado, muévanla lentamente al dormitorio. ¿Alguien puede evaluar su condición?

—Yo puedo —respondió el coronel Turner—. Me convertí en una especie de médico de facto cuando estaba en la infantería, aunque ciertamente no esperaba evaluar las heridas de guerra en Londres... en una mujer.

El comentario incitó a un silencio sombrío. Christopher tragó saliva. «Fue una guerra. Gané, pero eso no importa. Nada de eso importa si Katerina...» Su mente se desvió, sin querer terminar el terrible pensamiento.

—Regresaré mañana y veré cómo está —dijo el médico—. Sin embargo, si pasa algo, llámenme, lamento decirlo, si empeora, no hay nada que pueda hacer por ella. Ahora está en manos de Dios.

Eliza Cary y Julia sollozaron.

El médico se levantó, le dio una fuerte palmada en el hombro a Christopher y se retiró de la habitación.

Un silencio lúgubre sepultó de nuevo a los antes alegres asistentes a la fiesta.

—Oremos —sugirió James. Como uno, se movieron para formar un círculo, rodeando a Christopher y su esposa y agarrados de las manos—. Señor... —comenzó, pero su sonora voz de predicación vaciló, y cuando continuó, fue en un tono más tranquilo y tenue—. Señor, sana a Katerina, protege al bebé y fortalece a Christopher. —Hizo un sonido ahogado—. Amén. —Después de un suspiro tembloroso, agregó—: Lo siento, Christopher. Yo solo... no sabía qué más decir. Solo un vicario soy.

—Es suficiente con que estés aquí —respondió Christopher, hablando directamente desde el corazón—. Has pasado por mucho aquí, has ayudado mucho. Gracias, mi amigo.

La respuesta de James sonó algo así como una mezcla de gruñidos, sollozos y suspiros.

Como antes, la hora pasó en agonizante cámara lenta y, sin embargo, cuando sonó el reloj, lo sobresaltó.

El coronel Turner se acercó y se arrodilló ante la mujer inconsciente, revisando su respiración, sus ojos y su pulso.

—Parece la misma —dijo, suspirando con alivio.

Christopher asintió.

—La llevaré arriba. ¿Qué dormitorio, madre?

—Llévala a tu antigua habitación —respondió Julia.

Por razones que no podía comprender, la sugerencia le retorció el corazón a Christopher.

—Yo… eh… está bien.

—Nos vamos ahora —dijo Cary—. No hay nada más que podamos hacer aquí. Seguiré rezando, Christopher. Lo juro.

—Lo sé —respondió—. Vayan. Gracias por… por todo. —Inclinó la cabeza cuando la agonía se apoderó de él de nuevo.

James hizo una pausa como si no estuviera seguro de cómo continuar. Luego arrastró a su amigo a sus pies y lo aplastó en un fuerte abrazo.

Christopher miró a su amigo con ojos flotantes. «Ha ido más allá de todo lo que esperaba», se dio cuenta. «Lo subestimé».

Mientras James y su esposa se alejaban, el sonido de su llanto suave resonando por el pasillo, Christopher acomodó a Katerina en sus brazos.

—Iré a ver cómo está en breve —le dijo la Sra. Turner, su voz serenamente compasiva.

La saludó con una mirada antes de caminar lentamente hacia el pasillo. Para llegar a las escaleras, tuvo que pasar la entrada, y la sangre en el piso le provocó una arcada en la garganta. «Querido Señor, ¿cómo pudo haber sucedido esto?»

Nunca se han subido escaleras con tanta lentitud y cuidado como lo hizo Christopher cargando a su esposa herida. Pareció pasar un año antes de que llegara a la cima. Avanzó por las tablas del suelo pulidas, pasando por el lugar donde, poco tiempo antes, había estado esperando para capturar a su esposa con besos traviesos. «¿Volveré a besarla y sentiré su respuesta tímida y ansiosa?

Dobló a la derecha por un largo pasillo de dormitorios, sin apenas notar el reluciente revestimiento de madera de las paredes, el yeso de color crema, los retratos pintados de la familia colgados en marcos dorados. Toda su atención permaneció clavada en la puerta en el otro extremo.

«Ella nunca ha visto mi habitación». El pensamiento le pareció extraño. Esta mujer que ahora reinaba como reina sobre su corazón nunca había visto el dormitorio donde había pasado su infancia. Abrió la puerta y entró.

Christopher tendió tiernamente a su esposa en la cama y recogió agua y un paño para lavarle la cara. Su nariz había dejado de sangrar y se veía mejor, aunque magullada, una vez limpia. Se puso de pie lentamente y la miró.

«Se lo prometí, maldita sea. Prometí que estaba a salvo, la entrené para estar a salvo y, al hacerlo, la dejé vulnerable a otro ataque». Su aliento quedó atrapado en un áspero sollozo. Un pequeño chisporroteo de dolor atravesó su mano y frunció el ceño al ver sus nudillos doloridos, supurantes y partidos. Los había dañado... en todo el rostro de su suegro. «¿No debería sentir algo por eso? ¿Arrepentimiento? ¿Orgullo? ¿Algo?» Solo el entumecimiento se hundió pesadamente en su corazón, en contraste con el escozor de su piel desgarrada.

—Tienes que limpiar eso —dijo su madre con total naturalidad, como si no estuviera mirando por encima de la mano que acababa de golpear a un hombre ensangrentado.

—¿Qué voy a hacer, madre? —preguntó, con la voz quebrada de nuevo.

—Soportar. Rezar. —Ella lo abrazó con fuerza, acariciando su espalda.

—¿Crees que ella vivirá?

—Eso espero, hijo. Eso espero.

Cuando llegó la señora Turner, Christopher ya había limpiado sus nudillos y había cambiado a su esposa con un camisón de algodón holgado. Se sentó en una silla junto a la cama, le tomó la mano y le murmuró algo.

La Sra. Turner se sentó en la cama junto a Katerina y levantó el camisón.

—No veo sangre o líquido amniótico en los muslos o partes íntimas de Katerina —le informó—. Su cuello uterino está bien cerrado. —Luego, la apartera apoyó la mano en la hinchazón del vientre de su cliente—. El niño se está moviendo —agregó—, y no hay contracciones.

—¿Bien? —preguntó Christopher—. ¿Qué significa eso?

—No puedo contarte sobre su lesión en la cabeza, pero en este momento, no veo signos de un aborto espontáneo inminente. Si sobrevive, el niño debería estar bien —le informó la partera.

—Gracias a Dios. —Se inclinó y tocó con los labios la sien de su esposa.

—Lo siento mucho, Christopher. —Ella le dio unas palmaditas en la mano—. La pobre chica. Nadie se merece eso.

—Soy un idiota. Estaba tan orgulloso de mí mismo, orgulloso de mi sacrificio. Yo la salvé. Eso es lo que les dije a todos. Pero fui yo quien la puso en peligro. —Su voz inestable se quebró varias veces.

—No. La rescataste del peligro —insistió Julia—. No es tu culpa que la siguiera.

—No pude llegar a tiempo. —Apretó los dientes.

—Lo sé. —La señora Turner le puso una mano tranquilizadora en el brazo.

—¿Por qué pasó esto? —exclamó, y su grito enojado hizo que Katerina se estremeciera, aunque no dio más señales de despertarse—. ¿No ha sufrido suficiente?

—Lo ha hecho, hijo —dijo una voz profunda desde la puerta.

—¿Padre? —Christopher se puso de pie de un salto.

Adrian aplastó a su hijo en un fuerte abrazo.

—Recuerda, Christopher, ella sufrió durante años.

Contigo, ella estaba feliz. Le diste los mejores meses de su vida y, si Dios quiere, lo volverás a hacer.

—¿Todavía te sientes mal por haberme casado con ella? —preguntó en una tentativa súplica por la aprobación de su padre.

—No. ¿Por qué lo estaría? Mi preocupación era que ella estaba demasiado dañada para amarte. Claramente, ese no fue el caso.

—No. Ella me amaba, padre. Realmente lo hizo. —Se encontró con los ojos de su padre y vio que allí brillaban lágrimas.

—Lo sé —dijo Adrian en voz baja.

La visión de Christopher se nubló. Lágrimas calientes le taparon la garganta.

—La amo tanto —dijo con voz entrecortada.

Adrian lo agarró por el hombro.

—Sé que lo haces, y ella también lo sabe. Si algo puede ayudarla a superar esto, será tu amor.

La desmoronada compostura de Christopher se quebró. Se hundió en la silla y tomó la mano de su esposa. Su madre agarró un hombro, su padre el otro, mientras su dolor brotaba de él, sin control e imparable.

Por la mañana, Katerina aún respiraba pero permanecía inconsciente. El médico la examinó y no encontró cambios para bien o para mal. La Sra. Turner la examinó también y encontró que su embarazo aún se mantenía, el bebé aún se movía apropiadamente en el cuerpo de su madre. No había nada que hacer salvo esperar. Y entonces, esperaron. A primera hora de la tarde, finalmente se movió, con los párpados revoloteando.

—Kat, ¿puedes oírme, amor?

Se le escapó una suave exhalación.

—¿Kat?

Sus ojos oscuros se abrieron.

—¡Oh, Dios, no! —exclamó Christopher. Katerina estaba viva, despierta, pero esa chispa, esa calidez que la convertía en la mujer que amaba, la conciencia, la sensibilidad se había ido.

Katerina se había ido.

CAPÍTULO 21

*L*a familia pronto se dio cuenta de que se había ido, muy dentro de sí misma. Sus ojos no enfocaban. No reaccionaba al habla ni al estímulo. Tragaba el agua que le goteaba en la boca, pero no la comida. No tomaba ningún alimento y no daba ningún signo de conciencia.

Pasaron tres días y ella permanecía en este estado de suspensión. En la tarde del tercer día, el médico la examinó minuciosamente.

—¿Puede hacer algo? —suplicó Christopher.

—No. Lo siento.

—¿Es esta la fractura? —preguntó Christopher.

—No. Está retraída —explicó el médico—. El hecho de que esté despierta significa que la fractura probablemente no la matará. No tantos días después. Eso habría sucedido mucho antes. El hueso roto sanará en las próximas seis a ocho semanas. Sin embargo, si no se despierta y comienza a comer pronto, la curación no importará. Ella simplemente... se desvanecerá. Y solo ella puede cambiarlo.

—Entonces, ¿esto es un descanso mental? —Christopher tragó saliva.

—Sí.

—¿Cree que ella saldrá de esto? —preguntó. «Por favor, que salga».

—Es difícil de decir —respondió el médico—. Depende de ella en este momento. Me iré ahora. Ella puede oírte si decide escuchar. Creo que hablar con ella podría ser su mejor esperanza. Sigue intentándolo. No te rindas.

Entonces, hablaron y hablaron y hablaron, tratando de abrirse paso, tratando de que ella escuchara y participara. Al final del quinto día después del ataque, su esperanza comenzó a desvanecerse.

Adrian arrastró a su hijo a la habitación de invitados y lo obligó a acostarse y descansar. Julia se quedó con su nuera.

—Katerina —dijo ella en voz baja—, es suficiente, amor. Tienes que volver con nosotros. Necesitas despertar. Tu bebé te necesita. Tu marido te necesita. Todos te queremos. ¿No puedes despertar?

La chica se movió.

Julia contuvo la respiración. «Cómo quiero a esta chica. La elegí para mi hijo, y no solo por el peligro. Quería a Katerina para mí, para que fuera mi hija, y ahora, existe una posibilidad real de que tanto ella como el bebé que tiene mueran. Señor, ¿por qué? Te llevaste a mi hija cuando tenía seis años. ¿Realmente tomarás a esta también? ¿Debes? Por favor déjala vivir, déjalos vivir a los dos».

Katerina rodó a su lado y cerró los ojos.

Agotada, tensa hasta el límite, el temperamento de Julia estalló.

—Chica egoísta. No puedes hacer esto. No puedes simplemente rendirte. Si mueres, tu bebé muere contigo. Para esto. Despierta y lucha por vivir, Kat. Tu vida no ha terminado.

—Madre, detente —dijo Christopher desde la puerta, donde se apoyaba contra la puerta.

—Estaba tratando de abrirme paso, de despertarla —dijo Julia, tratando de defender sus duras palabras.

—Lo sé —respondió—, pero tal vez sea mucho pedir. Ella ha estado tan herida durante tanto tiempo. Quizás finalmente alcanzó su límite. ¿Quiénes somos para decir que está siendo egoísta? Ya ha soportado más de lo que nadie debería. Podría ser pedir más de lo que ella tiene para dar.

—¿Quieres que ella "desvanezca" Christopher? —preguntó su madre, con una nueva ira estallando.

—Por supuesto que no —respondió—, pero no puedo elegir por ella.

—¿Entiendes, hijo, que si ella muere, tu hijo muere con ella?

—Sí, madre. Entiendo. Los perdería a los dos. —Su respiración se estremeció en su garganta.

—Y entonces te perderíamos, ¿no es así, hijo?

Christopher no respondió.

—Maldita seas, Katerina, despierta. —Julia sacudió bruscamente el brazo de la chica.

—Suficiente, madre. Suficiente. Por favor, solo vete.

Incapaz de pensar en nada más que decir o hacer, Julia caminó vacilante hasta el salón donde se acurrucó con su esposo y lloró.

～

Christopher se metió en la cama junto a Katerina y deslizó su brazo debajo de ella, acunándola. La volvió hacia él.

Con su mano libre, trazó la curva de su mejilla, la plenitud de su labio, la línea de su nariz. «Ella es tan hermosa, como un ángel. La amo con cada fibra de mi ser y la perderé. Ya la estoy perdiendo. ¿Cómo puedo vivir sin esta mujer que calentó mi vida, mi cuerpo y mi corazón?» El futuro se extendía ante él, frío y vacío.

—No te vayas, amor —le rogó—. No vayas donde no puedo encontrarte. Vuelve.

Las lágrimas cayeron y salpicaron su rostro.

~

Katerina había estado envuelta en una niebla plateada durante mucho tiempo. Se enterró en ella como una manta reconfortante y se escondió. Si emergía de las sombras, algo tan horrible, tan insoportable la esperaba que moriría en agonía.

«Mejor dejarlo ir despacio. Nada duele aquí, en la niebla, en la oscuridad». El hambre no la mordió y el dolor no la asaltó. Estaba entumecida y contenta de permanecer así hasta que el entumecimiento se disolvií en la muerte. «Sí. Ese es el camino a seguir. Simplemente libera la vida lentamente. Liberar». Era fácil morir. Sencillo. Era vagamente consciente de que la gente hablaba a su alrededor, tratando de animarla a participar, pero podía ignorarlos tan fácilmente como una mosca doméstica zumbando contra el cristal de una ventana. «¿Qué tiene que ver su lucha conmigo? Nada».

Algo húmedo le golpeó la mejilla. Se había bañado suficientes veces y podía ignorarlo, pero esto no era un baño. Otra gota le salpicó la piel. «Es como lluvia tibia. ¿Qué es esto?» La curiosidad despertó entre la niebla. Quería saber qué estaba pasando. La oscuridad todavía estaría allí si se despertaba por un segundo, solo para entender. Otra gota. Otra llovió sobre ella.

Luchó por comprometerse, por moverse hacia arriba a través del entumecimiento de regreso a su cuerpo y a la conciencia. «Hay brazos sosteniéndome. Conozco estos brazos, pero ¿cómo? Significan algo. Me han abrazado antes y siempre ha sido bueno».

Emergió más plenamente a la realidad y vio el rostro. Cara hermosa, cincelada, desaliñada, sin afeitar, ojos bien cerrados, lágrimas goteando por debajo de los párpados sobre ella.

Él estaba llorando. Llorando sobre ella. La lluvia caliente de sus lágrimas caía, atravesando su piel y quemándola. La obligaron a tomar conciencia. «Conozco a este hombre, conozco su cuerpo, su corazón y su alma».

La oscuridad llamó, retrocediendo. Si quería retirarse con él, tenía que hacerlo ahora, porque la vida se estaba apoderando de ella nuevamente. Ella podía sentirlo. Dolería. Ella no quería lastimar. Ella quería paz.

«¿Pero por qéé llora? ¿Qué entristeció tanto a este hermoso hombre?»

Ella se retiró, o lo intentó, pero su voz la tentó de nuevo mientras sollozaba una palabra una y otra vez.

—Katerina, Katerina.

«Ese es mi nombre. ¿Está llorando por mí?»

A pesar de su deseo por el olvido, no podía dejarlo con tanto dolor. Trató de pensar en una palabra que pudiera ayudar. «¿Qué es?»

—¿Christopher? —Su voz sonaba oxidada y áspera. La oscuridad retrocedió más. Trató de agarrarse a ella, pero se le escapó.

Los ojos plateados se abrieron y parecieron atravesar su alma, atrapándola y anclándola a la realidad.

—¿Kat?

Tenía que elegir. La oscuridad pronto desaparecería, dejándola varada aquí donde todo dolía. Pero aquí también estaba Christopher, herido y llorando. «¿Cómo puedo dejarlo con tanto dolor?»

El bello rostro se acercó a ella. Los labios suaves y carnosos tocaron los de ella, y ese toque fue pura luz, borrando lo último de la oscuridad.

Ella volvió a encenderse, al fin completamente presente.

La aplastó contra él, sollozando de alivio.

Ella se acurrucó en sus brazos y le gustó la conexión

con este hombre. «Mi héroe. Mi esposo. El padre de mi hijo».

Por fin, recordó el terror que la acechaba.

—Chris... —Se quedó sin aliento cuando el horror agonizante se apoderó de ella.

—¿Sí, amor? —La ternura pura calentó su tono.

—El bebé. ¿Sobrevivió el bebé? No, no es posible. Lo siento mucho. Traté de mantenerme despierta y proteger al bebé, pero mi padre me golpeó con tanta fuerza. No podía, yo...

—No —protestó Christopher, interrumpiéndola—. El bebé está bien.

Tragó saliva y se obligó a tragar las lágrimas.

—¿Qué? ¿Cómo? Él... él pisoteó...

—Lo detuve —explicó Christopher—. Estaba justo en lo alto de las escaleras. Lamento no haber llegado a tiempo para evitar que te golpeara, pero nunca llegó al bebé. Te han revisado varias veces y no hay señales de problemas. —Le puso la mano en el vientre para que pudiera sentir los pequeños movimientos.

—¿Bien? —Abrió la boca.

—Sí.

—Oh, gracias al Señor. Gracias, Christopher. Tenía tanto miedo... Dije que no quería un bebé... Pero ahora sí... No podía soportar la idea de que... —balbuceó.

—No. Eso no sucedió.

Ella asintió con la cabeza, exhalando de alivio.

—¿Padre?

—Desaparecido. En un barco a América. Estamos a salvo de él.

—Bien.

—Oh, Kat, ¿de verdad has vuelto conmigo? —Él tomó su mejilla.

—Creo que sí. —Ahora que sus miedos se habían aliviado, el dolor en la cabeza y los músculos y el dolor de vacío en su estómago cobraron vida.

—Gracias a Dios. Estaba muy preocupado. —Volvió a besarle los labios.

Trató de acercarlo más.

—Despacio, amor. Tienes que estar quieta.

—Me duele la cabeza. —Un dolor agudo la atravesó.

—No hay duda. Tienes el cráneo fracturado, pero se está curando.

—Eso explica por qué estoy tan mareada.

—También podría ser hambre. No has comido en días. ¿Puedes ponerte de pie para comer, amor?

—Eso creo, pero tendrás que ayudarme. Yo... no puedo sentarme.

—Por supuesto. ¿Kat?

—¿Mmm?

—Te amo. —Se levantó y llamó a una sirvienta, con los ojos fijos en su esposa mientras esperaba. Ella miró hacia atrás, alimentando su frágil alma con el amor puro que fluía entre ellos.

Una mujer de mediana edad en bata asomó la cabeza por la puerta y sonrió al ver a la joven finalmente despierta.

—¿Podría traerle a mi esposa un poco de caldo y té? Por favor —preguntó Christopher.

La mujer asintió y salió apresuradamente de la habitación.

Katerina trató de tragar, pero su garganta seca se convirtió en tos. Christopher vertió un vaso de agua fría de una jarra en la mesa junto a la cama. Luego se hundió de nuevo en el colchón a su lado y la ayudó a sentarse parcialmente erguida contra un montón de almohadas detrás de su espalda, para poder llevárselo a los labios.

Ella tomó un sorbo profundo.

—¿Puedes perdonarme, amor? —preguntó ella, finalmente completamente despierta.

—¿Por qué? —preguntó.

—El ataque. Fue mi culpa. —Cerró los ojos mientras una lágrima se deslizaba por su mejilla.

—¿Cómo? —preguntó, perplejo.

—No me escondí. Le dije… que no quería verlo. Le dije que se fuera.

—Pero eso es bueno, amor —le aseguró, acariciando su cabello—. Significa que finalmente te estás volviendo fuerte.

—Lo hizo enojar tanto.

—Y yo no estaba allí para protegerte. —Ahora Christopher parecía avergonzado.

—Lo estuviste. Lo detuviste. Eres mi héroe de nuevo. —Ella le tocó la mejilla con una mano delicada.

—No soy un héroe —protestó—. Solo un esposo que adora a su esposa. Tú eres la valiente.

—Pero no soy valiente. No sin ti. —Ella acarició con el pulgar sus mejillas.

Cubrió su mano con la suya.

—Entonces ven conmigo.

—Oh, sí. Estoy aquí ahora. Lamento haberme ido.

Él alisó un mechón errante de la masa enredada de su cabello y la miró tiernamente a los ojos.

—Regresaste. Eso es lo que importa.

—No hay ningún lugar en el que prefiera estar que aquí.

—Estoy muy contento. —Él rozó sus labios contra los de ella en un beso de tal ternura dolorosa que finalmente pudo liberar el terror en una avalancha de sollozos devastadores que sacudieron su esbelta figura, pero no estaba sola. Ella era parte de algo más grande que ella. Ella era parte de Christopher y él era parte de ella, y ambos eran parte del niño que ella llevaba.

Ahora, por fin, Katerina finalmente podría terminar de curarse y convertirse en la mujer que siempre había querido ser, y Christopher estaría con ella.

Y finalmente estaba a salvo.

Querido lector,

Esperamos que hayas disfrutado leyendo *Salvando a Katerina*. Tómese un momento para dejar una reseña, incluso si es breve. Tu opinión es importante para nosotros.

Atentamente,

Simone Beaudelaire y el equipo de Next Charter

NOTA HISTÓRICA

La era victoriana fue una época de conciencia de los derechos de los pobres y marginados, como lo demuestran los poemas de Robert Browning, así como la aprobación de varias leyes destinadas a mejorar las vidas de los trabajadores pobres, en particular los niños. Las fábricas de algodón de la época eran muy conocidas por ser lugares horribles: calurosos, peligrosos y propensos a emplear niños pequeños, que a menudo morían o quedaban mutilados. No se tomaban precauciones para proteger a estos pequeños y vulnerables trabajadores, y mucho menos a los adultos que también arriesgaban sus vidas todos los días. No había seguro médico ni de vida. Por supuesto, una familia progresista como los Bennett no permitiría tales cosas. Esto no era inaudito en ese momento, pero era raro.

Robert Browning, quien es uno de mis poetas favoritos de todos los tiempos, es famoso por su matrimonio con la poetisa Elizabeth Barrett, quien durante su vida fue mucho más famosa que su esposo. Su padre, como Giovanni Valentino, no quería que sus hijas se casaran. Sin embargo, generalmente no se cree que haya sido abusivo. Simplemente posesivo. Cuando Robert y Elizabeth se casaron en secreto, regresaron a sus hogares separados después de la boda y luego huyeron a

Florencia, donde vivieron felices juntos durante varios años y tuvieron un hijo. Mientras vivía en Italia, Robert encontró muchas obras de arte y escribió sobre los artistas: Fra Lippo Lippi y Andrea del Sarto, por ejemplo. Y la poesía de Browning *fue* odiada al principio. Fue solo más tarde que la gente comenzó a apreciar su visión.

El *bullying* (intimidación) es una palabra de moda en estos días y, por lo tanto, puede parecer un término moderno. Sin embargo, el concepto no es nuevo. La gente ha sido intimidada desde siempre, y el término apareció impreso por primera vez en el siglo XVI.

El abuso infantil ha sido un flagelo de la sociedad durante mucho tiempo, pero en el período victoriano temprano, la gente se estaba volviendo cada vez más consciente de que tales cosas sucedían y debatían cómo lidiar con ello. Ojalá pudiera decir que el problema se ha resuelto eficazmente, pero sería una gran obra de ficción.

Salvando A Katerina
ISBN: 978-4-86750-163-4
Edición en rústica

Publicado por
Next Chapter
1-60-20 Minami-Otsuka
170-0005 Toshima-Ku, Tokyo
+818035793528

5 Junio 2021

www.ingramcontent.com/pod-product-compliance
Lightning Source LLC
La Vergne TN
LVHW031236190726
843491LV00012B/3016